BRAIN

CONTROL

脑控

郭羽　溢青——

著

浙江文艺出版社

图书在版编目(CIP)数据

脑控 / 郭羽,溢青著.—杭州:浙江文艺出版社,
2021.5
 ISBN 978-7-5339-6480-1

Ⅰ.①脑… Ⅱ.①郭…②溢… Ⅲ.①幻想小说—中
国—当代 Ⅳ.①I247.5

中国版本图书馆CIP数据核字(2021)第066869号

图书策划 柳明晔
责任编辑 张 可
营销编辑 宋佳音
装帧设计 仙境WONDERLAND Book design
版式设计 吕翡翠
责任印制 张丽敏

脑控

郭 羽 溢 青 著

出版 浙江文艺出版社
地址 杭州市体育场路347号
邮编 310006
电话 0571-85176953(总编办)
      0571-85152727(市场部)
制版 浙江新华图文制作有限公司
印刷 浙江新华印刷技术有限公司
开本 710毫米×1000毫米 1/16
字数 230千字
印张 18.75
插页 1
版次 2021年5月第1版
印次 2021年5月第1次印刷
书号 ISBN 978-7-5339-6480-1
定价 59.00元

第一章
夏楠失踪

唯有音乐不会欺骗！

男人心里在想。

他低垂着眼帘，坐在一架白色烤漆钢琴前，深情演奏。瘦削的面庞上隐隐地挂着一丝忧郁，盛装打扮的行头掩盖不住唇边漫不经心留下的碎小胡楂。

钢琴的琴键上流淌出一个朦胧的世界，月光穿透一层灰色的薄雾，如水般倾泻下来，充盈着诺菲大厦九十九层的蓝色大厅。这首德彪西的《月光》在男人的指尖被演绎得美妙至极。

无与伦比的弹奏技术，让他的演奏散发着迷人的魅力。

一束鹅黄色的聚光灯打在五千平方米的大厅中心，笼罩在这个身穿紫红色金丝绒西服套装的男人身上。

正在演奏钢琴的是来自中国的脑神经科学家，也是本届"诺菲神经科学大奖"的获得者——陈辰，年仅三十五岁。

"诺菲神经科学大奖"是国际神经科学界公认的最高奖，陈辰凭借在神经元交流与控制方向基础研究的重大突破，力压在西方媒体上呼声极高的威尔·戈斯，获得了该项荣誉。

按照诺菲奖传统的颁奖惯例，每一位获得大奖的科学家都需要表演一个才艺。陈辰，选择了钢琴演奏。

他几乎以旁人察觉不到的动作，微微抬了一下眼，朝着底下的观众席扫视了一圈，目光最终落在那个空着的位子上。从昨天下午到现在，她已经足足消失了二十四个小时。

一天前，旧金山中央公园酒店，1927房间。

"我得去买件礼服，这条裙子看上去不够庄重。"夏楠站在酒店房间的镜子前，比画着一条湖蓝色的水波纹齐膝连衣裙，秀眉微蹙。镜子里的她看起来有些疲惫，微微凹陷的眼窝遮盖了一双杏眼的神采。

陈辰坐在书桌前，眼睛终于从笔记本电脑的屏幕挪向了夏楠。一进房间，他就把自己安放在真皮转椅里，开始处理各种邮件，任凭夏楠在房间里走动、讲话，他都纹丝不动，直到听夏楠说"要出去一趟"。

"一个颁奖典礼而已，简单点就好了。"他的目光在夏楠身上停留了一会儿，隐隐觉得她有点儿焦虑，思考了些许时间，才挤出一句不那么像样的安慰话语。

"你这么说，明天可别穿那套'复杂'的金丝绒西装。"夏楠故意在"复杂"这两个字上加重了语气，声音里明显流露出一丝不快。

那套紫红色金丝绒西装已经被夏楠笔挺地挂在门厅的落地衣架上，上面还套着一个防尘罩，这是夏楠进房间后做的一件事。陈辰不由得笑了笑。这套西装是他的女助手安琪拉为他准备的，安琪拉说紫红色是陈辰的幸运色。不过陈辰知道，夏楠根本不会在意这些。吃醋这种事情，从来没在他们之间发生过。

"外面太危险了，旧金山现在是'超级流脑'疫情的重灾区，还是别去了。我看你身上这套就很好嘛！"陈辰想尽量劝着夏楠，但他也知道夏楠的决定很难被改变。

"陈教授，不是所有人都有你这样的审美。你见过穿着牛仔裤去颁奖典礼的吗？"说话间，夏楠已经叠好连衣裙，放回到行李箱里，"艾米丽可以带我去她的定制店挑选礼服，我们约了下午茶。"

"动作可真快！你们好几年没见了吧。读大学的时候，你们俩可算是形影不离的。"陈辰说道，"你该不会是为了艾米丽才决定陪我来的吧。"

半个小时前，他们才刚办完酒店入住手续，没想到夏楠已经为自己安排好了下午的约会。原本，是安琪拉陪陈辰来参加颁奖典礼的。前天晚上，夏楠突然跟陈辰说自己推掉了学术会议，想要陪他一起来。

"不跟你说了，我得赶紧过去了。"夏楠对着镜子补了补妆，便匆匆出了门。

看着夏楠离去的背影，陈辰摇了摇头。他觉得夏楠今天有些奇怪，平时她可不在意这些。上次陪她去参加有机化学年度酒会，他记得夏楠就穿着今天这条牛仔裤。难道是明天的这个颁奖典礼让她紧张了？

也不是没有可能。"诺菲神经科学大奖"是国际神经科学界公认的最高奖，这次与他一同入围"诺菲神经科学大奖"候选名单的都是在脑神经领域久负盛名的科学家，尤其是美籍科学家威尔·戈斯，之前在各大媒体一直都是呼声最高的。

在一个由美国企业一手操办的国际大奖上，一个美国身份显然比中国身份更有优势。更何况，威尔·戈斯就是这个奖项主办方诺菲制药的首席科学家。他猜夏楠最担心的并不是他落选，而是他和威尔在颁奖礼上碰到。他们这对昔日斯坦福好兄弟，现在竟然到了反目成仇的地步。

当陈辰再次从笔记本上移开自己的目光时，已经是下午六点。落日的余晖穿过玻璃窗，洒在房间的地板上。他揉了揉太阳穴，十三个小时的飞行,加上马不停蹄地处理来自国内"超级流脑"专家指导小组的工作邮件,令他觉得有些疲惫。

陈辰起身走到窗边。从窗户望出去,正好是第三大道。路上几乎看不到行人,连车子都很少。"超级流脑"令这个美国西海岸最重要的金融中心失去了往日的活力。刚才从国内发过来的数据显示,这场席卷全球的"超级流脑"疫情还在加重。

"咚咚咚!"门口传来一阵敲门声。助手安琪拉来叫陈辰去参加诺菲制药在酒店餐厅安排的自助晚宴。

"可以不去吗?"陈辰站在门口,举起右手指了指桌上的电脑。跟那些客套来客套去的宴会相比,他觉得工作有趣多了。

"陈教授,你可是明天夺奖的热门。"安琪拉并没有理会陈辰工作尚未做完的暗示,反倒是上上下下打量着他,"现在,给你五分钟时间,赶紧把脸上的小胡楂刮干净。"

胡子似乎是陈辰全身上下生命力最旺盛的部分,有时候只是一个开会的时间,这些粗硬倔强的胡子便沿着他下颌的弧线爬满了他的下巴。安琪拉总是提醒他注意形象,不过夏楠却觉得,他留点儿胡楂更有味道。

不知道为什么,安琪拉的话对陈辰来说,总有魔力。他竟真的乖乖地去刮了胡子,然后跟着安琪拉出了门。

"咦,夏楠姐呢?"走在酒店的走廊里,安琪拉突然意识到,他们的这个小团队少了一个人。

"她约了朋友。真不好意思,因为她的临时决定,明天你得自己安排时间了。"颁奖礼的门票只有两张,夏楠的临时起意,打乱了原本的安排。

"陈教授,我还得感谢夏楠姐,给我放了一天的假呢!"

陈辰想起来,夏楠出门已经五个小时了,也该回来了。他拨通了夏楠的电话,想问问她来不来用晚餐,结果电话一直没人接听。陈辰的心里隐隐觉得有些不安,他记起夏楠出门的时候没有戴口罩,真该死,自己居然忘记提醒她了。在这个特殊时期,每在外面多暴露一分钟,就多增加一分感染的危险。

"夏楠姐应该是顾着跟朋友聊天,才没接你的电话。放心吧,陈教授。"安琪拉看着陈辰微蹙的眉头,宽慰道。

谁也没有想到,安琪拉竟然成了这个云集世界各国顶尖脑神经科学家的自助晚宴的主角,而这一光环来自安琪拉的养父——艾伯特教授。

艾伯特是斯坦福大学医学院脑神经专家,全球脑神经科学领域的权威,也是世界上研究记忆最顶尖的科学家之一。他揭示了记忆存储和提取的神经机制,发明了大脑记忆显示的直接成像技术。现在活跃在这个领域的科学家,有五分之一都出自他的门下。陈辰也不例外。一提到艾伯特教授,这些人脸上就油然而生一种崇拜之情。

五年前,艾伯特教授开始研发记忆提取器来治疗阿尔茨海默病的消息,在整个脑科学界引发了巨大轰动。自那以后,艾伯特教授开始闭门研发记忆提取器,再没有在公众场合露过面,甚至谢绝了一切友人、学生的拜访。唯一能够接触到艾伯特教授的就只有他的养女——安琪拉。

艾伯特教授待这个养女视如己出,从安琪拉刚会蹒跚走路开始,艾伯特教授就带着安琪拉出席每一个他参加的活动。脑神经科学领域的这些专家几乎是看着安琪拉长大的。对这些科学家,安琪拉可比陈辰熟悉多了。

"安琪拉,请代我向您的父亲问好。"正在和安琪拉说话的是牛津大学专攻脑机结合研究的伊格曼博士。

"安琪拉,艾伯特教授前天在他的自媒体上发布将于下个月举行记忆提取器进入临床的新闻发布会，真替他开心。"伦敦大学的雷蒙德教授端着一杯香槟，和安琪拉做了个庆祝的碰杯动作。

"安琪拉，好久不见，最近好吗？"加州理工大学脑神经科学研究院的安德烈亚教授和安琪拉来了一个热烈的拥抱，她是艾伯特的学生，这几年正在研究人类记忆的重建。

"安琪拉，艾伯特教授会出席明天的颁奖典礼吗？我们真是太想念他了！"迎面走来的是剑桥大学认知与脑科学中心的杰森教授。

这个问题一下子引起了现场所有人的兴趣。有传闻，艾伯特教授会出席明天的诺菲奖颁奖典礼，因为记忆提取器已经研发成功，接下来是临床试验。艾伯特教授是"诺菲神经科学大奖"评审团荣誉主席，以前每一年他都会亲手为获奖者颁奖。自五年前宣布闭关以后，他就缺席了这一环节。

"也许吧，明天大家就知道了。"安琪拉的回答模棱两可。因为她也不知道父亲是否会参加明天下午的颁奖典礼，他只告诉她明天晚上有时间陪她吃个晚餐。

陈辰看着不远处的安琪拉被围得水泄不通，吃下了餐盘中的最后一口食物。他竟有些暗自庆幸，原本还在为那些客套的应酬担心，安琪拉的出现倒是让他可以清净地吃完晚餐。

他抬手看了一眼表，已是晚上八点，两个小时过去了，夏楠居然还没有回自己电话。即便是和多年不见的好友约会，也不该连手机都顾不上吧。陈辰又一次拨通了夏楠的电话，这一回对面传过来的居然是"你所拨打的电话已关机"。

手机没电？故障？被偷？……还是，出事了？一个不好的念头在陈辰的脑海里闪过。这让陈辰有些坐不住了，他给安琪拉的微信发了条信息"先走一步"，便匆匆离开了餐厅。

夏楠去了哪里？陈辰在房间里来回踱步。她说跟艾米丽约了下午茶，然后要去买礼服，也许还会一起吃个晚餐。陈辰知道的就这么多了。他不知道她们约在哪里用下午茶，艾米丽的定制店又在哪里？

他突然开始痛恨手机。在这个高度信息化的社会，人与人之间的关系，竟然全靠这样一台小小的机器维系，它方便、快捷地让人们联系到想要联络的人，可一旦对方关机，连男女朋友这样亲密的关系都失去了方向。

陈辰又一次拨打了夏楠的电话，还是关机。九点了，若是在平时，他根本不会担心。他和夏楠都会给彼此足够的个人空间，三四天不联系的情况都有，可现在是特殊时期。

"超级流脑"的肆虐威胁着每一个人的生命。五天前，他和夏楠共同的朋友许喆去超市买了两瓶酒，回到家就突然发病倒下，现在还在ICU抢救；三天前，在实验室里负责清洁工作的王阿姨没来上班，据她儿子讲，王阿姨就是去菜场买了个菜，走在回家的路上人就不行了。

这怎么能不让陈辰担心呢！更何况因为"超级流脑"的暴发，旧金山的治安这段时间非常糟糕，当地的警力都被派到各个医院维持秩序，流浪汉、吸毒者明目张胆地在街头游荡，他甚至想起了一周前那起震惊整个华人圈的新闻《洛杉矶街头流浪汉性侵八十四岁华妇》。

他必须立刻联系到夏楠！这种过分担心的煎熬，他一刻都无法忍受。艾米丽，对，联系艾米丽！这是夏楠留给他唯一一条有用的线索。可是他没有艾米丽的联系方式。

陈辰想到艾米丽现在也是诺菲制药的首席科学家之一。通过他在诺菲制药的老同学怀特，他要到了艾米丽的手机号。

电话那头的艾米丽显然是从睡梦中被惊醒的，她根本不知道夏楠到了旧金山,也没有收到一起喝下午茶的邀请。会不会是约了另外一个艾米丽?这个名字实在太普通了,大学时候他们班叫艾米丽的女生就有三个。

不到两分钟的电话,陈辰感觉像是被人一寸一寸地推到悬崖边上,跌入万丈深渊。他知道不存在另一个艾米丽的可能性,在夏楠的好友名单中,只有这个艾米丽!挂上电话的那一刻,失望、难过、愤怒……一系列郁结的气体冲向了陈辰的脑门。

夏楠竟然在欺骗他!为什么?她到底去了哪里?她又和谁待在一起?

谎言一旦被戳破,它所产生的化学变化就像核反应一样会发生裂变。猜疑情绪呈几何式增长,陈辰开始怀疑夏楠这次来旧金山的真正目的。

一切都是那么反常!之前他邀请夏楠一起来,被她以要参加有机化学研讨会拒绝了,前天又突然临时决定一起来。想起来夏楠明明有不少晚礼服,为何偏偏带了一条不那么正式的裙子,难道就是为了找个借口出去?

夏楠到底想要隐瞒什么?有什么事情是不能告诉他的呢?陈辰绞尽了脑汁都想不出来。对夏楠生命安全的担心渐渐地消退了下去,因夏楠欺骗自己而点燃的怒火,在陈辰的胸腔里越烧越旺。

他瞧了瞧夏楠的行李箱,也许里面会有些线索。可当他试图打开行李箱的时候才发现,行李箱被密码锁锁得死死的,而他不知道密码。太可笑了!他们相恋十年,居然还隔着一把密码锁!

陈辰顾不得自己作为一个高级知识分子的体面,愤怒地举起一把剪刀朝着行李箱的密码锁砸去。一下,两下,三下……密码锁在一通残暴的蹂躏后,终于失去了抵抗的能力。

行李箱里,整整齐齐地叠放着换洗的衣服和一个洗漱包。在一个隔层口袋里,陈辰摸到了一枚自己向夏楠求婚的戒指。这枚戒指,夏楠说要等到结婚那天再戴。

为什么把戒指带来美国？来旧金山幽会自己的相好，然后把戒指还给自己？一个可怕的念头从陈辰大脑的前额皮层中跳了出来。

在一个全球直播的颁奖典礼上，陈辰的思绪如脱缰的野马般奔腾，内心有一个声音在怒吼。弹奏钢琴的双手直冒冷汗，他害怕这一切真的被他猜中。

随着夏楠失踪时间的拉长，这个可怕的念头在他的大脑里疯狂滋长。

第二章
颁奖典礼上的意外

"真是一个被科研事业耽误的天才钢琴家。"观众席上，目前全球最顶尖的脑神经科学家们沉醉于这静谧、祥和的音乐。

只是，对于陈辰的获奖，大家颇有微词。与陈辰一起入围"诺菲神经科学大奖"的一共有八位科学家。每一位的科研成果都非常地亮眼。尤其是威尔·戈斯的神经元再生基因疗法，被认为是治疗抑郁症的突破性发现。

"威尔怎么没来?"这时候底下的观众席上有人开始窃窃私语，这个夺奖的大热门今天竟然没有出现。难道他早就料到自己会落选?

"该不是威尔听说艾伯特教授会来，故意不来的吧?"

有人猜测威尔的落选可能和评审团有关。艾伯特教授是"诺菲神经科学大奖"评审团的荣誉主席，当年艾伯特教授亲手把威尔从自己门下开除。而陈辰则是他颇为得意的门生，甚至还同意自己的女儿安琪拉去中国师从陈辰。

"可是，艾伯特教授也没来! 艾伯特教授已经五年没有参与评选工作了。"

观众席上的窃窃私语，随着音乐开始进入高潮，逐渐小了下去。陈辰闭上双眼，钢琴曲的节奏令他暂时平复了心情。跳跃的手指下流淌出的音符，就像是在干涸的土壤里开出的花，希望荡漾在黑色的地平线上。

如果不是因为父亲，陈辰也许已经成了一名钢琴演奏家。他热爱音符的纯粹，醉心于音乐世界的美妙。在无数个枯燥的科研实验后，他习惯用音乐舒缓自己的大脑神经。在他并不宽敞的办公室里，硬是塞进了一架钢琴。这首德彪西的《月光》，是他最喜欢的乐曲。

《月光》受到诗人吉罗的叙事诗《月光比埃罗》的影响，讲述的是在意大利贝加摩，一个叫比埃罗的青年陶醉在象征理想的月光下，因为沉湎于物质生活而被月光所杀。最后，由于他认识到自己的错误，得到了月光的宽恕，又回到了人间。

三个月了，毫无头绪，从来没有一次疫情，让全球的科学家都如此束手无策。社会正在失控，人类就像比埃罗一样，遭受着严厉的惩罚。

一种致命的疾病——"超级流脑"席卷欧洲、美洲、亚洲、非洲、大洋洲，几乎每一个有人类生存的地方，都正在遭受着"超级流脑"无情的扫荡。

华盛顿、巴黎、东京等城市已经宣布进入紧急状态，世界卫生组织美洲办事处公布了令人恐慌的报告结果——整个美洲大陆的发病率达到了一百年来的最高水平。在中东，医疗卫生系统已经崩溃，"超级流脑"患者的死亡率达到历史最高。

然而，到目前为止，科学家们还无法找到引发"超级流脑"的细菌或者病毒。

如果这是月光对人类的一次惩罚，他希望可以得到宽恕。

陈辰为自己有这种想法而感到荒谬可笑，作为一名国际顶尖的脑神经科学家，他居然把希望寄托于月光这般虚无缥缈的东西。

可是，这又怎么算是荒唐呢，人就是这样，在走投无路的时候，唯有这些虚无的信仰可以给内心带来一丝平静与希望。

陈辰看了一眼台下，那个座位依旧空着，夏楠还是没有出现。与他的座位相隔一个的座位也空着，那是威尔的位置。威尔的缺席，倒是让陈辰松了一口气。自从那件事情发生后，威尔一直把他当作泄密者，两个好朋友因此反目成仇，威尔多次在公开场合挑衅、攻击陈辰。

那件事情陈辰也觉得蹊跷，明明那天只有他和威尔在场，怎么可能有第三个人知道？不对，那天夏楠来找过他，大概是过于欣喜，他就跟夏楠提了几句。他从来没有往夏楠身上想过。但这次她的欺骗、失踪和行李箱里的那个戒指，让陈辰对夏楠充满了陌生感。

愤怒的情绪一下子失控，陈辰的双手用力地砸向了钢琴的琴键，"当—当—当—"三下重重的敲击，在大厅上空撞击出刺耳的回响。

陈辰突然意识到了自己的失态，赶紧起身，朝观众席鞠躬致谢。

"人类如果失去了希望，还有科学和音乐。"琴音刚落，诺菲奖创始人尤利西斯便从第一排的贵宾席上起身，快步走上了舞台，用一口带有俄亥俄州口音的英语调动起现场的气氛。

白色法兰绒衬衫和深灰色格子马甲包裹着他略微有些发福的身材，锃亮的大背头下，一双绿宝石般的眼睛散发着睿智和精明。他走向站在舞台中央的陈辰，热情地拥抱陈辰并在耳边低语："你的父亲为你感到骄傲！"

尤利西斯清晰地记得第一次见到陈辰的场景。那是一个燥热黏腻的午后，他正在办公室和两个同学艾伯特、陈天白分析小鼠水迷宫的实验数据，突然被窗外传来的一阵琴音打断。一个看着七八岁的亚洲小男孩坐在草坪上弹奏电子琴，弹奏的曲目正是《月光》。

小男孩全身心地投入在琴键上，迸发出来的每一个音符都充满了感情。尤利西斯正惊叹于这个小男孩的音乐才华，却看到陈天白一脸怒意地走出去，一把夺过了电子琴。坐在小男孩身边、一袭白色长裙的女子和陈天白发生了口角，尤利西斯猜测那应该是陈天白的夫人，而那个小男孩正是陈辰，陈天白的儿子。

"女士们，先生们，接下来是最激动人心的时刻！我们将共同见证史上最年轻的脑神经科学家摘下诺菲星芒奖杯！"

现场灯光渐暗，众人屏息仰望大厅十米高的半球形水晶穹顶。在一片黑暗中,水晶穹顶上点点蓝色亮光铺展出一幅复杂的矩阵图——大脑神经元连接三维模型图。这正是现场的科学家们穷尽一生所探索的奥秘,不过能够展现在大家面前的,还只是大脑的冰山一角。

如果说生命是宇宙中的一个奇迹,那么大脑就是奇迹中的奇迹。这团重量只有1.4千克左右的软塌塌的物质,拥有一千亿个神经元,一百多万亿个神经元连接。它赋予了人类神奇的能力,人类做的每个动作都由大脑处理和控制,它是人类认知、思考、感觉、情绪和计划的来源。然而,人类对大脑的认知却还不及对浩瀚宇宙的了解。

陈辰怔怔地望着那幅神经模型图,这个宇宙中最复杂的物体,迄今为止依旧是生命科学最大的谜团。真是个谜啊!陈辰不禁又想到了夏楠,她到底在想什么?脑神经科学研究的挑战在于简单动作背后是无穷的排列组合,虽然一个简单的勾手指的动作,只需要三百个神经元即可完成,但是,这三百个神经元完成这个动作的排列组合有两万个之多,更何况是人的想法,这才是最让人捉摸不透的。

一个星芒状奖杯正从天而降,诺菲奖颁奖典礼上最具仪式感的环节,媒体最想捕捉的镜头,马上就要到了!这只奖杯是尤利西斯亲手设计的,它的灵感来源于神经元的结构,顶端是一个星芒的形状,一根类似于树突的细长杆子连接着奖杯的底座。不过,这还不是这个奖杯设计的绝妙之处。

奖杯悬于半空之中,半球形的穹顶"哗"的一声向两边打开,穹顶之上陈列着历届"诺菲神经科学大奖"获得者的大脑模型。陈辰一眼望见了那个他最熟悉的名字——陈天白,他的父亲,传奇的华人科学家,曾被誉为脑神经科学领域的"爱因斯坦",也是第一届"诺菲神经科学大奖"的获得者。然而二十年前,父亲的精神状况出现了问题,从一名传奇的华人科学家跌落成一名精神病患者,长年住在了疗养院。

尤利西斯拍了拍陈辰的肩膀,指引他到舞台左侧的一个透明玻璃房内落座,每一个获得"诺菲神经科学大奖"的科学家,都要在那里留下他们的大脑模型。坐在定制模型的椅子上,陈辰的脑袋被一个模样像宇航员头盔的设备包围,他有点喘不过气来。

会场环形LED大屏幕上开始跳动陈辰大脑的各项数据。第二十二个基座上,一个大脑模型正在生长出来,脑干、小脑、大脑、枕叶、顶叶、颞叶、额叶、前额皮层……一个完整的脑模型在短短的两分钟内就制作完成。

悬于半空的奖杯开始发出莹莹绿光,顶端星芒的形状开始变得清晰。每一个"诺菲神经科学大奖"的奖杯都是独一无二的,它源自获奖科学家自身的神经元形状。这是大数据经过分析挑选出的它认为最优美的一个神经元的形状。

全场观众凝神屏息,最令人难忘的时刻到了!尤利西斯移步向前,伸手取下正缓缓降落的星芒奖杯。此刻,陈辰已经重新回到舞台正中。现场的记者高举起相机、摄像机,全神贯注地准备记录这历史性的一刻,它马上会成为各大新闻媒体的头条。

"雷蒙德教授,你怎么了?"一个尖锐的女声刺破了会场静止凝固的空气,也打断了所有人对舞台中央的注视。

"是——是'超级流脑'!雷蒙德教授感染了'超级流脑'!"紧接着,另一个沉闷而不安的男声把整个会场如同架在烈焰燃烧的火堆上炙烤。只是一瞬间,"超级流脑"让原本安坐在椅子上的科学家们立刻坐立难安,惊恐、焦灼的情绪在会场上空蒸腾。

陈辰循着声音望去,观众席第三排左侧来自英国伦敦大学的脑神经科学家雷蒙德教授像一只煮熟的虾般,蜷缩着身子跌落在地上,口吐白沫,全身抽搐。

严重的"超级流脑"患者，一发病就是这个症状！坐在雷蒙德教授四周的科学家们几乎是从座位上弹射起来，纷纷朝着四周散去。可怜的雷蒙德教授，颁奖典礼开始前，有多少人趋之若鹜地与他攀谈，但在这个时候没有一个人愿意向他伸出援手。

"请大家回到自己的座位上，医护人员马上就到！"尤利西斯用他俄亥俄州口音的英语安抚大家的情绪，但并没有起到任何效果。他皱了皱眉头，给候在舞台右侧的助理沃克使了一个眼色。

全副武装的医护人员抬着担架冲进了会场，利索地把雷蒙德教授往担架上一绑，就匆匆离去。从雷蒙德教授被发现发病到抬走，整个过程不到五分钟。

随着雷蒙德教授离去的，还有不少现场的科学家。这短短的五分钟，对他们而言就像一个世纪般漫长，他们每呼吸一下，都感觉肺叶里充斥着"超级流脑"的病毒，也许，下一个倒下的就是自己！即便到目前为止，科学家们还没有找到证据可以证明"超级流脑"是通过空气传播的。

颁奖典礼还要继续进行，只是谁都没有心情继续观礼。刚才在雷蒙德教授倒地的那一刻，已经有人匆匆离开。留下来的科学家大多碍于尤利西斯的面子，他们绝大多数都和诺菲制药有着合作。此刻，他们如坐针毡，只希望活动可以尽快结束。

"尤利西斯先生，在人类面临如此灾难的时候，诺菲制药办这样一场盛会您不觉得不合时宜吗？诺菲制药先前声称可以保护每一位与会专家的安全，现在看来无疑是信口开河。"一个来自《华盛顿邮报》的记者显然对台上的颁奖表演失去了耐性，冲出媒体区，大步疾走到舞台跟前，扯着嗓子发问。

诺菲奖颁奖典礼举办前，遭到了各大媒体强烈质疑，所有集会都被政府明令禁止，诺菲制药通过关系获得特别许可，把全球的脑科学家召集到"超级流脑"的重灾区旧金山，无疑是为了自己的声誉而罔顾科学家们的安危。

面对媒体的谴责，诺菲制药声称有能力确保所有与会科学家的生命安全。对于这点，尤利西斯有十足的信心。然而，刚刚发生的雷蒙德教授突发"超级流脑"事件，令诺菲制药和尤利西斯陷入了非常被动的局面。

两个身材魁梧的保安冲上去钳制住记者，正要把他往外拖，被尤利西斯阻止了。

"这不仅仅是一次颁奖盛会，诺菲制药举办这次活动，更为重要的目的是给全球脑神经科学家提供一个交流平台，以尽快控制'超级流脑'疫情。"现场的失控对见惯了大风大浪的尤利西斯来说没有造成丝毫影响，他镇定自若地应对媒体。

"对于雷蒙德教授的突发疾病，我感到非常抱歉，但现在还没有定论说这就是'超级流脑'。在这里，我向大家保证，诺菲制药一定会尽全力救治雷蒙德教授，并及时将教授的病情通报给各家媒体。

"同时，我还有一个好消息要和各位媒体朋友分享，诺菲制药已经找到可以治疗'超级流脑'的药物，我们正积极地向世界卫生组织申请特别通道，希望药物可以尽快用于临床治疗。

"诺菲制药不会辜负大家的期望！今天的活动到这里就结束了，感谢有这么多科学家在为我们的大脑事业奋斗，也感谢今天到场的媒体朋友！最后，再一次祝贺来自中国的年轻有为的科学家陈辰获得本届诺菲大奖！"

语毕，尤利西斯拉着陈辰，步履匆匆地离开了会场。他不想再应付这些无聊的记者，他也知道，陈辰今天的状态不适合回答记者提问。从陈辰踏入会场的那一刻，他就察觉到这个年轻人的异常，一张苍白的脸上满是阴郁和愤懑。而他，还有更重要的事情要做。

第三章
陈辰的幻觉

五月的旧金山,受太平洋加利福尼亚寒流的影响,潮湿的空气中裹挟着一股浓浓的寒意。往日里熙熙攘攘的街头,现在几乎看不到行人。偶尔,一两个把自己裹得密不透风的人在路上闪过,也是行色匆匆,不敢做片刻的停留。他们甚至不敢大口呼吸,空气中弥漫着的消毒药水味道,让他们感到恶心、恐惧和绝望。谁也不知道,下一个在街头莫名倒下的会不会就是自己。

街道两边的商店大门紧闭,这个美国西部最重要的金融中心,此刻仅靠几家半开着门的便利店和药店,残喘着一丝商业气息。旧金山是"超级流脑"的重灾区,很多市民已经逃离了这个地方。其实,大家早已无处可逃,"超级流脑"遍布于全球每一个有人类生存的角落。

从诺菲大厦出来后,陈辰紧跟着尤利西斯坐上了他的迈巴赫。尤利西斯邀请陈辰去诺菲医疗中心参观他们的最新研究成果。

"诺菲制药找到了'超级流脑'的病原体?"刚一上车,陈辰便急切地问道。尤利西斯在颁奖典礼上说的话暂时把陈辰从对夏楠失踪的焦虑中拉了出来,刚才还一脸颓废的他,眼里泛起精光。

"非常遗憾,诺菲制药的科学家团队还没有检测到。"尤利西斯摊开他那双厚实的手掌,无奈地耸了耸肩。

"那么你说的治疗'超级流脑'的药物是——"陈辰非常诧异。

"是一次意外!"尤利西斯嘴角微微一扬。

"意外发现有药物可以治疗'超级流脑'?"陈辰转过头去,露出疑惑的神情。

"没错。对科研来说意外有时并非一件坏事。"尤利西斯边说边从一个精致的雪茄盒中,取出一支雪茄,放在鼻子底下深吸了一口气,缓缓说道,"陈辰,你应该深有体会。"

尤利西斯说得没错,陈辰若有所思地点点头,心中想道:科学研究的确充满意外,伟哥原本是一款治疗心脏疾病的药物,结果临床试验显示,这种药物对心脏病没什么作用,但是可以让血管迅速充血变得膨胀,这个意外成就了一款行销全球的壮阳药。而目前最让他激动的发现—— 一种暂且被他命名为MTX的全新物质,也是源于一次意外。

读博期间,他用荧光染料试剂研究培养皿中神经细胞之间的交流。有一天,他发现培养皿中的神经细胞交流比往常强了很多,细胞发出了非常强的荧光。他反复研究,发现自己在做实验的时候犯了一个错误,镁离子的浓度加多了,原本应该是0.8毫摩尔,结果加了1.2毫摩尔。正是这个意外,让他有了这样一个重大的发现。经过多次重复的实验,证实了镁离子对加强神经网络之间的交流非常有用,于是才有了MTX。

"怎么发现的? 是哪一种药物?"陈辰对尤利西斯给的答案并不满足,追问道。

尤利西斯没有马上回答,他悠闲地握着一把锃亮的雪茄剪,娴熟地剪去茄帽。刚才颁奖典礼上的混乱并没有影响到他的心情。他用左手拇指和食指握着雪茄的上方,另外三个手指托着雪茄在打火机的火焰上轻轻转动。做完这一系列动作后,他才娓娓说道:

"半个月前,一个正在接受安他敏一期临床的病人被发现感染了'超级流脑',但他的症状得到了有效控制。经过小范围的试验,我们认为安他敏对'超级流脑'患者非常有效。"

"安他敏？诺菲制药研发的治疗阿尔茨海默病的药物？一个月前刚刚通过FDA药品临床试验批准的安他敏？"像是生怕听错，陈辰在"安他敏"几个字上加了重音。

"是的。"尤利西斯目不转睛地看着在打火机上炙烤的雪茄。

"但是你们不会公开安他敏的化学分子式。"陈辰脱口而出，而很快他觉得这句话非常不专业。

"诺菲制药用了六年时间花费二十亿美元才研发出安他敏。"尤利西斯的神情变得严肃，沉默了一会儿后说道，"但诺菲制药会考虑免费提供，这是人类共同的灾难。"

陈辰惊讶地看向尤利西斯，他没有想到，诺菲制药会考虑放弃一个大好的赚钱机会。对尤利西斯，陈辰之前最为敬佩的是他在阿尔茨海默病药物研发上的坚持。这让陈辰觉得尤利西斯并不是一个纯粹的商人，尤利西斯的脑科学背景令他与其他制药商相比更多了一层对脑科学探索的情怀。

阿尔茨海默病药物的研发失败率极高，素来有"研发人员的英雄冢"之称。全球最大的几家制药公司在这个领域都纷纷折戟。在过去的二十年里，有一百四十六种关于阿尔茨海默病的药物研发宣告失败，仅四种上市，但是这些上市的药物对阿尔茨海默病的治疗效果都不乐观，它们不能阻断或逆转病情，只能起到缓解症状的作用，阿尔茨海默病新药研发已经十七年没有新的进展。

越来越多的制药巨头对这个领域的药物研发失去了信心，停止了继续探索的脚步，甚至开始怀疑"β淀粉样蛋白斑块是引起阿尔茨海默病的元凶"这一假说本身就是一个错误方向——正是因为这个假设错了，所以这几十年来人类在阿尔茨海默病的药物研究上一直未有突破。

诺菲制药在过去的六年时间里，两次失败，安他敏是第三次。刚刚进入临床一期,能否有效治疗阿尔茨海默病现在谁都说不准。一旦临床试验失败,六年时间、二十亿美元相当于打了水漂。现在只要证实安他敏可以有效治疗"超级流脑",诺菲制药就可以提早将研发投入收回来,甚至还可以大赚一笔。

"我想,人类历史会记住您这伟大的举动。"陈辰向尤利西斯投去敬佩的目光。

"哈哈哈——"尤利西斯有些得意地大笑起来,他拍拍陈辰的肩膀,说道,"人类历史也会记住你的。"

车子驰骋在空空荡荡的马路上。不远处停着一辆救护车,两名穿着厚厚防护服的医护人员正抬着一名奄奄一息的病人往车上送。

"'超级流脑'的感染者又增加了一例,看上去还很年轻。"尤利西斯朝车窗外瞥了一眼。

救护车停在靠尤利西斯一侧的路边,陈辰起先并没有注意到。可当他看到这一幕时,感到头皮一阵发麻,心脏仿佛要从嗓子眼里蹦出来!

"停车,快停车!"陈辰双手抓着副驾驶的椅背,冲着司机用英文喊道。

司机像是被吓到了,大脑还没来得及反应,脚已经重重地踩在了刹车上,"吱——"一个紧急刹车。

车子还没停稳,陈辰已经着急忙慌地打开车门向救护车冲过去,他明显感到自己的双腿在打战,身体的重心极其不稳。

当陈辰跑到路的中央,看清楚患者痛苦而狰狞的面部表情后,突然停了下来。不是夏楠!他半躬着身体,双手撑在膝盖上,一口吊在嗓子眼里的气从他的喉咙口长长地吐了出来。他这才意识到,这个患者除了穿着一件与夏楠类似的白色上衣外,几乎没有任何的相似之处。

"抱歉，认错人了！"回到车上，陈辰为自己刚才的失态向尤利西斯和司机道歉。

一夜未眠的他，双眼布满了血丝，也许是神经紧张、大脑缺氧产生了幻觉。这些日子里，他见过太多"超级流脑"患者，甚至面目可怖的死亡，他已经有些麻木。陈辰心神未定地望着车窗外的萧条景象。

一具、两具、三具……他看到自己在冰冷的解剖室里，用手术刀慢慢划开"超级流脑"感染者尸体的皮肤，血水一点点地渗透出来，然后死者的血汨汨地往外冒，那血从动脉里喷射出来，飞溅到解剖室的各个角落，他闻到了一股浓浓的血腥味，血水涨了上来，他感觉被什么掐住了自己的喉咙，拼命地拽着他往血红色的深渊底下沉。是幻觉！人死了，血液就会失去动力！

陈辰用力地掐了一下自己的大腿，阻断这可怖的思绪，他对自己产生这样的幻觉感到奇怪。

"有心事？需要帮助的话不妨直说。"在颁奖典礼上第一眼看见陈辰，尤利西斯就发现，他情绪低落，心不在焉。他一直关注着这个年轻的科学家，不仅因为陈辰的父亲曾是他的朋友，更为重要的是，陈辰正在进行的研究——MTX。

"应该是最近太累了。"陈辰用极为简短的言语搪塞过去，他没办法告诉尤利西斯夏楠欺骗他，玩起了失踪。在外人面前，他需要竭力保持住自己的那份体面。这是父亲从小对他的要求。

陈辰低头看了一眼手机，已经是下午五点，那些发给夏楠的信息如同石沉大海一般，得不到任何的回应。他感到害怕，并且越来越恐惧。他愤怒于夏楠的欺骗，却更恐惧失去夏楠。这些复杂的情绪在他的胸腔里上蹿下跳。

他突然意识到，最近三年，他和夏楠之间的沟通越来越少，看上去相敬如宾、和谐相处的关系背后，少了许多情侣之间应有的亲密。亲密，是他和夏楠生活中的敏感区域，即便睡在同一张床上，夏楠也会为自己专门准备一床被子。

"MTX进展得怎么样了？"尤利西斯识趣地换了个话题，相比于陈辰获奖的那个研究，他对MTX更感兴趣。

MTX对中国在人脑工程全球竞赛中获得优势地位具有重要意义，但对于尤利西斯来说，MTX具有更为重要的用处。之前，陈辰在一次学术研讨会上，透露了MTX这项他正在做的研究，其实更早以前尤利西斯已经从艾伯特教授的口中得知MTX的存在，艾伯特教授在跟他说起记忆提取器的时候，曾不经意间提到过MTX的神奇之处。

"还在进行中，遇到了一点问题。"陈辰沉着脸。

"有没有兴趣跟诺菲制药合作？"尤利西斯深吸了一口雪茄，眼神迷离地看着自己吐出来的烟圈，"不论需要多少资金，诺菲制药都可以提供。"

"不是钱的问题，MTX在通过血脑屏障上遇到了一些阻碍。"

"可以说来听听吗？也许我可以帮到你。"尤利西斯缓缓转动手中的雪茄，相比于雪茄的烟在口腔中的辛辣感和烟草香味，他更喜欢手指间转动着粗大的雪茄，这种掌控的感觉让他觉得舒服。

"MTX在被稀释一万倍后，失去了通过血脑屏障的动力，但如果增加浓度，它的效力太强。"

"一万倍？"尤利西斯追问道。

"是的，必须稀释一万倍以上，才能用于人体。"

"主要成分是什么？"

"镁——"当陈辰说出这个字的时候，他突然意识到自己说多了。

真是奇怪了，今天总有一种控制不住自己意识的感觉。刚才差点把MTX的成分告诉尤利西斯。幸好及时回过神来，否则可真是闯了大祸了。

“还是不方便说？”尤利西斯微微一笑。

“等到成功以后说，会更好。”陈辰努力地克制着自己，不知为何，他察觉到自己竟然有一种想要说出来的冲动，但理智告诉他不能说。他举起右手，在唇边来回摩挲，试图用肢体动作提醒自己保守住这个秘密。

两人陷入了沉默，唯有汽车收音机里一个亢奋的声音语速极快地播报着新闻。

“世界卫生组织总干事伊蒂斯女士二十五日在总结过去三个月的全球抗击‘超级流脑’战役时说，‘超级流脑’是本世纪最为严峻的一种传染病，但它只不过是世卫组织和各国面临的五十多种严重跨国传染病中的一种。‘超级流脑’吸引了全球医学界、科学界、政治界和公众的注意力，这有助于世界了解这种传染病威胁的严重性以及国际合作面对这一威胁的重要性。

“伊蒂斯指出，要有效对付‘超级流脑’的暴发，单靠各国自身努力是不够的，需要加强国与国、地区与地区、机构与机构间的合作。

“伊蒂斯在伦敦召开的‘世卫组织全球“超级流脑”’会议上说，公开分享信息与资源，能够拯救更多的生命；世界上最好的科学家和临床医生应该放弃竞争，为战胜可能出现的共同威胁而无私合作。”

真是这样吗？陈辰心想。他瞟了一眼尤利西斯，尤利西斯正陶醉于他的雪茄，嘴角挂着一丝不屑的笑容。

“世卫组织将这种致命的怪病命名为‘超级流脑’，不过是根据它高热恶心，皮肤出现瘀点瘀斑，脑膜刺激征和颅内压增高，肾上腺皮质充血导致急性肾上腺皮质功能不全这些类似于流脑症状的草率定性！”

“也是无奈之举。病人脑脊液检测实验抗原呈现阴性，找不到病原体，只能根据症状来定性。”

“我感觉，现在就像是在十五世纪的欧洲，在不知道微生物存在的情况下，要寻找治愈黑死病的方法，这是无解的。"

尤利西斯吸完最后一口，熄灭了手中的雪茄。他眯缝的眼眸里，似乎充满了雾气，模糊难辨。

半个小时后，诺菲医疗中心标志性的天蓝色建筑群已经清晰可见。诺菲医疗中心坐落在距旧金山南边约三十五英里的帕拉阿图市，毗邻斯坦福大学。它是美国最大的医学科研中心之一，斯坦福大学医学院的主要教学医院，在癌症治疗、神经外科等领域均居于全球领先水平。在新出炉的"全球最佳医院"排名中，诺菲医疗中心位列前十，最引人注目的是这所医院是所有入选医院中最年轻的，成立仅二十年。

医院门诊中心大楼的门口停满了警车，这让尤利西斯非常不满。这种情况不是第一次出现，"超级流脑"暴发以来，总有不安分的患者家属大闹医院，给原本已经超负荷工作的医护人员增加压力。为此，医疗中心向当地警局请求过支援，却被警局以没有多余的警力为由拒绝了。

"这些愚蠢的市民，总觉得救不了病人都是医生的错、医院的错！"尤利西斯的口气中带有一股愠怒之意。他不想理会这些无聊的人，示意司机朝后面的病区大楼开去。

汽车在诺菲医疗中心病区大楼门口停下。"超级流脑"在旧金山暴发后，旧金山的病床缺口高达三万张，许多确诊的"超级流脑"病人只能滞留在门诊室。诺菲医疗中心专门把二号病区腾出来用于收治危重的"超级流脑"病人，这样做是为了防止发生院内传染。

尤利西斯径直向二号病区走去，陈辰快步跟上。穿过二号病区的防护区，工作人员为尤利西斯和陈辰穿戴好全套防护服。临床流行病学主任内森已经在这里等候多时，安他敏对治疗"超级流脑"有效就是他发现的。

"目前第一批接受安他敏治疗的八名'超级流脑'患者已经康复出院！还有二十名'超级流脑'患者的病情已经得到有效控制！"内森一边带着大家走进电梯，一边略带欣喜地向尤利西斯汇报最新情况。

电梯停在了十五楼。这一层专门用来做安他敏治疗"超级流脑"临床试验，只有诺菲制药的工作人员才能进入。陈辰是第一个进入这里的非诺菲制药员工。尤利西斯对他的特别信任，令陈辰有些诧异。

在宽敞明亮的病房里，陈辰看到了与其他收治"超级流脑"患者医院截然不同的景象，病人的精神状态非常好，在他们的脸上几乎看不到一丝的痛苦。

这些都是"超级流脑"的危重病人，按照以往的治疗经验，摆在这些病人面前的只有一条通向死亡的道路。陈辰翻看挂在病人床头的治疗记录，这应该是他三个月来最想看到的文字，他的目光飞快地在爬满了英文字符的病历纸上游移，不时深吸一口气，实在是太不可思议了！

"陈辰，今天请你来这里，就是想听听你的想法，我们刚刚向世卫组织提交申请，在全球范围内发起'同情用药'，世卫组织正在研究，并计划举行安他敏特别研究会议。"尤利西斯挥舞着双手亢奋地说，"你是中国'超级流脑'专家小组的组长。"

"我们认为已经刻不容缓。"站在尤利西斯右手边的内森神色严峻地补充道。

"是啊，分秒必争。"陈辰长叹了一口气，他正要往下说，但意识到自己中国"超级流脑"专家小组组长这个身份，他顿了顿，问道，"除了安他敏，没有使用其他任何药物？"

陈辰用疑惑的眼神看向内森，在治疗记录里，他没有找到使用其他任何药物的记录，哪怕连消炎药或者抗生素都没有。

"没有,这些病人在使用安他敏后,都停用了其他药物。"内森扬起了双眉,"这是最好的证明,是安他敏让他们康复了。"

"那么副作用呢,病人有出现不良反应吗?"陈辰追问道。临床试验,除了检测药物的有效性,同时也检测药物的毒性。

"没有出现任何的不良反应!"内森递过一叠病人的检查报告,"不论是之前阿尔茨海默病的临床试验者,还是'超级流脑'的病患,所有人的检测指标都在正常范围内。"

"最早的一批阿尔茨海默病试验者用药一个月,各项检测正常,'超级流脑'患者用药半个月,检测正常,但是从时间维度看,药物安全性还远不能得到确认,而按照治疗效果看……"陈辰飞快地扫视检查报告,嘴里念念有词,语速很快,像是自言自语,这是他的习惯,他以此来提高思考的速度。

安他敏作为一款作用于神经系统的药物,阴错阳差地对"超级流脑"有效,并非没有可能,眼前的事实就是最好的佐证。诺菲制药在新药研发上一直都处于国际领先的水平,而且一向严谨……

大脑的转速已经达到了极限,此刻他所身处的环境,容不得陈辰用更多的时间去细细思考,他觉得还缺点什么,到底是什么? 对了,药的剂量!

"只用了一粒安他敏——"陈辰说到一半,被一个急促的女高音打断了。

"内森医生,二十八楼一名'超级流脑'病人病危,家属同意病人试用新药,现在正送过来!"一个身材粗壮的女护士从外面急匆匆地跑进来。

内森立刻跟着女护士走了出去,尤利西斯示意陈辰跟上:"你可以一起去看看。"

病人已经进入重度昏迷状态,一般到了这个程度,陈辰明白几乎是回天乏术。内森简单地检查了病人的生命体征,对胖护士下了一个简单的指令:"鼻饲安他敏"。

胖护士手脚麻利,陈辰全程目不转睛地盯着患者,在鼻饲安他敏后大约十五分钟,患者各项生命体征有了明显的好转。如果不是亲眼见到,陈辰绝对不敢相信安他敏有这样的疗效。也许真是人类得到了月光的宽恕,上帝用一次意外为人类生存指出了一条明路。

"整个治疗过程,安他敏的剂量,只需要一粒?"陈辰继续刚才没有问完的问题。

"没错,陈教授看得真是仔细。这是我们多次试验后,得出的最佳方案。在没有完成临床试验前,药物的剂量越低,对患者的安全性越有保障。"内森颇有些得意。

陈辰赞同内森的观点,任何毒性都与剂量相关。能用一粒安他敏治愈"超级流脑",这实在是件让人振奋的事情。

"有一个不情之请,我的一位朋友感染了'超级流脑',情况比较严重,是不是可以送我一粒安他敏。"看着病床上已经苏醒过来的病人,陈辰突然想到了许喆,这个曾和他并肩作战的同事兼朋友,现在正躺在ICU生命垂危,他亲自参与许喆的治疗方案,但是情况依旧一天比一天差。

"陈辰,看来安他敏得到了你的认可。虽然这并不符合程序,但在生命面前,我没有理由拒绝你。"在一旁沉默了许久的尤利西斯用一种极为低沉的声音说道。

这时候,陈辰的手机铃声打断了三人的谈话。他以为夏楠终于来电话了,顾不得应有的礼节,迫不及待地从裤子的口袋里掏出手机,结果发现手机屏幕上显示的是安琪拉的名字,有点儿失望。

陈辰正欲按下拒听键,尤利西斯微笑着示意他不介意陈辰接一个电话。电话那头传来安琪拉悲痛的哭腔,陈辰瞬间如跌入了冰窖,无法呼吸。

"你说什么? 艾伯特教授被杀了!"

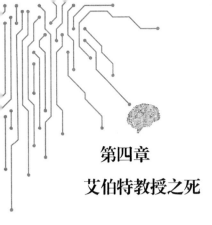

第四章
艾伯特教授之死

当听到父亲艾伯特死讯的时候,安琪拉正在旧金山珊迪聋哑学校探望她的朋友卡翠娜。两人在卡翠娜的办公室里聊着摇滚歌手安迪·博加德最新的专辑《比埃罗的诅咒》。《比埃罗的诅咒》是安迪·博加德最具野心和冒险精神的尝试,专辑里的每一首歌都充满了威胁意味与绝望感。

卡翠娜是安琪拉在安迪·博加德的演唱会上认识的。两人因为共同的兴趣爱好一见如故,迅速成了亲密的朋友。安琪拉在旧金山的时候,两人经常一起相约去摇滚酒吧纵情地喝酒听歌。

"这段时间真是太忙了,我这个超级粉丝竟然还没听过这张专辑。"卡翠娜按下美式咖啡机的按钮,"听说'超级流脑'暴发后,《比埃罗的诅咒》的数字专辑销量飙升了三倍。"

"音乐是人类绝望中的安慰剂!"安琪拉闭上双眼,聆听安迪·博加德重金属质感的声音"我们无乐不作,即使就在今夜死去"。

"幸好,我的孩子们都安然无恙。"卡翠娜将一杯冒着热气的咖啡递给安琪拉。

"珊迪聋哑学校的孩子都没有感染'超级流脑'?"安琪拉接过咖啡,讶异地望着卡翠娜。

"一个都没有!"卡翠娜褐色的双眸泛起一丝温柔,她对此感到非常幸运。

珊迪聋哑学校所处的街区,是"超级流脑"疫情暴发的集中地带。一所学校没有一个学生感染"超级流脑",这个信息让安琪拉感到意外。

"那老师呢?"

"老师的情况有些糟糕,已经有七人被确诊了!"卡翠娜眉头微蹙,声音依然柔和,"学校已经接到通知,从下周开始进入停课状态!"

"老师感染而学生安然无恙? 你们为孩子们采取了什么预防措施?"当问出这个问题的时候,安琪拉觉得自己愚蠢至极。像她这样在"超级流脑"一线进行科研工作的人,尚且不知道这种疾病的传播途径,预防措施又从何谈起。

"一只口罩算吗?"卡翠娜调低了音响的音量,谈到"超级流脑",她有很多问题想向安琪拉请教。

"至少可以给点心理安慰……"安琪拉微微苦笑,话音未落,一阵电话铃声打断了两人的聊天。

安琪拉接起电话,电话中一名男子自我介绍说他是旧金山警局凶杀案处警官科尔曼,正在调查她父亲艾伯特教授的被杀案,需要她的配合。

安琪拉赶到旧金山警局的时候,科尔曼警官已经在大楼门口等候她多时,在科尔曼警官右手边站着的是陈辰。接到安琪拉的电话后,陈辰第一时间赶到了这里。一身紫红色法兰绒西装在这个场合显得特别刺眼。

艾伯特教授的死对陈辰的冲击太大了。如果说是父亲把他逼进了"科研"这座围城,那么艾伯特教授是他在围城里的信仰,他努力平复着自己的心情。

陈辰比较感性,这令他小的时候经常遭受父亲的批评,但艾伯特教授却认为陈辰在具备理性的同时,还拥有极强的感知能力和丰富的感性世界,有利于帮助他探索科学的奥秘,因为感性可以带给他无限的创造力。

安琪拉身穿素雅的浅蓝色衬衣,搭配一条紧身牛仔裤,她化了俏皮的妆容,但此时脸色却显得无比苍白,宝蓝色的眼睛上蒙着一层泪水,晶莹剔透。不过,悲伤仍然遮盖不住她身上的那股青春活力。

"陈教授! 这不是真的! 不是真的!"当安琪拉看到陈辰的一刹那,那些在她眼眶里打转的液体瞬间抑制不住地涌了出来。

她无法相信这是真的。来的路上,卡翠娜车子的广播里一直在重复播放着一条新闻——"著名脑神经科学家艾伯特教授于今天下午五点被发现死于斯坦福大学实验室!"

新闻很短,除了艾伯特被害,没有其他任何信息的报道。但媒体的行动是迅速的,很快,关于艾伯特教授的生平、研究发明以及各种逸事便在互联网、广播里铺天盖地。作为艾伯特教授的养女,安琪拉也未能幸免地被曝光了。

"父亲不可能被害的!"安琪拉看着陈辰的眼睛,竭力克制着自己的情绪,她多么希望能从陈辰口里听到"安琪拉,他们搞错了,死的不是你的父亲"。然而,陈辰只是轻抚着安琪拉的背,像是在对她说"接受现实吧"。

艾伯特不是安琪拉的亲生父亲,但他们父女之间的感情是真切而深厚的。

"安琪拉小姐,我是通知你的科尔曼警官,根据程序,你需要先辨认一下死者。"科尔曼毫无感情的声音不合时宜地响起。

科尔曼极不喜欢接待死者家属,他对那种哭天喊地的悲伤场面已经麻木,却仍要竭力表现出同情和安慰。他庆幸今天站在身边的这个中国男人很冷静,不需要他出面安慰死者的家属。

"走吧,安琪拉。也许是他们搞错了。"陈辰不擅长安慰人,这句连他自己都无法相信的话,是他唯一能够想到的安慰的言语了。

走进停尸间的时候,安琪拉紧紧地拉着卡翠娜的手,躲在陈辰的身后。她从未畏惧过尸体,第一次跟陈辰上解剖课的时候,她是表现最好的学生。此刻,她感到害怕,她怕看到那张熟悉的脸,怕仅存的一丁点希望都破灭了。

　　停尸间里寂静到可以听到彼此的心跳,安琪拉把头靠在陈辰的背上。她清晰地感觉到,陈辰的背部开始剧烈地起伏,喘息声越来越大,有一种抑制不住的情感在不停地往外蹿——悲伤。突然,陈辰转过身来,紧紧抱住了安琪拉。

　　仅存的一点希望也破灭了! 安琪拉慢慢地从陈辰的怀抱中挣脱出来,她看到平日里严肃的陈教授此刻已经泪眼婆娑。安琪拉抬手拭去他眼角的泪水,现在,她必须接受失去父亲的现实。

　　她拖动着僵硬的腿,双脚沉重却又瘫软,几乎使不上力。父亲直挺挺地躺在停尸台上,身上那件浅灰色的薄羊绒开衫是安琪拉前年送给父亲的生日礼物,只是现在已经被鲜血浸润了一大片。

　　父亲的面容,依旧慈祥。安琪拉伸出右手,轻轻地抚摸父亲的脸庞,指尖触碰到的冰冷,提醒着她父亲已经离她而去了。她俯下身子,亲吻了父亲的额头。父亲喜欢跟她做游戏,她总是输给父亲,可只要亲一下父亲的额头,父亲就会答应再给她一次机会。

　　她多么希望这也是父亲跟她做的一个游戏,她亲吻他的额头,他就能睁开眼睛,对她说:"安琪拉,再给你一次机会!"想到这里,一阵巨大的悲伤又涌了上来,安琪拉抱着父亲的头开始痛哭。

　　"安琪拉小姐,时间差不多了,我们还需要对你做一个笔录。"科尔曼警官冰冷的声音又再次不合时宜地响起。

　　陈辰用力地做着深呼吸。终于,心跳开始缓和下来,大脑渐渐恢复运作。这是一个科学家必须具备的基本素质,对待任何事情,都得时刻保持一个冷静理性的大脑。他走过去扶起安琪拉,在安琪拉放开艾伯特教授头部的瞬间,他突然看到艾伯特教授的下颌处有一条细细的缝合线,从皮肤牵扯的状态来看,应该是死后进行的缝合。

为什么这里会有一条缝合线?! 陈辰的心头一颤,太不正常了!

问话在一个不到五平方米的小房间里进行,陈辰和卡翠娜被安排在一个接待室等候。

安琪拉靠在椅背上,全身瘫软,科尔曼警官递给她一杯热咖啡,算是对这个刚失去父亲的女孩的一点关爱。

"安琪拉小姐,对于艾伯特教授的被害,我们感到非常遗憾,为了能够尽快找到凶手,需要你的配合。"科尔曼警官翻开一本封面破旧得厉害的笔记本。

"你问吧。"安琪拉也很想知道,到底是谁杀害了父亲。她正了正身子,双手捧起咖啡杯,一口气喝了一半,咖啡因可以稍稍缓解她的痛苦。

"艾伯特教授有跟人结怨吗?"

"没有!"

"安琪拉小姐,请你仔细想一想。"

"没有! 父亲已经闭关五年,这五年里他几乎没有任何的社交。"

"五年前呢?"

"他是一个备受学生尊敬的老师!"

"同事关系呢?"

"相当融洽!"

"是否存在利益冲突?"

"没有!"

"为何这么肯定?"

"父亲做科研从来都不是为了利益!"

"你和你父亲的关系怎么样?"

"相当好!"

"你最后一次见他是什么时候?"

"去年圣诞!"

"这半年都没有见过吗?"

"我在中国上学,我们平时都很忙。"

"昨天下午四点到六点你在哪里?"

"旧金山中央公园酒店!你是怀疑我吗?"

"例行公事,请你理解。是否有证人?"

"陈辰教授!他就在外面。"

"你父亲和尤利西斯的关系怎么样?"

"他们是朋友!"

"两天前艾伯特教授在他的个人社交账号上宣布记忆提取器即将进入临床阶段,诺菲制药股价大跌!"

科尔曼,这个四十出头的黑人警察一直都非常关注治疗阿尔茨海默病药物的研发,他的妻子在一年前被诊断为AD——也就是阿尔茨海默病的早期患者,这让他的生活陷入了慌乱和无序。没有一种药物可以治愈或者逆转这种疾病。这一年里,他关注每一项与阿尔茨海默病治疗相关的报道,焦虑地等待着医学的突破。

科尔曼寄希望于艾伯特教授的记忆提取器,这是被脑科学权威杂志《神经元》视为最有可能拯救阿尔茨海默病的医学突破,能够帮助患者改善认知和记忆障碍。同时，他也了解到，诺菲制药的安他敏是目前唯一正在进行临床试验的AD药物。

两天前，艾伯特教授实验室宣布，记忆提取器研发取得重大突破，将于一个月后举行新闻发布会。消息一传出，诺菲制药的股价应声下跌。人们似乎已经对药物研发失去了信心，转而寄希望于医疗器械，这对诺菲制药的冲击，无疑是巨大的。

艾伯特教授在这个时候被杀，多年的办案经验告诉他，这也许是商业利益引发的凶杀。在商业利益疯狂生长的地方，往往只见恶魔，不见人影。

"尤利西斯资助了记忆提取器的研发。"

"你是说记忆提取器的研发还得到了尤利西斯的资助？"

"是的……"

一阵敲门声打断了他们的谈话，一个年轻的高个子警官来找科尔曼。两分钟后，当科尔曼警官再次回到座位上时，手上多了一张照片。

"艾伯特教授的女性朋友你认识吗？"

"你指的是？"安琪拉对科尔曼警官突然转变话题感到奇怪。

"艾伯特教授是否有女朋友？"

"没有！"

"安琪拉小姐，请你再仔细地想一想。"

"他醉心于科研，根本没有时间交往女朋友。"

"会不会存在你不知道的男女关系，毕竟你们有半年没见面了？"

"父亲从来不会对我隐瞒任何事情！"

"我们从艾伯特教授实验室门口的摄像头里，看到当天有一个女人去找过艾伯特教授！"

"不可能，父亲拒绝接待访客已经有五年了！"

"视频里艾伯特教授为她开了门,不过摄像头坏了,三点以后的情况都没拍到。"

"所以,你们怀疑是她杀了父亲?"

"从艾伯特教授被杀的现场情况分析,应该是一个熟人做的!"

"为什么这么说?"

"现场没有任何打斗的痕迹。"

"她是谁?"

"你认识她吗?"说着,科尔曼警官递过手上的照片。照片上的人像很是模糊,但安琪拉一眼就认出来了:

"夏楠!"

第五章
大脑被偷

"你们一定搞错了!"当陈辰从科尔曼警官口中听到夏楠成了杀死艾伯特教授嫌疑人的时候,他觉得很是荒唐。

"陈先生,现在还只是怀疑。我们需要知道夏楠现在在哪里,请你配合。"科尔曼警官依旧保持着他冰冷的态度。

同样冰冷的,还有问讯室顶上白得晃眼的白炽灯,灯光直射且刺眼。陈辰下意识解开衬衫最顶上的一颗扣子,贴合他颈部线条定制的衬衫领子此刻勒得他喘不上气来。

"昨天下午,她离开酒店之后,就一直联系不上。"陈辰竭力控制自己的情绪,但很明显,他的声音在发颤,"你们确定她去找过艾伯特教授?"

"是的,陈先生,我们在艾伯特教授实验室门口的监控里看到夏楠进了他的实验室,这是从凶案现场找到的。"

科尔曼递过来一个透明的袋子,里面装着一部套着蓝色外壳的手机。陈辰一眼便认出那是夏楠的手机——这个定制的蓝色手机壳内侧,印有他们两人在斯坦福图书馆的合影。难怪一直联系不上,但夏楠绝不是这么冒失的人。

"夏楠和艾伯特教授是什么关系?"科尔曼继续他的问讯。

"艾伯特教授是我的导师,夏楠是我的女朋友,在我读博的时候,他们见过几次,仅此而已。"陈辰搜肠刮肚,想不出夏楠和艾伯特还有什么其他交集。可是,艾伯特教授闭关五年,连自己的拜访都被拒绝,又为什么会给夏楠开门。

"她去找艾伯特教授有什么事吗?"科尔曼的语速不紧不慢。

科尔曼警官的这个问题彻底问倒了陈辰。从他得知夏楠出现在艾伯特教授实验室的那一刻起,他就一直在问自己这个问题。夏楠为什么去找艾伯特教授,而且还要瞒着他?

他们在刚刚确立恋爱关系时约定过要给彼此独立的空间,有时候,哪怕夏楠突然消失几天,只要夏楠不愿意说,陈辰就不会问,这是他们给予彼此的信任。然而,这一份信任此刻却令他处于一种极度的不安,甚至还有些神经过敏。沉默良久之后,从陈辰的嘴里挤出几个字:"我不清楚,她没告诉过我。"

"你是她男朋友,怎么可能不知道!"科尔曼对陈辰的回答十分不满。

"我非常尊重她的隐私。你认为,你对你妻子的一切都很了解吗?"面对科尔曼的质疑,陈辰突然提高了声音。科尔曼做了一个手势,好像要他冷静。

"希望你可以提供线索,帮助我们尽快找到夏楠。"科尔曼在笔记本上重重地画了一个圈,问讯又回到了起点,"她在旧金山有什么朋友或者去处吗?"

"她已经失踪快三十个小时!我比你们更想找到她,但是非常抱歉,我真的不知道。她在旧金山最好的朋友艾米丽,我昨天晚上打过电话,但艾米丽并不知道夏楠来了美国。希望你们可以赶紧找到她,对了,你们警方可以通过路面监控查到她的行踪,我可以肯定她从没有做过任何伤害艾伯特教授的事,而现在我非常担心她的安全。"陈辰一口气说完长长的句子,神情阴郁而紧张。一个极其糟糕的想法在他的前额皮层闪现,凶手发现了夏楠,然后……陈辰不敢接着往下想。

"很遗憾，陈先生，夏楠消失在了监控里。"科尔曼见从陈辰身上问不出半点关于夏楠的有用信息，话锋一转，"你是艾伯特教授的学生，据你所知，他有跟人结怨吗？"

陈辰颓然地靠在椅背上，夏楠消失在监控里的这个消息就像是在佐证他的猜测。究竟是什么人和艾伯特教授有这么大的仇恨，要杀了艾伯特教授，这个问题很关键。陈辰的大脑在这里卡住了。他实在想不出来，脑袋开始隐隐作痛，大脑从夏楠失踪的那一刻起再没有休息过，思考这些人与事比科研复杂得多。

刚才在停尸间看到艾伯特教授下颌处的那条缝合线，有一个人的名字隐隐地在他的大脑里徘徊——威尔·戈斯。真要说艾伯特教授有什么仇人的话，威尔是陈辰唯一能够想到的。但那已经是十年前的事情了。

那时候，他和威尔都在斯坦福大学跟着艾伯特教授读博士，威尔是陈辰的学长，他们欣赏彼此的才华，成了很好的朋友。当时，威尔沉迷于人脑神经控制的研究，但这个课题被艾伯特教授否定了，并且非常严肃地告诉威尔，必须立刻停止研究。

威尔认为这项研究对治疗人类的精神疾病具有重大意义，碍于艾伯特教授的威严，他只能停止。陈辰偶然间撞见威尔私下依旧在进行研究，威尔请求他保守秘密。出于好奇，陈辰参与了威尔的实验。他们在一只小白鼠的大脑中放入了一个微型控制键，成功控制了小白鼠的行为。这让陈辰察觉到艾伯特教授阻止这项研究的原因，但威尔看上去特别兴奋。

威尔私下研究的事情还是被艾伯特教授发现了，艾伯特教授大发雷霆，做出一个不近人情的决定：开除威尔。威尔认为是陈辰向艾伯特教授告了密，从此与陈辰反目成仇。

不会是威尔！那是十年前的事情了，更何况威尔现在在诺菲制药发展得很好。陈辰拼命压制这个让他觉得荒唐的想法,但随之更多的疑虑涌了上来。

陈辰想起昨天的晚宴威尔没有出现,今天的颁奖典礼明明威尔才是最大的得奖热门,竟然也缺席,这很古怪。更奇怪的是,这绝对不是一起简单的凶杀案,陈辰猜测艾伯特教授的大脑被凶手偷走了。如果只是普通的凶手,怎么可能会要窃走艾伯特教授的大脑。

"你是不是想到了什么?"见陈辰两眼发直,沉默良久,经验老到的科尔曼觉得是时候突破了。

"没有。"陈辰脱口而出,对于猜测的事情,在没有得到印证前,他的习惯是缄默。

"隐瞒对夏楠没有任何好处。"科尔曼向前微倾身体,双眼直盯陈辰的眼睛。

"艾伯特教授的大脑是不是不见了?"陈辰正了正身子,压低声音问道。

这个突如其来的问题,让科尔曼足足怔了三秒。艾伯特教授的大脑被窃,法医刚刚才发现。这个发现已经惊动了FBI(美国联邦调查局),上头要求在侦破过程中,不可以对外透露这个细节。他怎么会知道?

"陈先生,在这个房间里,你没有提问的权利。"科尔曼神情冷峻。

"我认为你非常有必要回答我的问题。"陈辰的胸已经抵在桌子边缘,他非常坚持,"是不是被我说中了?"

"没有!"科尔曼回答得很干脆,这是他在多年职业生涯中训练出来的,哪怕是一个谎言,都必须说得跟事实一样。

"你不应该隐瞒,从下颌取走大脑,没有几个人能做到!"

"那么谁能做到?"

"这需要你们去调查。"

陈辰不想说出威尔的名字，毕竟这只是他凭借一条缝合线的猜测，说出来太匪夷所思，更何况他们之间的误会已经够深的了。但他必须马上去找威尔，哪怕只是一点猜测，他也不能放过。

"谢谢陈先生的提醒，不过艾伯特教授的大脑并没有丢！差不多了，我还要去凶案现场一趟。"科尔曼决定结束这场谈话，再进行下去已经没有任何意义，他察觉到陈辰在刻意隐瞒。

科尔曼警官刻意强调艾伯特教授的大脑没有丢，颇有点此地无银三百两的意味，这反倒让陈辰坚定了自己的猜测——艾伯特教授的大脑肯定不见了！

凶手的目的难道是教授的大脑？作为一个脑神经科学家，陈辰猜不透凶手窃取大脑的原因。他能够想到的是历史上同样发生过一起科学家爱因斯坦大脑被窃事件。

一九五五年四月十八日凌晨一点十五分，七十六岁的爱因斯坦病逝于普林斯顿医院。普林斯顿医院的首席病理学家哈维对爱因斯坦进行尸检。尸检完成后，哈维留下了爱因斯坦的大脑，他给爱因斯坦的大脑拍照，测量，最后小心地切成了二百四十块，每一块都有编号，指明它位于大脑的哪个部位。切块被包埋在火棉胶里，又浸泡在福尔马林中保存了起来。而后，哈维带着爱因斯坦大脑离开，不知所终。

在后来的二十多年里，哈维并没有贡献出研究成果，于是他将一部分大脑组织交给一些医学研究机构和研究人员，可惜的是科学家们都没有在这颗天才的大脑中发现特殊物质，其构造也与普通人基本一致。人们只知道爱因斯坦的大脑只有一千二百三十克，这个重量比与爱因斯坦同一年龄段的男性大脑的平均重量还轻一些。一九九八年，哈维回到了普林斯顿医院，他将剩下的一百七十块爱因斯坦大脑交给了普林斯顿医院首席病理学家克劳斯。大脑回到了普林斯顿,而距离哈维取出大脑的那一夜,已经过去了四十三年。

"不过,爱因斯坦大脑中的神经胶质细胞比平常人要多73%,我的稍稍逊色一些,但非常接近。"艾伯特教授生前对自己的大脑在这部分近似于爱因斯坦颇为自豪。

难道是有人为了做人脑研究而杀死艾伯特教授,然后取走大脑?陈辰觉得大脑"嗡"的一声,头皮发麻。

走出问讯室,陈辰打开手机,看到安琪拉的微信:卡翠娜像是感染了"超级流脑",我先送她去医院。刚才还好好的卡翠娜居然也被"超级流脑"击倒了。

"送去诺菲医疗中心,他们有办法治疗!"陈辰给安琪拉回了个电话,他为自己不能赶去医院表示抱歉。

现在,他要立刻去找威尔问个清楚。如果威尔真的是凶手,那么夏楠很有可能在他手上。

第六章
"凶手"夏楠

夕阳透过巨大的落地玻璃窗直射进来,照在一张毫无血色的瘦长的脸上。蜷缩在床上的女人虚弱地睁开双眼,一个模糊惨白的世界从混沌中浸润出了轮廓。

高挑硕大的房间里空空荡荡,唯有凄清的白色在疯狂地向她挤压过来,生长出无边的荒诞的恐怖。女人心头一惊,只觉自己喉咙紧缩,然后猛力地睁开了双眼。

她被赤身裸体地扔在这张床上,一床纯白的丝质被子覆在身上。她惊恐地看着房间里的一切,想要寻找一点蛛丝马迹来判断自己究竟是在哪里,却理不出任何头绪。

她试图把被子拉到脖颈,严严地裹住身体,仿佛这样可以让她感到一丝安全,却只稍一用力,右肩就传来一阵钻心的剧痛,一行泪水已经从眼角渗出,滑落到了枕头。

回想起从昨天下午离开旧金山中央公园酒店后发生的一切,她再一次像被扔进了幽暗的深渊。

在旧金山中央公园酒店门口,夏楠打上一辆出租车径直来到了艾伯特教授实验室。前天下午,夏楠收到了艾伯特教授的邮件,告诉她可以进行记忆提取了。在夏楠长达三年时间的反复恳求下,艾伯特教授终于同意让她作为记忆提取器的首位临床试验者。

夏楠推算过时间，从中央公园酒店到艾伯特教授实验室大约是四十分钟的车程，记忆提取需要两个小时左右的时间，她刚好能在晚餐前赶回来。她借口出来买的礼服，回去路过商场的时候，随意买一件就可以了。

这件事情，她必须瞒着陈辰。陈辰一直都不支持她寻找失去的记忆。陈辰认为失忆是大脑潜意识对不希望发生的事情的一种淡忘和保护，他希望夏楠可以放下对这段记忆的执念。夏楠也曾一度放下，直到她发现这段记忆也许跟一个孩子有关。

三年前，在一次体检中，她被告知曾怀孕并生育过孩子。这个骇人的消息她花了一个星期的时间才消化。她坚定地认为一定是检查出了错。为此，她专门找到国内妇产科领域的权威医生，再做了一次检查，然而得出的结论依旧一致。

从怀孕到生产，足足需要十个月，生产所需经历的痛苦，是任何一个女人都不可能忘却的。然而，她对这件事情的记忆却是一片空白。孩子在哪里？孩子的父亲是谁？为什么自己对此毫无印象？

她的精神状态急转直下，几乎每晚都被噩梦侵扰。梦里，一个披头散发的小孩朝着她凄厉地哭喊。那个孩子，在离开母亲以后，究竟是如何存活在这个世上，她怀疑孩子是不是早已不在人间。

她回忆着自己从小到大的人生经历，搜寻任何与之有关的线索，但都是徒劳。一切的根源还是在她那段丢失了的记忆！在她十四岁的时候，发生了一次车祸，昏迷了很长时间，醒来以后，关于那一段时间的记忆便丢失了。这是她的父母告诉她的，她曾深信不疑，但孩子的事情击碎了父母为她编织的谎言。

到底发生了什么？夏楠发了疯一般地想要找回那段记忆。这段记忆关乎一个生命，也关乎她曾经的情感。艾伯特教授的记忆提取器是她找回记忆的唯一希望。她期盼自己在嫁给陈辰前，能够弄清楚自己的过去，坦白地告诉陈辰自己曾经生过一个孩子，如果陈辰并不介意，她就戴上那枚求婚戒指。

一切看起来都很顺利，路上几乎没有车辆，不到半个小时夏楠便来到了位于斯坦福大学的艾伯特教授实验室。她看了一下时间，是下午两点半。

消失在公众场合五年之久的艾伯特教授看上去还是那么亲切慈祥，只是微卷的头发更加花白了一些。他穿着一件浅灰色的针织开衫，架在鼻梁上的金丝边框眼镜还是陈辰读博期间戴的那副。那时候夏楠经常来这里找陈辰，一来二去也就跟艾伯特教授熟络了。

简单寒暄后，艾伯特教授带着夏楠穿过实验室，来到了最西面的一个小房间。夏楠对艾伯特教授的实验室很熟悉，这原本是一个堆放杂物的地方，现在已经被修葺一新，四面墙上都做了隔音，只是灯光还像以前一样昏黄。

房间的正中放着一张深棕色的真皮单人沙发，右手边的小茶几上摆放着一台亮银灰色的椭圆形仪器，大小约莫跟一个婴儿的脑袋差不多。

"这就是记忆提取器？"夏楠走近茶几，蹲在地上，好奇地打量着那台仪器。这台在科学界传得神乎其神的记忆提取器，原来长这个样子。

"我叫她 Mnemosyne。"

"Mnemosyne——"夏楠轻声地重复了一遍，"记忆女神？"

"哈哈哈，跟记忆女神同名，我的另一个'女儿'。"

艾伯特示意夏楠坐到沙发上。

正蹲在茶几前的夏楠回过头来，看了看那张沙发，突然感到一阵紧张，准确地说，是害怕。她居然害怕了。她缓慢地站起来，又小心翼翼地坐下去。沙发出奇地软，像是要把她包裹起来。

"整个过程分解为两个阶段,记忆提取和记忆解码。"艾伯特教授向夏楠讲解记忆提取的机制,"Mnemosyne会对你大脑中的所有记忆进行提取,存入记忆芯片。"

"然后呢?"

"Mnemosyne需要重新确认你是芯片的主人。验证通过后,Mnemosyne会匹配你记忆编码解码的机制,在你大脑中以一百万倍速播放提取的记忆,完成记忆的重新输入。"

"只有我才能看到这些记忆,是吗?"

"必需的,记忆是人类最私密的东西。准备好了吗?"

夏楠拘谨地坐在沙发上,点了点头。有那么一刻她想要退缩,也许正如陈辰所说,失忆是一种自我保护,那是一段非常糟糕的经历。但既然是发生在自己身上的,只有把这一块缺失的记忆碎片拼凑上去,她夏楠才是完整的。

艾伯特教授为夏楠戴上一顶布满了小金属片的网状帽子,并递给她一小杯50毫升的镇静剂。

"你的记忆之旅马上开始!"一个优雅的女声从Mnemosyne的身体里传了出来。

镇静剂开始发挥作用,眼皮越来越沉,站在她面前的艾伯特教授越来越模糊,之后发生的一切她都不知道了,当她再次睁开眼睛时,时间已经是下午五点。

记忆提取器上红色的指示灯已经亮起,一枚记忆芯片从Mnemosyne顶端的小口耸起,记忆提取已经完成。接下来,还有一个解码的过程。在这个过程中,Mnemosyne会匹配芯片主人的大脑记忆解码机制,帮助患者解开自己的记忆。

咦,艾伯特教授呢? 夏楠察觉到艾伯特教授不在屋内。

"艾伯特教授! 艾伯特教授!"夏楠冲着门口喊了两声,没有人应。她要尽快完成记忆解码,然后赶回酒店去。

夏楠起身去找艾伯特教授。幸好她对这里很熟悉,她猜艾伯特教授一定是在实验室里做实验,然后忘记了时间。对他们这些科学家来说,这就是家常便饭。

奇怪,实验室也没人。"艾伯特教授! 艾伯特教授!"夏楠试图用声音来引起教授的注意,可依旧没有回应。难道出去了? 夏楠马上否定了自己的想法,艾伯特教授可不会忘了自己还有个试验者正在进行记忆提取器的首个试验。

"艾伯特教授!"夏楠发出一声尖叫。她发现艾伯特教授蜷缩着躺在她左前方的实验台边上。

"艾伯特教授!"夏楠惊恐地叫着,快步朝他走去。这时候,夏楠才看清楚艾伯特教授的胸口插着一把匕首。

夏楠感觉到全身的肌肉在一瞬间僵硬,她几乎无法控制自己的身体,她想要伸手去试探艾伯特教授的鼻息,但双手一点都不听使唤。费了好大的力气,才让右手靠近艾伯特教授的鼻子。

没有呼吸!

艾伯特教授死了!

怎么办? 她现在应该怎么办? 夏楠的大脑里一片空白。紧接着,一个念头在她的潜意识里闪过:马上离开,否则她会被怀疑是凶手!

斯坦福大学的门口,竟然看不到有出租车经过。"超级流脑"真是让城市陷入了瘫痪。夏楠一刻都不想在这里多待,她怕被人发现来过这里。她正低头要打开手提包,准备拿手机叫车,突然,一辆宝蓝色的法拉利停在她的跟前。

车窗里探出一张非常立体的欧美脸，下巴上爬满了络腮胡子，一直延伸到两鬓。

"真的是你呀，夏楠。"

"威尔？"夏楠没想到竟然会在这里碰上熟人，真是怕什么就来什么。

"几年不见，不认识了吗？"男人露出一个异常灿烂的笑容。

"没，没想在这里碰到！"夏楠说得心里直发虚，必须赶紧把威尔打发走。

"这里很难打车，我送你。"说着，威尔已经下车，为她打开了车门。

"不用了，我叫到车了，车子马上就到。"夏楠不敢上威尔的车，她怕威尔察觉到自己的失态。

"夏博士，你撒谎的水平可是连小学都没有毕业。看了你好一会儿了，你连手机都没拿出来。上车吧。"

被拆穿谎言的瞬间，夏楠一下子词穷了，只好上了威尔的车。

"旧金山中央公园酒店？"威尔猜到夏楠应该是去参加诺菲制药的自助晚宴。

"是的。"夏楠点了点头，她已经记不得还要去买一件礼服。

威尔启动了车子。一路上夏楠一言不发，听着威尔的声音在耳边嗡嗡嗡地响着，她根本不知道他在说些什么，她也没有心情去听那些东西，艾伯特教授胸口插着刀痛苦地蜷缩在地上的画面一直在她的脑海里回放。

"怎么了，不舒服吗？"威尔靠边停下了车子，他发现夏楠脸色煞白，眼神涣散。

威尔侧身看着夏楠，夏楠毫无反应。她丝毫没有察觉到车子已经停下，也没有听到威尔正在向她提问。

空气静默的瞬间，威尔鼻腔里感受到的香水味越来越浓。这种味道刺激着他的大脑,身体里有一股力量在左冲右撞。他情不自禁地向夏楠靠近,多么迷人的味道啊!

威尔重重的鼻息喷在夏楠的耳边,夏楠这才回过神来。

"你要干什……"夏楠还没来得及说完,威尔像一头发了情的雄狮,重重地将她扑倒。威尔呼出的热气喷射在夏楠的面颊,夏楠拼命地朝汽车后座挪动自己的身体。然而在汽车封闭狭小的空间里,她根本逃无可逃,更何况,她所面对的是一个身强体健、有着运动员般身材的美国男人。

夏楠绝望得像一条被捞上岸的奄奄一息的鱼,木然地望着汽车的顶棚。一股深而强的力量冲撞着她的子宫。撞击一次比一次强烈,这股力量直冲她的脑际,她感觉大脑的某个角落里,有一些陌生的碎片在飞射出来,那是一种似曾相识的感觉,就跟现在一样,但是这虚无缥缈的感觉,转瞬即逝,她抓不住,也不知道这是幻觉还是她记忆的某个角落里飘散出来的东西。

突然,一股力量直冲她的头顶,从子宫散发出来的快感冲击着身体的每一个毛孔,全身的血液像是要喷薄而出,她一阵痉挛,无法控制地发出了一丝呻吟声。

这一声呻吟刺激着威尔发起了更猛烈的进攻。夏楠无法忍受这样的羞耻,她觉得自己的身体出卖了她,她紧紧地咬住了威尔的右肩,似是要与威尔同归于尽。

"啊!"威尔如一匹受伤的孤狼发出一声嚎叫,一块肉被夏楠生生地咬了下来,疼痛阻止了威尔的进攻,他瘫倒在了夏楠身边。

而过度的惊恐,则让夏楠昏厥了过去。

"太恐怖了!"回想起昨天发生的事情,夏楠不禁一阵哆嗦。实在是太恐怖了!紧接着,一个更现实的问题跳了出来:这是哪里?

第七章
橙花香水的味道

门外传来一阵脚步声，"吱呀"一声，房门被打开了。一个光着膀子、穿着白色睡裤的男人走了进来。那饱满的胸肌，紧致的腹肌，还有从腮帮延伸到下巴的浓密的络腮胡，都像是在宣示他的雄性力量。

男人的右肩上缠着白色的绷带，这是夏楠在他身上留下的印记。他左手拿着一瓶红酒，右手的食指和无名指间夹着两只高脚红酒杯。

"睡得好吗?"男人眉眼含笑亲昵地问候，仿佛已经忘了昨晚他还是一个施暴者，似乎也未对夏楠咬下他一块肉而心生怒意。

"禽兽!"夏楠努力压制着自己愤怒的情绪。她看着眼前这个男人，没有办法把他和一个在脑神经科学领域顶尖的科学家联系起来。昨晚的他和曾经在实验室里见到过的威尔简直判若两人。

夏楠闭上眼睛，把头扭向了另一边，她不想再看到他，也不想让他看到自己。逃避的最好办法就是闭眼，好像闭上了眼睛，所有的一切就都不存在了。她试图稳住自己的情绪，不让自己爆发。

男人绕过床尾，将红酒和酒杯搁在床头柜上，俯下身看着夏楠的脸庞，轻声细语地在她耳边说:"你需要一点酒精，它会令你感到轻松一些。"

酒，夏楠和陈辰在一起之后，就没再喝过，这是陈辰的禁忌。他自己不喝，也不允许夏楠喝。有一回她和朋友出去吃饭，抵挡不住朋友的热情劝酒，喝了一小杯，结果被陈辰发现了。

那天陈辰表情严肃地教育她"酒精对女性大脑的损害高于男性，即使只是摄入少量的酒精,也会对负责获取信息、思考的大脑皮层造成伤害"。夏楠答应陈辰,远离酒精。想起陈辰,夏楠翻滚的情绪像海面上的一个巨大气泡,一点点微小的风浪,都可以让她立刻崩溃。她突然很想用酒精来阻断自己的思想。

她破戒了。酒精进入到夏楠的身体,通过血液冲破阻隔着大脑和身体的关卡——血脑屏障。她知道自己的大脑皮层已经开始出现功能紊乱,每吞下一口,就有更多的乙醇分子流入她的神经突触,抑制她对这个世界的感知能力。她仰起头,把杯子里的酒一饮而尽。第一杯酒,麻木了她的感官,紧接着她又要了一杯,然后又是一通猛灌。第二杯下去,酒精的麻醉作用缓缓地布满了她的神经系统,她感到自己的身体正在摆脱束缚。

递酒杯的时候,被子一不留神从夏楠身上滑落,纤细的身形,细腻的肌肤在阳光的照射下,显得更加光润透明,一具完美的胴体,就这样一丝不挂地出现在威尔眼前。

威尔简直对这个东方女性的身体着了魔。昨晚,车里光线太暗,但即使那样,也足以让他为之疯狂,他清晰地记得夏楠身上散发出的独特的橙花香水味,让他全身的皮肤都在承受巨大的冲击。

这种香味,他在二十多年前闻到过,自那以后,任何女人的身体都无法让他提起兴趣。后来在进入脑神经研究领域后,他意识到自己大脑中的奖赏回路出现了故障,准确地说是产生多巴胺的机制出现了问题,令他如同行尸走肉般地生活,美食、女人都无法让他体验到快乐的感觉,唯有酒精尚且还能刺激他,给他带来短暂的愉悦。

现在,看着夏楠,不,不用看着,只要靠近夏楠,闻到她身上散发出来的独特气息,他都能感觉到自己大脑中的多巴胺在左冲右撞,夏楠激活了他大脑里的奖赏回路,那种兴奋,让威尔再一次丧失了对自己行为的控制。

"你不怕我报警吗?"夏楠看着威尔一点点地靠近自己,试图阻止。

"旧金山的警察正在为'超级流脑'疲于奔命,没时间应付这种小案子。"威尔一脸不屑,此刻根本没有任何事情可以阻止他对眼前这个女人发起进攻。

"你们这些脑科学家对'超级流脑'都束手无策吗?"

"不包括我!我可不像有的科学家,为拿奖而做研究!"

"陈辰不是这样的科学家!"

"不要在我的床上,说别的男人的名字!这次'超级流脑',我会让你知道谁才是真正能够拯救人类的科学家!当然,在那之前,我要先让你知道,谁才是真正值得你爱的男人!"

威尔看着夏楠,忽然觉得这个交易还不错。陈辰拿了诺菲奖,他拿了陈辰的女人,他甚至觉得此刻躺在他面前的这个女人比诺菲奖更珍贵。

酒精让夏楠放弃了抵抗,两具赤裸的身体紧紧地缠绕交融,在一番酣畅淋漓后筋疲力尽。

夏楠酥软地沦陷在威尔的怀里,一个恐怖的念头在她一片空白的大脑中盘旋上升,她的身体被眼前的这个男人俘虏。泪水沿着眼角滑落,她为这副皮囊感到羞耻。

她与陈辰相恋十年,她从不怀疑自己对陈辰的爱,但一直以来她都非常抗拒和陈辰做爱,哪怕只是身体的接触都会让她感到不自在。

他们的第一次在非常糟糕的情形下结束,这十年来,他们发生过的肉体交流不超过十次,她一直以结婚为借口来逃避陈辰对那方面的需求。不只是陈辰,任何异性只要一靠近她,她的身体就会立刻拉响警报。但她竟然不抗拒威尔的身体,甚至还体验到了高潮,她为此感到羞耻,甚至觉得自己变态。

这时候，外面传来一阵门铃声。

"谁呀！"威尔皱了皱眉头，他讨厌这不合时宜的门铃声扰了他的兴致，但门铃声越来越急促，"我下去看看。"他在夏楠的脸颊上亲吻了一下。

夏楠听到威尔把房间门反锁离去，意识到自己被威尔带回家，并软禁了起来！这个可怕的想法令夏楠不寒而栗。

一夜之隔，她，夏楠，这三十五年的人生被全部推翻。

如果当初听陈辰的话，不去求艾伯特教授帮她提取记忆，她就不会在从艾伯特教授实验室出来的路上遇到威尔，也就不会搭上威尔的车，更不会有后面的事情发生了。还有一件糟糕的事，她可能会被牵连进艾伯特教授的凶杀案。

一想到艾伯特教授被杀的场景，夏楠的眼泪止不住地涌出了眼眶。现在，她为当时自己匆匆逃离现场的举动感到羞愧不已。她太自私了！竟然没有想到报警。她害怕别人知道自己来找过艾伯特教授，尤其是陈辰，她也害怕警察找她问话，她对警察有一种与生俱来的抵触感。

必须离开这儿！夏楠伸手取过堆放在床头的衣服，内衣被威尔扯坏了，她看着自己满是瘀伤的身体和坏了的衣服，悲伤又翻涌了上来。她该如何再面对陈辰，向他解释所发生的一切？

手机，手机去哪了呢？她的手提包被随意地扔在进门的地板上，但手机不在里面。

夏楠把包里的东西统统倒了出来，依旧没有找到手机。昨天从艾伯特教授实验室出来后，她似乎就再也没有看到过自己的手机。最后一次拿起手机，应该是在艾伯特要为她做记忆提取之前，她将手机调到了静音，然后随手放在了一张茶几上。

坏了，手机落在艾伯特教授实验室了！不管怎么样，得先离开这里。

房间门被威尔反锁了，夏楠走到窗边，发现窗帘背后是一大片完整的玻璃，根本没有窗户，落地玻璃正对着大门口。现在，她被关在一个密室里，威尔没有给她逃出去的机会。

夏楠想到威尔去开门还没有回来，她开始用力地敲打房门，希望访客能够听到动静，把她从这里救出去。

"你来干什么？"威尔打开门看到站在门外的陈辰，一脸的惊讶。他的右手抵在门框上，丝毫没有打算让陈辰进屋的意思。他当然不能让陈辰进屋，夏楠还在楼上。而且以他和陈辰现在的关系，将他拒之门外，才显得正常。

"你真在家啊，威尔。"陈辰跟怀特打听威尔的下落，对方告诉他在诺菲制药和医疗中心都没见到威尔，陈辰就来这里碰碰运气，他试探地问道，"下午的颁奖典礼，你怎么没去？"

"陈辰博士，有那么多人给你捧场难道还不够吗？"威尔斜睨向陈辰，他比陈辰高出小半个头，似笑非笑地说道，"你该不会是来向我炫耀你的奖杯的吧？"

"诺菲奖我受之有愧！威尔，你的研究更值得拿'诺菲神经科学大奖'！"陈辰被威尔的反问弄得有些局促，他知道威尔还没有放下当年那件事情，对他怀有成见，但这句话他是出自真心的。

"一个获奖者向落选者说这种话，陈辰，你不觉得很可笑吗？"威尔对陈辰的好意并不买账，脸上却露出一种胜利的表情，"老实告诉你，我对诺菲奖，一丁点兴趣都没有。"

"我该怎么解释才能让你放下对我的成见呢？"陈辰叹了口气，解释这种事情，他一向不喜欢做，但是对威尔，他曾满怀诚意和渴望地几次想要与他和解，却均告失败。

"哈哈哈，我想没这个必要。"威尔大笑起来，心中暗忖，把夏楠囚禁在别墅里这件事情，不会有第二个人知道，他检查过夏楠的手提包，里面没有手机，她没法与其他人通信，正色道，"你到底来干什么？"

"艾伯特教授出事了，他被人杀死在实验室。"陈辰直视着威尔的眼睛，声音因为激动而发颤。他试图捕捉威尔在听到这个消息时的些微表情，当然，也有可能，他已经通过媒体知道了这个消息。

"你说什么？"威尔瞪大了眼睛，"艾伯特被害"这个消息显然令他感到震惊，但他很快平复下来，神情冷漠地说道，"你为这个来找我？跟我有关系吗？"

"他是我们的导师。"陈辰一时语塞，他的确没想过这跟威尔有什么关系，如果威尔不是凶手的话。而刚才威尔细微的神情变化，几乎可以证实，他并不知道这件事情。

"他是你的导师，我跟他没有任何关系。也许我还应该感谢他，让我在诺菲制药得到了更好的发展。"说罢，威尔准备关门送客，他不能跟陈辰继续纠缠下去，楼上隐约传来夏楠拍门求救的声音。

不是威尔，那会是谁呢？陈辰挤出僵硬的笑容，当然，他打心底里不希望是威尔，他发现自己松了一口气，但这样一来，夏楠会不会更加危险了，心念一动，问道："还有一件事想问你，你见过夏楠吗？"

陈辰不清楚自己怎么问出了这个问题，也许不过就是抱着一丁点的希望，至少，威尔也认识夏楠，说不定在路上碰到过，虽是希望渺茫，也是病急乱投医。

"没有。我现在有事需要出去一趟。"说着，他走到门外，关上了房门。必须让陈辰赶紧离开这里，楼上的动静越来越大。

呼叫没有起到任何作用，夏楠来到落地玻璃窗边，等待着访客的离去。

也许,可以趁那个时候引起对方的注意。

陈辰!哪怕只是一个背影,夏楠都能百分百地确定,正在朝着外面走的人是陈辰!他还穿着那身紫红色金丝绒西服。夏楠拼命地朝他挥手,可是陈辰没有回头,他径直地朝着外面走去。紧接着,威尔开着车离开了。

夏楠感到绝望,她瘫软地坐在地上。还有什么办法可以离开这儿吗?她再一次清点了手提包里的物品,突然一阵哆嗦,还少了一样东西,记忆芯片不见了!

她记得自己昨天离开艾伯特教授实验室前,还特地跑回那个小房间把记忆芯片放进了手提包里。那么,会在哪里呢?威尔的车里或者是威尔的家中!当时,威尔对她施暴的时候,她曾用手提包进行反抗,会不会是那个时候掉了出来?还是在威尔把她带回房间的路上,掉在了这所房子的某个角落?

第八章
二十一年前的强奸案

安琪拉从诺菲医疗中心出来后，天色已经漆黑一片，天空飘起了毛毛细雨。她深吸了一口气，所幸卡翠娜的病情不重。耳边传来狗的喘息声，她朝斯坦福大学走去，想去父亲的实验室看看。安琪拉已经半年没有回过旧金山，虽然这里的一切并没有太大的变化，但关于父亲的事情，她知道得实在太少。

两年前，她考取了南方大学的研究生，来到中国学习。凭借在脑科学领域的独特天赋，在研究生一年级的时候，安琪拉就成了陈辰的实验室助理。当然，这里面应该也有父亲的关系。繁重的学业和实验任务，让她几乎没有时间回美国探望父亲，偶然的视频电话，父女俩交流的还是关于科研的事情。她知道，父亲其实比她更忙，记忆提取器研发让父亲到了废寝忘食的地步。

艾伯特只有安琪拉一个亲人，而安琪拉现在失去了她在这个世界上的最后一个亲人。也许，她的亲生父母还活着，但他们在她出生的那一刻选择了抛弃。

安琪拉一边走着，一边回忆着她与父亲的过往。

一个暖风和煦的早晨，父亲在实验室门口看到了她。那时候，她还是一个裹在襁褓里的女婴，在看到艾伯特的瞬间，露出了一个灿烂无比的笑容。

"天使！真是一个天使！"艾伯特抱起了这个女婴，并为他取名安琪拉。

这是父亲讲给她听的。

父亲给予她的父爱，让她的性格中自带了乐观与开朗。她几乎从没有哭过。在她记忆里仅有的一次哭泣，是六岁的时候，读到一本童话书里写"泪水是咸的"，她拼命拼命地挤出了几滴眼泪，想要验证真假。

她的这个小小的举动被父亲发现了。父亲伸出手指在她的眼角处蘸了蘸，放到唇边浅浅地舔了一下，眯着眼睛说："安琪拉的眼泪是甜的。"

怎么可能是甜的？现在，她非常清楚地尝到，这些抑制不住地从眼睛里流淌出来的液体是苦的，苦得令她想要呕吐，但又必须克制。

突然，一阵尖锐的刹车声刺破了街道的寂静！当安琪拉反应过来的时候，她已经跌倒在湿漉漉的地面。幸好司机反应及时，踩下刹车，才避免了一场惨烈的交通事故。

真是惊险的一幕！安琪拉回想刚刚发生的事情，后背一阵发麻。是自己不小心，父亲的事情让她走了神。

"你还好吗？"一个男人从汽车的驾驶室钻出来。

"哦，我没事。"安琪拉抬起头，朝声音传来的方向看去，车灯直射她的眼睛，灯光混着绵密的雨水模糊了世界，安琪拉看到一个黑咕隆咚的人形。

雨越下越大，男人转身从汽车的后座取出一把伞，朝安琪拉走来。

安琪拉定了定神，眼睛适应了黑暗中的这道强光："威尔？"

真是巧，这个把她撞倒在地的男人，竟然是他！

"安琪拉！"威尔也看清楚了女孩的容貌，他在艾伯特教授实验室见过安琪拉。威尔把伞靠向安琪拉的一边，俯下身去查看安琪拉的伤口。

"没事儿。"安琪拉坐在地上，双手扶着自己右腿的膝盖，她本想自己站起来，但膝盖因为撞击产生的疼痛，让她又跌坐在了地上。

"别动，得先看一下有没有伤到骨头。"威尔把伞交给安琪拉，为她做了一个简单的检查，"还好，应该只是皮外伤，为保险起见，还是去医院吧。"

"我想没必要吧，这个小小的伤口估计没到医院就已经愈合了。"安琪拉在"小小"这个词上加重了一点分贝。这样的小伤口，她的确不放在心上，此刻她最关心的，还是父亲的被害。

"你去哪儿，我送你过去。"威尔觉得自己多少该做些什么，毕竟人是被自己撞的。对安琪拉，他一直有一种莫名的亲近感，即便他心里还恨着艾伯特教授，可对眼前的这个女孩，却只有爱怜之心。

"斯坦福大学，艾伯特实验室！"当安琪拉说出这个地址的一瞬间，她觉得自己愚蠢至极，何必还加一个"艾伯特实验室"。安琪拉有些怯生生地望了威尔一眼。

"上车吧！"威尔耸了耸肩。

车里比外面暖和多了，安琪拉接过威尔递给她的纸巾，擦拭着自己湿漉漉的头发。车里有一股橙花香水的味道，很好闻也很熟悉，但心烦意乱的安琪拉想不起来在哪里闻到过。

这时候手机铃声响了，是陈辰打来的。他告诉安琪拉因为"超级流脑"疫情加剧，自己必须立刻回中国。由于威尔在边上，安琪拉觉得不方便，没有和陈辰说太多。虽然她和陈辰交流用的是中文，威尔并不能听懂。

"怎么会想到去中国学习脑科学？"威尔早就听闻艾伯特教授的女儿安琪拉远赴中国求学，刚刚听到她用中文打电话，便心生好奇。

"我有一半的中国血统，我想去了解中国。"安琪拉做过基因检测，发现自己的基因中，有非常明显的汉族基因，她是一个中美混血儿。

"中国的发展非常迅速！不过世界的大脑还是在美国。"威尔没想到安琪拉去中国竟是为了寻找自己的身世。

"在中国学习的这两年，彻底改变了我对中国的看法，未来，世界的大脑在中国。"

外头的雨越下越大,刮雨刷有规律地摆动,视线越来越模糊,世界在大雨中变得扭曲。车厢里一阵静默。

威尔打开收音机,试图缓解气氛。电波里不合时宜地传来艾伯特教授被害的新闻:"国际顶尖的脑科学家艾伯特教授今天下午被发现在实验室被害……"重复的新闻,媒体不厌其烦地播报着。

"下面播报一条最新消息,警方已锁定杀害艾伯特教授的犯罪嫌疑人,是一名中国籍女子夏楠。艾伯特实验室附近监控显示,她是最后一个进入艾伯特实验室的人。目前警方正在全城通缉,请知情人士向警方提供线索。"

夏楠!杀死艾伯特教授?也许是震惊后的条件反射,威尔下意识地踩了一个急刹车,毫无防备的安琪拉猛地一个前倾,抓在手里的手机,掉到了座位底下。

"安琪拉,没事吧?"威尔侧头看向安琪拉,以确认刚才的紧急刹车是否对安琪拉造成伤害。

"这是我这二十几年里最糟糕的一天,真抱歉,是我连累你了。"安琪拉低声说,她只觉得肋部疼痛,但按了按肋骨,似乎并无大碍。

"以为有条流浪狗蹿出来,不过好像是我看错了。"威尔找了个借口,试图掩盖自己的失态,他重新启动车子,又顺手关了收音机。

安琪拉的脸上露出疲惫而呆滞的表情,悲伤令她对所有事情感到麻木。她伸手在座位底下摸索手机,无意间瞥到自己的脚边有一块小小的芯片。

记忆芯片!安琪拉的心脏猛地一紧。她认出这是父亲为记忆提取器研发的特殊的芯片,父亲在和她视频聊天的时候给她看过,怎么会出现在威尔的车里?

难道是……安琪拉悄悄捡起芯片,攥在手里,她希望威尔没有察觉到她的这个动作。但她无意识中流露出来的不安，还是引起了威尔的注意。

"你应该释放你的情绪，不要把它憋在心里，像泄洪一样释放它。"威尔担心起了安琪拉，巨大的悲伤如果无法及时排遣出去，是会摧毁一个人的，"节哀吧，安琪拉。"

"谢谢，我可以应对。"安琪拉露出一丝微笑作为回应，她垂下双眼，希望自己的身体并未发出错误的信息，或者说，真正的信息。

她想起了威尔和父亲之间的过节，刚才科尔曼警官问她父亲是否有跟人结怨的时候，她丝毫没有想起来，毕竟那已经是十年前的事情了。但记忆提取器尚未对外公布，威尔不可能拿到它。

安琪拉把头靠在椅背上，闭上了眼睛，她不能再和威尔说话，她害怕自己会突然质问威尔他车上怎么会出现记忆芯片，那会是一个非常愚蠢的做法。人在情绪失控的时候，往往会做出最为愚蠢的事情，沉默至少可以保证不会出错。

"到了。"威尔低声在安琪拉耳边说道。他从后备厢取了一把伞递给安琪拉，安琪拉向他说了声"谢谢"，便快步消失在了雨幕中。

威尔目送安琪拉离开后，在昨天遇到夏楠的马路上，慢悠悠地开着。路上除了忙碌的警车、媒体车和偶尔经过的几辆出租车，连一个行人的影子都没有。

他闭上眼睛，深吸了一口气，车里还残留着夏楠身上特有的那种橙花香水的味道。这种感觉真是奇妙，困扰了他二十一年的生理问题，竟然被这个东方女人解决了。才离开夏楠一会儿，对她的思念在威尔的大脑中疯狂滋长，和她做爱的感觉依然留在他的体内，这个女人像毒品一样让他上瘾。

但这种香味，也把他带到了二十一年前那个惨烈的夜晚。那一个晚上，发生了两件让他穷尽一生都想要遗忘，却总是在午夜梦回时萦绕在脑海里的事情。

他换了名字、身份，甚至洗掉了手臂上的文身，但洗不掉那段记忆。那段不堪的往事，让他拼命地想要改变自己的命运。他发奋努力，每天挑灯学习，考上了斯坦福大学，一路读到了博士。就在他以为自己即将在科研上有重大突破的时候，因为一次实验，他被艾伯特教授无情地开除了。

或许是刚刚发生了命案，一个警察对威尔的行为产生了怀疑，把他叫停在路边进行盘问。凶案发生后，凶手重回案发现场的概率很高，对附近的可疑人员进行盘查，是警方惯用的手法。

"女朋友生气不理我，我在这儿等她出来！"威尔急中生智，找了个还听得过去的理由。警察核对了他的身份信息，又见他衣着得体，也就没有深究下去，反倒是略带同情地拍了拍威尔的肩膀，给了这个"痴情男子"一个鼓励的眼神。

威尔靠边停下车，他决定去艾伯特教授实验室门口看看。也许会有最新的消息。夏楠怎么会是杀死艾伯特教授的凶手？威尔觉得不可思议，只不过他就是在斯坦福大学的门口遇上了夏楠，时间也正好吻合。

实验室的不远处停着四五辆警车，门口已经拉起了警戒线，一群穿着制服的警察在实验室的周围勘查，各大媒体的记者扛着长枪短炮攒动在警戒线边上，争抢着拍摄第一手的素材，向全球报道一条爆炸性的新闻：著名脑神经科学家艾伯特教授于今天下午五点被发现死于斯坦福大学实验室！

距离凶杀案被发现，已经过去了整整五个小时。警方认定艾伯特实验室就是凶案现场，一大队人马还在现场取证。威尔混在媒体记者的队伍里，观察着里面的情况。

时间一分一秒地过去，警方并没有出现收队的苗头。毕竟是个轰动的案子，这么多人盯着，哪怕已经把实验室里里外外都翻了两遍了，警方也必须待在这里,以显示他们对这起案件的重视。

"最新消息!最新消息!警方在凶器上找到了指纹,经过比对,是夏楠的!"一个顶着一头棕灰色鬈发的记者估计跟旧金山警察局的关系不错,得到了一手资料。

"杀人动机呢,为什么杀艾伯特教授,难道有桃色纠纷?"

"夏楠的男朋友是刚刚拿了诺菲奖的陈辰,陈辰是艾伯特教授的学生。"

"天哪,听起来这里面很有故事,应该会有更具爆炸性的内容。"

"有爆料!十分钟前,一个名叫雷伊的妇科医生在看到夏楠的新闻后主动联系了我们。她说,二十一年前夏楠曾被强奸。雷伊医生很后悔当年接受了夏楠父母的请求,向警方隐瞒了一桩强奸案。她猜测也许是当年的强奸案导致了夏楠对社会抱有敌意,令她做出如此残忍的事情。如果当年报警,应该可以帮助这女孩回到正常的生活轨道。"

"天哪!这太不可思议了!抓到强奸她的人了吗?"

"没有,雷伊医生说她的父母隐瞒了这件事情。"

"会不会是夏楠发现当年强奸她的人是艾伯特教授,然后回来报复!"

"我们正在接近真相!三分钟前,一个名叫凯瑟琳的产科医生爆料,二十年前她受一对夫妇聘请,在一幢别墅里为夏楠接生了一个女婴。那对夫妇给了她一大笔酬金,让她保守这个秘密。从时间上推断,那个女婴应该就是那桩强奸案的产物。"

这两个爆料,令蹲在案发现场外的记者无比兴奋,他们围绕夏楠、女婴和艾伯特教授展开了一系列的联想和调查,紧接着,一个让媒体无比信服的"真相"浮出了水面:

艾伯特正是当年强奸夏楠的人!夏楠杀死艾伯特则是对当年被侵犯的报复!而艾伯特教授名义上的养女,实则是艾伯特强奸夏楠的产物,时间上极度吻合。夏楠在七月十六日产下了女婴，艾伯特收养安琪拉的时间则是当年的七月十八日。前后仅仅相差了两天。

威尔见证了一则极具爆炸性的新闻从无到有的诞生。很快，新闻会在媒体上铺天盖地地报道。艾伯特教授一定不会想到，自己死后竟然被媒体描绘成了一个强奸犯！也许，艾伯特教授真做过。威尔想起安琪拉刚才在车上说的她是中美混血儿，这未免也太巧合了。

他看到不远处的安琪拉正被媒体团团围住，相信这些话她也都听到了。刚刚经历了丧父之痛，现在又要面对养父是强奸犯这样不堪的消息，威尔竟然对她产生了一丝怜悯。

现在，他必须回去找夏楠问清楚，那天她在艾伯特教授实验室里到底做了些什么。

第九章
新世界计划

必须赶在威尔回来前找到记忆芯片，并离开这儿。冷静下来的夏楠，分析自己的处境，迅速得出一个结论。现在摆在她眼前的第一个难题是这个被反锁的房间。

她从手提包里取出一根发圈，挽起散落的长发，用力地揉搓了一会儿脸颊，调整到一个好的状态有助于她的行动。夏楠环视了一圈房间，寻找合适的工具来撬开门锁。靠墙的边角柜上放着一些瓶瓶罐罐，但是没有一个可以着力的利器。

突然，一个钢制标有"液态氮"字样的小瓶子引起了她的注意。作为一个化学家，她非常清楚液态氮的特性。在医学上，液态氮常被用作制冷剂，用来迅速冷冻生物组织，防止组织被破坏。威尔竟然还在家里做实验。

零下200℃的超低温，这应该有用！极度低温的液态氮可以令铁质的门锁迅速冰冻发脆！夏楠拿起装着液态氮的小钢瓶，朝着门锁一阵猛喷。对，应该差不多，瓶子里的液态氮已经全部喷光了。夏楠举起小钢瓶，朝着门锁用力地砸了两下，铁锁在速冻之下已经发脆，很快就被撬开了。

这是栋三层楼的别墅，空空荡荡，没有一个人。威尔甚至连一个阿姨都没有请，但房子却很整洁。当然，也可能有固定的钟点工来帮他收拾屋子，只是自己没有撞上。

纯白极简的风格，挑高的客厅，干净利落的线条，给了空间无限张力，除了必要的家具外，这里没有一件多余的东西。若不是那些把酒柜塞得满满当当的各色洋酒,这栋别墅里看不到一丝生活的气息,甚至看不出有人在这里居住的痕迹。

大门也被反锁了!夏楠试着开了一下大门。液态氮只有一瓶,已经用完了,门锁坚固得很,要想砸开根本是以卵击石。夏楠环顾了一下四周,窗户!一会儿应该可以从窗户逃走。然而,一个更残酷的事实又摆在了眼前,这栋房子装的是智能声控窗户。

还是先找记忆芯片。昨天,她昏迷以后,是威尔把她带到三楼左手边的那个客房。从下车到房间,那样东西也许不小心从手提包里滑了出来,掉在了某个角落。

夏楠赤着脚,匍匐在白色大理石上,身上的每一块肌肉绷得紧紧的,一阵凉意从底下传了上来,不禁打了一个冷战,她做了几个深呼吸,努力让自己平静下来。

从大门口到客厅过道再上楼梯,从一间屋子找到另一间屋子,她像一只猎犬般扫视着每一个角落。夏楠开始庆幸威尔这种极简主义的装修,减轻了搜寻的难度。但令她失望的是,一无所获。她敢肯定自己没有看漏任何一个角落。

夏楠打开三楼尽头的最后一个房间,是威尔的书房。书房很大,大约有一百平方米,除了入口的门,所有墙面都被书架覆盖。书架上满满当当的都是关于脑神经科学的著作,简直就是一个脑神经科学的专业图书馆。

书房正中放着一张书桌,书桌上除了一个无线手机充电器外,只有一个相框,看得出来相框里的照片对威尔有特殊的意义。照片里的威尔裸露着上半身,他看上去像是刚完成了一次海钓,双手托着一条一米多长的巨型石斑鱼,湿漉漉的头发上还挂着水珠,这的确值得炫耀。夏楠注意到,他的左手手臂上有一个非常特别的文身,是半张骷髅脸。

这个文身——看到文身的一刹那，夏楠觉得浑身不舒服，好像在哪里看到过，却又想不起来，她闭上眼睛，试着引出自己的回忆。然而，她越想，那种不舒服的感觉越强烈，大脑还是空空一片。

楼下传来了咔嗒声，是威尔回来了。紧接着，她听到威尔上楼的脚步声，嘴里喊着自己的名字，声音里有紧张的语气。夏楠缩紧了身体，直直地站在原地一动不动，怕任何一个细小的动作，都会让威尔更快找到她。她听到自己又粗又重的喘息声和心脏跳动的怦怦声，恐惧在她身上游动。

奇怪的是威尔并没有去往关她的房间，而是径直朝书房走来。随着脚步声越来越近，夏楠知道躲不了，无奈只能起身朝门口走去："我在这儿呢！"

说话间，威尔已经打开了书房门。一看到威尔，夏楠脸上的表情就因为恐惧而僵硬。

"你在找什么？"威尔看着夏楠，他并不惊讶夏楠在书房。在监控里，他看到夏楠撬开了房间的门锁，弯腰低头地在屋子里找什么东西。

"我的手机不见了，我以为掉在了某个地方。"夏楠鼻孔微张，呼吸浓重。

威尔看着惊恐的夏楠，心底漾起一阵怜惜。他无法相信，眼前这个柔弱的女人，会是杀死艾伯特的凶手。

"你的手机在艾伯特教授实验室。告诉我，到底发生了什么！艾伯特教授是不是你杀的？"威尔伸出双手，托住夏楠的脸，她的脸冰凉。

"你说什么？我杀了艾伯特教授？"夏楠不可置信地看着威尔，眼神中满是疑惑。

"是的，就在这幢房子外面，警方正在全城通缉一名叫夏楠的中国籍女子！所以，请你诚实地告诉我，我可以帮你。"威尔的声音有些激动。

"我没有杀他！"夏楠睁大了眼睛，但声音很冷静。

"但你见过艾伯特！警方在监控里看到你去找过艾伯特教授，并且在艾伯特教授实验室找到了你的手机。"威尔没有停止追问。

"这并不能说明是我杀了他!"夏楠的声音变得虚弱。她后退了一步,沮丧地将双手环抱在胸前,无力地靠在墙壁上。

她极力想要隐瞒的事情,竟然在这样一种情况下被公之于众。现在,全世界的人都知道她去找过艾伯特,包括陈辰。陈辰一定会猜到她是去找艾伯特做记忆提取。陈辰会生气吗,他曾一再阻止自己追寻那段丢失的记忆。

"我相信你!从现在开始,你最好待在这里不要出去!"威尔用一种近乎命令的语气对夏楠说道,眼神中依然流露着爱怜。

他低下头轻轻吻了夏楠颤抖的唇。嘴唇也是冰凉的,夏楠的整个身体都是冰凉、僵硬的。威尔感觉身上有一种责任,必须帮助她。

口袋里手机铃声不合时宜地响起。电话那头,尤利西斯要他立刻去一趟诺菲大厦。威尔安慰夏楠,让她早点休息,又匆匆离开了别墅。

威尔离开后,夏楠软绵绵地瘫坐在书房的椅子上。现在,就算能够逃出这所别墅,她也没法离开了。只要一走到街上,警方就会立刻把她抓起来。但她是清白的,她可以跟警察解释清楚,可他们会相信她吗?

夏楠后怕地想起来,她在伸手试探艾伯特教授鼻息的时候,不小心碰过那把插在艾伯特胸口的刀,刀上说不定留下了她的指纹。这样,她就更说不清楚了。

怎么办,到底该怎么办?自己为什么会被怀疑是杀死艾伯特教授的凶手?她最害怕的事情终于还是发生了。生活已经够乱套了,但所有的事情仍然都在朝着失控的方向发展。

心里面各种声音不断地在往外蹦,三百六十度立体循环在她的大脑周围:"自作自受了吧""去死吧,活着还有什么意义""我是清白的,我没有杀艾伯特"……她跟跄着走到酒柜边,取下一瓶威士忌,就用酒精来麻醉自己吧。

三杯下去，她感到身体开始发热，脑袋晕乎乎的，胃里烧得难受，想吐却吐不出来。很好，大脑终于可以停止思考了。她又猛地灌了两杯，看到周围的东西——酒柜、电视机、沙发开始旋转起来，而这个旋涡的中心，就是自己。不知不觉中，她醉倒在沙发上。

"放开我，求求你放开我！"从一条狭小的弄堂里，传来一个女孩声嘶力竭的呼喊声。夏楠缓缓地靠近，一个穿了一条蓝色背心、留着中发的强壮少年正在侵犯一个女孩，女孩穿着一条鹅黄色的连衣裙，十四五岁的样子，被压在地上不停地挣扎。

夏楠躲在墙角不敢再靠近，微弱的路灯下，她看清楚了女孩的脸，心里猛地一惊，那张脸她再熟悉不过，那条黄裙子是妈妈送给她的十三岁生日礼物，那个女孩竟然是自己。

她发了疯一样地跑过去，拼尽全力地拽住施暴者的左胳膊，却怎么也拉不开，施暴者背对着她，她看到那条胳膊上刺着半张骷髅脸，正咧着半张嘴朝她笑。

骷髅脸越来越大，像是要将她吞噬，她拼命地逃，骷髅脸紧追不舍。突然，场景变幻，她看到自己躺在一张雪白的大床上，床上除了她，还有威尔。他们在做爱，干柴烈火，激情四射。

夏楠拼命挣脱梦境，她知道这是一个梦，必须醒来，这一切太可耻了！终于，她靠着意念从梦里走了出来，汗水浸湿了衣裳，酒精的作用已经退去。时钟的指针正好走到三点，漫长的黑夜，无边的恐惧吞噬着她的灵魂。

她感到自己的身体有一阵撕裂的疼，荒诞而又可耻！她自学过心理学方面的一些课程，知道梦是人类意识深处的镜子，它可以照射出人们在白天不愿意承认的欲望。她想把它们丢在它们该在的深邃处，然而这种黑暗的欲望却又时不时地从深处涌上来。

她的内心变得歇斯底里，有一个声音在尖叫着、愤怒地咒骂：把自己置于一场危险的游戏中，令自己跌入万丈深渊，真相就这么重要吗？她感到一阵恶心，脑袋开始眩晕，脚下原本坚实的土地仿佛在摇晃。

"难道不重要吗？"身体里有另一个声音在抗议。"孩子"这个词在夏楠的脑子里旋转。那可是你的孩子！还活着吗？现在又在哪里？难道你可以当作什么都没发生过吗？

诺菲大厦第一百层。能够进入这里的人只有两个，一个是尤利西斯，一个是威尔。

"你这两天去了哪里，颁奖典礼都不参加！"尤利西斯看到姗姗来迟的威尔，沉脸问道。

"有点私事。"威尔耸耸肩，说得很是轻佻，"既然你决定把诺菲奖颁给陈辰，关于诺菲奖的任何事情，都与我无关了。"

"哈哈哈，威尔，你的语气有点酸。"尤利西斯大笑了一声，拍拍威尔的肩膀，"区区一个诺菲奖，又何必在意，等到新世界乐园建成，你就是改变人类历史的科学家。更何况，我把诺菲奖颁给陈辰，也是为了我们的新世界乐园计划。"

"这两者有什么关系？"威尔露出疑惑的神情，他其实并没有太在意诺菲奖，只是输给了陈辰，多少有点儿不舒服。

"等到时机成熟的时候，我自然会告诉你。"尤利西斯边说，边朝里走，突然又转过头问道，"'5.0神经尘埃'到目前为止，出现过失灵的现象吗？"

"没有。"威尔露出无比自豪的神情，刚才小小的不快瞬间烟消云散，这是他至今为止最得意的研究，"一切进展顺利，所有测试都非常成功，5.0神经尘埃可以投入使用！"

他们走到一个类似人脑的水晶模型前停了下来。模型的体积大约是人脑的二十倍,透明的水晶下面,布满了肉眼不可分辨的纵横交错的类神经线。这是新世界乐园计划的中枢系统。

"水晶大脑"分割成了赤、橙、黄、绿、青、蓝、紫七个不同颜色的区域,每一个区域背后,连接着一个超级大脑,用来完成数据运算和指令发送。

威尔伸出食指在一块红色区域上轻触了一下。在他们正前方的弧形玻璃上跳出了一幅美洲地图。密集的红点显示着新世界乐园计划的推进情况。数据还在不断跳跃,感染人数正在按照每秒百人的速度推进。

"一切都在按照我们的计划推进,接下来会进入加速期!"威尔专注地看着大屏幕上的数据。

"非常好!"尤利西斯看着地图上的红点,脸上难掩得意的神色。

"可以从旧金山开始,这里有诺菲医疗中心,更便于我们行动。"威尔开始讲述自己的计划,这是他在来的路上刚刚想到的,这也是他唯一能够想到的救夏楠的办法——让所有的警察都疲于奔命,就没有多余的警力来全城搜查夏楠了。

"扩大感染人数,提升死亡率,给政府加大震慑力,给安他敏上市提供特别通道。"尤利西斯揉搓着双手,脸上难掩兴奋,"在死亡和生存之间,人类会选择冒险!"

人性这个东西,尤利西斯在六十五年的生活阅历中,见识得足够深刻了。在无奇不有的大千世界,有一条铁律从未被打破——人类的生存欲望深不可测。

"世卫组织开会日期决定了吗?"

"这群迂腐的老头,刚刚通知我需要提供安他敏的样品!"

"不必介意,我们都已经准备好了!"

第十章
航班上的神秘旅客

"女士们、先生们：机上有一位突发病人,乘客中如有医生或护士,请马上与乘务员联系。谢谢合作!"在三万英尺的高空中,正有些睡意蒙眬的陈辰听到飞机的广播里传来空姐的声音,呼吁有医疗经验的人士提供帮助。

陈辰看了一眼手表,凌晨四点二十五分。从洛杉矶国际机场起飞已经四个多小时,此刻飞机应该正在太平洋上空飞行。机上的乘客不算多,其中有不少还全副武装地穿着各种防护服,散布在机舱的各个区域,和周围的人保持一定的距离。乘客们有些已经睡得东倒西歪,零星亮着的几盏阅读灯,成了机舱里微弱的光源。

广播里,空姐重复着刚才的播报,紧张与焦虑让原本温柔的声音带着颤抖,甚至有些哭腔与绝望。陈辰仰起脖子,巡视了一圈机舱,有两名乘务员在过道里焦急地来回走动,等待着乘客的回应。

被广播吵醒的乘客,有的伸着懒腰,有的则探出脖子,像是在寻找哪位乘客突发疾病,或是看看是否有医护人员站出来。机舱里开始发出议论的声音,有人担心航班会紧急迫降到最近的机场救治病人。

陈辰若有所思地盯着自己的左前方,在他目光的落点处,一名穿着浅蓝色套裙的白人女士正戴着眼罩、塞着耳机斜斜地靠着椅背上熟睡,周围的骚动并未能打扰她的清梦。

这时候,坐在浅蓝色套裙女士身边的同伴轻轻地摇了她一下,摘下她的耳机,在她耳边低语。大概不到十秒的样子,浅蓝色套裙女士倏地站了起来,虽还有一些睡眼惺忪,她冲着乘务员说道:"我是医生,病人在哪里?"乘务员带着她急匆匆地往前走去。看来病人并不在经济舱。

"航班遇到麻烦了!"坐在陈辰左边的男人,双手交叉垫到后脑勺下,像是自言自语。男人看上去四十多岁,精瘦身材,一双深邃透彻的眼睛仿佛能洞察一切。登机后,他一直处于昏睡状态,打得震天响的呼噜声,令陈辰倍感懊恼。值机的时候,陈辰明明挑了一个四周无人的角落位子,那么多空位可以选,这精瘦男人怎么偏偏就选到了自己旁边的位子?难道他就不担心边上的人是"超级流脑"的感染者吗?

陈辰转过头去,看了精瘦男人一眼,不知其为何做出这样的判断,却发现对方也正用打量的眼神看着自己。

"陈教授,你怎么不站出来?"精瘦男人缓缓闭上眼睛,从嘴里蹦出了一个让陈辰颇为意外的问题。

"我做的是基础研究,不擅长临床救护。"陈辰冷冷地回答道,他并不好奇精瘦男人怎么会知道他。因为"超级流脑",陈辰一直在接受媒体的采访,安琪拉曾打趣说陈教授的媒体曝光度已经堪比影视巨星。

"陈教授,你谦虚了!"精瘦男人微睁开眼,打了个哈欠,又开始闭目养神。

不过是一句客套话,在陈辰听来总觉得精瘦男人话中有话。陈辰没有再接过精瘦男人的话茬,甚至,他从一开始就没想要回答这个陌生人的提问——那副傲慢无礼、似是可以看穿一切的态度,实在令人讨厌。

站,还是不站出来,陈辰的确犹豫。他虽然是一名脑神经科学家,但有非常丰富的全科知识和精湛的手术技巧,这也是他可以在"超级流脑"疫情中,担任专家小组组长的原因之一。不到万不得已,他并不想站出来,他知道这趟航班上,懂得医疗的人并不止他一人。左前方的那名浅蓝色套裙女士,陈辰在一本医疗杂志上看到过,是一位非常著名的心胸外科专家。

凌晨四点五十分,浅蓝色套裙女士过去二十分钟后,飞机的广播再次响起。这一次是一个男性的声音:"我是美国航空 AA218 航班副机长奥利科尔,本次航班机长理查德因为突发疾病,丧失飞行能力,乘客中是否有人拥有飞机驾驶执照,我需要您的帮助!"副机长奥利科尔的求助,宣布航班进入了紧急情况。

本次航班的机长理查德是美国航空的明星飞行员,四十八岁,毕业于美国空军学院,拥有 11746 小时的飞行经验;副机长奥利科尔,三十五岁,拥有 4278 小时的飞行经验。

突发疾病的人是机长! 陈辰想起精瘦男人刚才那句话"航班遇到麻烦了"。机长丧失驾驶飞机的能力,航班无疑是真的遇到麻烦了!

"你说的'航班遇到麻烦了',就是——"陈辰还没说完,大约有六七名乘客在空姐的带领下从机舱的前部一脸惊恐地走出来——从衣着穿戴不难判断出,他们应该是头等舱的乘客,现在被分别安置到经济舱的空余座位上。

"天哪,是'超级流脑'!"他们一边走,一边试图压低自己的声音和同伴低语,但声带的颤动让他们无法控制住音量。"超级流脑"这个词语从他们的口中一蹦出,就像是进入了一个扩音器,被一遍遍地放大,不到一分钟,整个机舱陷入了人人自危的状态。

"陈教授,走吧,现在只有你和我才能帮助这趟航班安全抵达目的地了。"精瘦男子从座位上站起来,整了整衣服,从行李架上取出自己的背包,快步地向机舱前部走去。陈辰紧随其后,这一次,他无法再置身事外。

"你好,这是我的飞机驾驶执照,我可以协助副机长驾驶飞机。"精瘦男人把从包里掏出来的一个小本子递给了空姐,"我身后的这位是国际顶尖的脑神经科学家陈辰。"

陈辰皱了皱眉，这个精瘦男人可真是爱多管闲事，他瞥见空姐手上的小本子是美国FAA的飞行执照。

机长理查德平躺在头等舱的座位上，全身痉挛，皮肤已经开始出现瘀点。浅蓝色套装女士正在给他做物理降温，额头上沁出了细密的汗珠。

"体温多少？"

"42℃！也许更高，超出了体温计的范围。"浅蓝色套裙女士话语急促，"他已经出现呼吸困难！"

"喂，"陈辰冲着正准备进驾驶室的精瘦男人喊了一声，"如果可以，降低飞行高度，降低机舱压力，帮助机长呼吸。"

"陈教授，我叫莫思杰，不叫'喂'！"精瘦男人并没有回头，高高举起手臂挥了一下。

陈辰没想到精瘦男人在这样的危急情况下还有心思开玩笑。这份从容淡定，令陈辰觉得这个人并不简单。

"根据他的症状，有百分之九十九的概率是'超级流脑'。"陈辰皱了皱眉，"情况非常严重！一个小时内如果不能送到医院接受治疗，也许——"

"一个小时内根本不可能完成降落，"一旁辅助浅蓝色套裙女士的空姐带着祈求的眼神望向陈辰，"陈教授，您能救救理查德机长吗？"

陈辰略微地移开了目光，动作很快，大概是为了避免尴尬。说实在的，以理查德现在的症状，即使是在医院，他也未必能够确保理查德生命无忧。

"距离降落还要多少时间？"陈辰问道。

"七小时二十八分。"

理查德机长撑不过五个小时，陈辰心里非常清楚。按照现在的情况，如果不采取任何的措施，理查德机长唯一的走向就是生命的终点。

安他敏！陈辰的脑子里突然蹦出了"安他敏"这个词。现在，在他的行李箱中有一粒安他敏,这是他替好友许喆向尤利西斯讨要的。登机前,他打电话问过许喆的情况,医院那边告诉他,许喆的情况已经十分危险。但是,眼下理查德机长的情况也同样凶险。

只有一粒安他敏,怎么办? 一边是自己的好朋友,一边是万米高空上生命正在急速衰竭的陌生人。陈辰攥紧了拳头,现在最不确定的情况是他能否及时赶到让许喆服下安他敏。航班极有可能在中途落地,将理查德送去医院。而他唯一能确定的是,让理查德服下安他敏,应该可以挽救他的生命。

"准备一杯温水!"语毕,陈辰小跑着回到自己的座位,从行李箱中的小药盒里取出了安他敏。他又犹豫了一下,在这样的情况下,给理查德机长服用一款尚在临床试验阶段的药物,万一产生强烈的副作用,那么他的科研生涯也许就此止步。但这是他此刻唯一能做的,赌上自己的科研生涯,也许也是在赌全人类的命运。

"陈教授,不好了,理查德机长的生命体征越来越弱了!"头等舱里的空姐一路跑过来。

"科研是为生命服务的!"陈辰想起艾伯特教授在讲课时经常说的一句话。对生命的不尊重,是一位科学家最致命的缺点。试一下也许还有机会!陈辰攥紧了手中的安他敏,飞奔向头等舱。

"把他扶起来!"陈辰指挥着空姐,一边取出药丸。

"理查德机长已经丧失了吞咽功能,靠他自己无法服下药物!"浅蓝色套裙女士沮丧地看着陈辰。

"有什么办法可以帮机长服下药物吗?"一直在边上协助照顾机长的空姐,几乎要哭出来了。

"办法不是没有,但是太危险了!"浅蓝色套裙女士顿了一下,"需要有人对着他的嘴吹气,让药物在空气的推动下,顺着喉咙缓缓进入食道。这样一来,帮助喂药的人感染'超级流脑'的风险就会大大增加!"

"让我来吧。他是我的男朋友,我爱他!"空姐拿过陈辰手中的药丸,小心翼翼地放入理查德机长的嘴里,俯下身去,将自己口中含着的水缓缓地注入对方口里,并朝着里面吹气。

众人屏息看着理查德机长的喉咙,像是在等待一个孩子的降生,那是对生命的渴望。一分钟,两分钟,三分钟……空姐的脸微微地开始涨红,她把脸侧向一边,做了几次深呼吸,又用力地吸了一口气,继续朝理查德的嘴里吹气。

"成功了,成功了!"紧紧地盯着理查德机长喉咙的浅蓝色套裙女士喜极而泣,"药物多少时间可以发挥作用?"

"大概十五分钟。"陈辰低语道,这是他根据诺菲医疗中心看到的案例做出的判断。

"我们很遗憾地通知您,现在飞机上有一位危重病人,虽经过我们努力抢救,但这位病人的病情仍然非常严重,我们决定备降火奴鲁鲁国际机场。航班将在一小时二十分钟后到达火奴鲁鲁国际机场。给您造成的不便,我们全体机组人员深表歉意,并希望能得到您的谅解和支持。"航班的广播再次响起。

十五分钟过去了,理查德机长的病情并没有得到任何缓解,他全身痉挛反而更加严重了!难道是药物出了问题,根本不像尤利西斯说的具有治疗"超级流脑"的效果?

陈辰紧张地观察着理查德机长。他相信尤利西斯告诉他的病例是真实的,也相信自己在诺菲医疗中心看到的,他唯一不确定的是药物的副作用。如果药物能延缓理查德机长病情的发展,甚至减轻症状,等再坚持这一个小时二十分钟,到了地面,医疗仪器就可以帮助维持机长的生命。

头等舱安静得出奇,他听到自己的心跳越来越快,为了缓解自己焦虑的情绪,他不停地搓动着双手,手心已经全是汗水。

"体温下降了!"一直监控着理查德机长体温的浅蓝色套裙女士声音里带着激动。

"他握紧了我的手!你们看,他知道我是谁,他有意识了!亲爱的!"攥着理查德右手的空姐眼里泛着泪光。

生命体征开始平稳,强烈的痉挛已经趋于缓和,理查德机长缓缓地睁开了眼睛。头等舱里发出一片欢呼声。

"陈教授,您太伟大了!"浅蓝色套裙女士向陈辰投去了钦佩的目光,"据我所知,国际上还没有一种药物可以治疗'超级流脑',请问您给他服用的是?"

"暂时不方便透露。"陈辰觉得关于安他敏的一切,由诺菲制药出面会更合适。

"'超级流脑'是全人类的灾难,如果中国率先研发出了治疗药物,希望你们可以与全球共享。"浅蓝色套裙女士对陈辰的回答明显感到了不满。

浅蓝色套裙女士的这一番话,陈辰听了非常不舒服,他也希望自己可以研发出治疗"超级流脑"的特效药,他愿意和全人类共享这份科研成果,但是真正的研发者是诺菲制药。此刻,他不想做过多解释,但他还不知道,当飞机降落后,等候他的将是什么样的场景。

地面等候飞机降落的媒体已经在第一时间得知了消息。身患"超级流脑"的理查德机长在服用了陈辰教授的药物后,病情减轻,"超级流脑"救治迎来曙光。在还没有采访到相关当事人的情况下,新闻通过互联网已经传到了全球各个角落。

"你可以告诉媒体,是诺菲制药的安他敏。"当飞机在夏威夷国际机场降落后,打开手机,陈辰看到尤利西斯发来的一封邮件。

第十一章
往事并不如烟

夏威夷德索尔度假酒店。陈辰和精瘦男人共处一室,这不是巧合,是精瘦男人的强行安排。

一小时前,飞机临时降落在夏威夷火奴鲁鲁国际机场,理查德机长第一时间被送往医院治疗。机上的五十七名乘客和十六名机组人员被七八个身穿防护服的人带到距离机场七公里的德索尔度假酒店。根据夏威夷突发疫情管理条例的规定,所有乘客在落地后,需要接受十四天的隔离观察。

分配房间时的插曲,令陈辰觉得精瘦男人像是在刻意接近自己。混乱的人群里,精瘦男人拽起陈辰的胳膊,走到前台硬生生把自己和陈辰安排在了一个房间。他甚至拒绝了副机长奥利科尔希望和他一起住套房的邀请。看得出,奥利科尔副机长对精瘦男人很是尊敬。

安静的房间里,四目相对。两个陌生的大男人住在一个屋檐下,陈辰觉得很是尴尬,浑身不自在。精瘦男人看上去一副悠闲自得的样子,进门第一件事便是打开冰箱,找啤酒喝。他倒也没忘记室友,扔了一罐给陈辰,却被陈辰拒绝了。

“我不喝酒!”陈辰冷冷地说道,随手把啤酒放到了茶几上。

“陈教授,酒能解愁。”男人拉开啤酒的盖子,一通猛灌,一脸极爽的表情。飞机上发生的事情,看起来丝毫没有影响到他的心情。

“酒能解愁”,陈辰现在何只是愁。眼前的这个室友,话虽不多,却总是话里有话,但陈辰并没什么心思去琢磨对方的话外之意。

飞机落地后打开手机,跳出来的新闻让他恨不得立刻飞回旧金山。旧金山的警方已经在通缉夏楠,他们在凶器上找到了夏楠的指纹。这是凶手的诡计,陈辰更加确信,夏楠的失踪一定和凶手有关。不知道她是已经遭遇不测,还是即将遭遇毒手?

"陈教授是在担心夏楠博士吧?"精瘦男人见陈辰不说话,又顾自地说道。

"莫先生,我们以前认识吗?"陈辰有些怀疑这个自称叫莫思杰的男人是不是曾和自己有过什么交集。不过,以他的记忆力,但凡说上过一句话的人,都会在他的大脑中留下痕迹,眼前的这个男人,他怎么也想不起来。

"陈辰,新一届诺菲奖获得者,我在新闻上看到过你,夏楠博士现在在美国也是家喻户晓。当然,你不认识我。"

精瘦男人一口气喝完了剩下的啤酒,顺手拿起茶几上原本给陈辰的那罐:"真不喝?"见陈辰摆了摆手,他又利索地把啤酒打开。

陈辰看着精瘦男人一气呵成的动作,真是个酒鬼,心里暗想道。他不打算再理会这个室友,既然以前不认识,也就没有必要再重新认识,对陈辰来说,跟陌生人打交道是件很心累的事情。当务之急,是找到夏楠!

"陈教授,不要如此拒人于千里之外。"精瘦男人像是看穿了陈辰的心思,"艾伯特教授的被杀案,我也许可以帮到你。"

"你?"陈辰被精瘦男人的口出狂言惊到了。

"艾伯特教授被杀是我报的警。当然,警方并不知情。"

"你为什么要告诉我?"

"只有你最不希望夏楠出事。"

"你认识夏楠?"

精瘦男人还未来得及回答,手机上"叮叮咚咚"弹出的新闻让陈辰倒吸了一口冷气。

"知情人爆料夏楠往事——未成年被强暴诞下一女。"

"脑科学权威强奸未成年少女,少女二十年后复仇!"

"解开艾伯特教授被杀之谜。"

……

陈辰翻看着新闻里极其耸人听闻的字眼,他不敢相信媒体笔下的这个夏楠就是自己认识了十几年的夏楠。这简直太荒唐了,夏楠被艾伯特教授强奸,生下一个女儿,安琪拉是他们的女儿!太可恶了,这些媒体怎么可以如此不负责任,胡编乱造。怒气在陈辰的体内积聚,但比起愤怒,更多的是恐惧。新闻里的知情人士说的不一定是假的。

"认识!二十一年前,夏楠父母聘请我调查过那起强奸案。"

"你说什么?"陈辰不敢相信自己的耳朵,"那这些报道都是真的?"

"至少有一半是真的。"

"哪一半?"

"夏楠被强奸,生下一个女儿。"

"是安琪拉?"

"是的!"

"那艾伯特教授呢?"

"说不好。"

"什么叫说不好?"

"我还没找到那个强奸犯。"

"你还知道什么?"

"陈教授,这件事情原本应该由夏楠博士告诉你,但既然被媒体爆出来了,由我来说也无妨。"

二十一年前,一个燥热的午后,他的朋友科尔曼带着一对中国夫妇找到他。那对夫妇也是科尔曼的朋友。

男人看上去非常激动。在说案情之前，要求他必须保守秘密，这对莫思杰来说非常正常。

案情很简单，这对夫妇的女儿在放学路上被强奸了。他们不想报警，弄得人尽皆知，但父亲又不愿放过那个坏蛋，于是就托科尔曼找到了莫思杰。这对夫妇的女儿，正是夏楠。

莫思杰一般不接手这样的案子，当时他正在FBI上班，手头还有很重要的一个案子在追查，实在是有些分身乏术。在男人的苦苦哀求下，莫思杰最终答应了，他看得出来，男人实在是走投无路。以他的能力，像这类强奸案出不了三天就能结案。

莫思杰在特蕾莎医院的单人病房见到了夏楠。女孩的精神受到了强烈的刺激，出现了短暂性的失语。他查看了夏楠的检查记录，下体严重撕裂，并伴有轻微的脑震荡。

病房里神志不清的夏楠，时不时发出惊恐的尖叫，她没有办法跟人对话，当莫思杰这个陌生男人站在她面前的时候，她害怕得用被子蒙起自己的头，隔着被子，莫思杰看到她在瑟瑟发抖。

简直是禽兽！愤怒之火在莫思杰体内燃烧，强奸未成年少女是他最痛恨的。看着眼前的夏楠，他想起了自己的妹妹莫思嘉。五年前，才十五岁的妹妹走不出被暴徒强奸的阴影，跳楼自杀，当时他正在位于中东的伊卡办案，都没有见到妹妹最后一面。

莫思杰在心里暗暗发誓，一定要找到这个十恶不赦的强奸犯。但是，一个现实的问题摆在眼前，没有任何有价值的线索！唯一的提示是在夏楠放学回家的路上，也不知道具体在哪个地点，而且二十一年前，街上还没有监控，这可怎么查。

他花了整整十天的时间,沿着夏楠学校到家的路调查。逐一排除了各个路段,最后,只剩下距离Heaven(天堂)贫民窟不到一公里远的一条巷子。强奸案事发的前一天夜里,Heaven贫民窟发生了一起惨烈的残杀事件。住在贫民窟里的人像中了诅咒一般互相砍杀,无一幸免。

莫思杰说到这里的时候,停了下来,长长地呼出一口气,陈辰察觉到他的脸色发生了微妙的变化。停顿了一下,他又接着往下讲。

案发现场几乎找不到任何有价值的线索,毕竟距离事发已经过去了十几天。但是他在一个墙角发现了一根一头被削尖的棍子,棍子上还刻了一个字母"L",他记得,Heaven贫民窟惨案发生的当晚,他见过这根棍子,棍子的主人叫赖恩。

不应该出现在这里!警方通报Heaven贫民窟所有居住者在事发当晚全部惨死。难道他没死?难道是赖恩强奸了夏楠?他觉得这个可能性非常大。

"陈教授,你相信直觉吗?"莫思杰讲到这里突然反问陈辰。

"在科研领域,直觉具有一定的启发性。"陈辰保持着他一贯严谨的风格。

"我相信!直觉告诉我强奸夏楠的人有百分之九十九的概率是赖恩。"莫思杰手里的易拉罐已经被捏得变形。

"但你没有找到这个赖恩?"陈辰迫不及待地追问道。

"没有。从来没有放弃过追查他的下落,可惜一直没有找到。"莫思杰的言语中带着沮丧。

"夏楠后来怎么样了?"

"我没有完成任务,夏楠的父母拒绝我再接近他们的女儿。"

"你如何知道安琪拉是夏楠的女儿。"

"这件事情,夏楠的父母做得极其隐秘。他们为了这个女儿的未来真的费尽了心思。但我在FBI做事,只要是我想知道的,就瞒不了我。"

"你继续跟踪了夏楠？你不知道这样反而会打扰她的生活吗？"

"夏楠并不知道我的存在。甚至她把发生的这些事情忘得一干二净。"

陈辰猛然间想起来，夏楠丢失了的那段记忆。他庆幸自己阻止了夏楠寻找记忆。否则，夏楠必将再度经历一遍痛苦。

一瞬间，陈辰突然明白，夏楠为什么去找艾伯特教授了。她一定是请艾伯特教授用记忆提取器帮她找回丢失的记忆。原来夏楠一直没有放弃寻找记忆。他不敢接着往下想，有一个大胆的猜测从前额皮层蹦出来，他为自己的这个猜测感到恐惧。

"你的直觉会不会出错？"

"陈教授，你在怀疑艾伯特教授吗？"

"没有！"

"陈教授，我猜你在想，夏楠找艾伯特教授用记忆提取器提取记忆，在记忆中看到了当年强奸她的人，那个人就是帮她提取记忆的艾伯特教授，于是，夏楠把艾伯特教授杀死了。"

FBI的人，果然厉害！陈辰暗想道，只是这么简单地一问，竟然马上看穿了他的心思。还未等陈辰开口，莫思杰又紧接着说：

"表面证据、杀人动机都对夏楠非常不利，但我相信自己的直觉，当年强奸她的不是艾伯特教授。"

"莫先生，说了这么多，你今天专门来找我，应该不仅仅是要跟我说这些吧。如果不是新闻爆料，你原本并不打算跟我说这些。"

"陈教授，终于被你看出来了。"精瘦男人笑了一下，"你们这些教授，观察力还是欠缺了一点儿。"

"莫先生，不必再拐弯抹角。"

"我怀疑艾伯特教授的死和'超级流脑'有关！"

陈辰的脑袋里"嗡"的一声炸响。天方夜谭,艾伯特教授的死和"超级流脑",两者之间怎么会关联!

"重新做一下自我介绍,莫思杰,美籍华人,FBI前探员。这次专程来找你,是需要你的帮助。'超级流脑'极有可能是一场人为的恐怖行动,艾伯特教授被害也许是因为发现了其中的秘密。"

短短的几句话里,信息量太大。"超级流脑"、恐怖行动、艾伯特,艾伯特被杀案中,夏楠也被牵扯进去了。

"我能帮你什么呢?"

"一起找出'超级流脑'的幕后策划者。"

"你凭什么认为我会帮你?"

"因为夏楠,也因为艾伯特教授。找出真凶,夏楠就安全了,也能让艾伯特教授安息。"

陈辰将信将疑地看着眼前这个精瘦男人,他从来没有想过,"超级流脑"会是一次恐怖行动!

"'超级流脑'是一次恐怖行动,你有证据吗?"

"本来也许有,可惜艾伯特教授死了。"

"你认识艾伯特教授?"

"教授在五年前通过暗网秘密雇用了我,帮他调查一个人。"

"艾伯特教授雇用你调查?"

"是的,他发现我在调查的一个人正好是他想要调查的。"

"谁?"

"尤利西斯!"

"你为什么调查尤利西斯?"

"这又要回到二十一年前。"

第十二章
贫民窟惨案（1）

昏暗的灯光影影绰绰，酸臭味伴随着一股热浪扑面而来，街头巷尾，地上的垃圾随处可见，食品残渣、破旧的衣服，偶尔还能看到注射过的针头。一个个破旧的帐篷连在一起，遍布在街道的两边，四周堆满了杂物，还有一部分人连这样简陋的住所也没有，直接睡在了地上，几张报纸就当作了枕头。

这是在旧金山市中心一个被称为"Heaven"的贫民窟。穷人的天堂。仅仅几条街道的距离，就有天壤之别的景象，但那里的繁华与他们无关。这里安置着大量租不起房子的人，精神疾病患者，酒精和毒品瘾者，以及暴力罪犯。

莫思杰要找的人，就住在路口左拐的第三个深灰色帐篷里。

音乐又响起来了，他抬手看了一眼腕间的手表，晚上十一点整。莫思杰在这里已经蹲了三个晚上，每到这个点，不知道是哪个帐篷里就开始播放摇滚音乐，这若是在高档小区，应该就是一个狂欢派对的背景音乐，在这里，莫思杰觉得总有些格格不入。

他掌握了那个人的生活习惯，顺便也观察了周围的环境。这个点，他应该正准备睡觉。人在睡觉前警惕性会下降，这个时候去找他，问出话的概率相对会大一点。当然，自己也不容易暴露。

莫思杰象征性地敲了两下门，准确地说，这个帐篷根本没有门，一个破破烂烂的帘子象征性地保护着帐篷主人的财产和隐私。

"谁呀?"屋里传来一个沙哑的声音。

没等主人来开门,莫思杰便掀起了帘子,大步走了进去。年轻时候的莫思杰,没有现在这么精瘦,一米八的个子,长了一身的肌肉,看上去,即使在白人堆里,也是相当的健壮。

帐篷里没有一件像样的家具,一张已经扯出棉絮的床垫占据了一半的空间,床垫上杂乱地堆放着一些破旧衣物,却还算干净。靠近角落的小木桌子上,一台老式的笔记本电脑的屏幕闪烁着。莫思杰瞥见电脑网页上显示着一些关于伊卡的信息。

"非法入侵他人住宅,我可以拿枪指着你!"对方光着个膀子,右上方的胸口上有一个明显的子弹贯穿伤的伤疤,正用警觉的目光注视着莫思杰。

"那就比一比谁的速度更快!"说话间,莫思杰已从腰间拔出了手枪,指着对方的脑门。

"FBI探员莫斯,深夜到访,有何贵干。"对方挑衅地举起莫思杰的证件,莫斯是莫思杰的英文名。对方身手很快,趁着莫思杰拔枪之际,便从他裤子右边的口袋里窃取了他的证件。莫思杰竟丝毫没有察觉。

"吉米,哈珀失踪了!"莫思杰收起枪,压低了声音,开门见山。哈珀是莫思杰在FBI的老师,吉米是哈珀的线人,在为哈珀做事。这是哈珀失踪后,莫思杰经过七天不眠不休的调查,才找到的一条线索。

"怎么回事?"吉米用不可思议的眼神看着莫思杰,问道,"是不是你搞错了?"

"不会!"莫思杰神情沮丧,脸色有些苍白。

"什么时候?"吉米瞪大了眼睛,露出了惊讶的表情。

"十天前!"莫思杰沉着声音说道。

"在哪里失踪?"吉米强迫自己冷静下来,然后继续问道。

"伊卡!"门外传来一阵脚步声,莫思杰往门口瞟了一眼,声音压得很低。

当听到哈珀失踪的消息时,吉米放松了对莫思杰的警惕。虽然,他现在还不能够确定这个消息的真伪,也不知道对方来找自己是否别有所图。

吉米曾是CIA(美国中央情报局)的一名技术专员,在中东做情报分析,五年前因为染上毒瘾,被迫离开了CIA。回到旧金山后,孤身无依的他很快因为毒品花光了积蓄,流落街头。哈珀非常赏识他的情报天赋,接济他的生活,并把他发展成了自己的一个线人。

吉米一直在低头沉思,此刻他抬起目光,看向莫思杰,然后认真地问道:"FBI有什么动作吗?"

莫思杰的脸色有些不太好看,紧锁着双眉,沉吟片刻后说道:"他们对哈珀的擅自行动非常生气,但到目前为止,还没有采取相应措施的迹象。不过对FBI来说,一个不服从组织的人,是可以牺牲的。"

吉米苦笑了一下,的确,CIA也是如此,自己就是那个被牺牲的人。

"你为何做出这样的判断?"

莫思杰神色凝重,语气不容置疑:"他没有回我的邮件!"

吉米怔怔地苦笑了一下,诧异地看着对方:"就凭这一点? 这很不正常吗?"

莫思杰知道,他的这个推断,实在是难以令人信服,于是做了进一步的解释:"因为从来没有发生过! 从我进入FBI到他失踪前,我们每天都保持邮件联系,从未有过一天的间断。他一定是遇到了危险,而且已经过了最佳救援时间。"

吉米听完后,凝眉思索了一小会儿,很严肃地问莫思杰:"你有什么打算?"

莫思杰和吉米对视了片刻,仿佛想从对方身上汲取力量,此刻,他需要队友,有着和他一样经历的吉米是最佳人选:"我必须找到他!不管付出什么样的代价!"

吉米猜出了对方的来意,眼神一凛:"你来找我,是希望我跟你一起行动?"

莫思杰微微笑了一下,直言道:"我需要你提供老师正在让你调查的信息!我怀疑他的失踪和此事有关。当然,如果你愿意加入,我非常欢迎!"

长时间的沉默后,吉米从喉咙里挤出了他的疑虑:"你觉得仅凭你以上这番话,能够取得我的信任吗?"

吉米的言外之意再清楚不过,但莫思杰没办法给出更多的材料,来证明此事的真实性:"凭哈珀对我的信任,他应该跟你提起过我。"

吉米摇摇头:"没有,但我知道他有一个得意门生。"与此同时,一个决定已经在他的心中形成:"给我一天时间!"

"明晚十一点,我来找你!"莫思杰心领神会。他从吉米手上拿回自己的证件,离开了帐篷。自己调查了吉米三天,第一次与他接触居然还是处于下风。在听到哈珀失踪的消息之后,吉米还是不为所动,严守口风,老师选的人保持着一贯的高水准。他知道,在这二十四小时里,吉米会想尽一切办法来证实哈珀失踪的消息。

他还从吉米的电脑上看到了一条重要的线索——伊卡。老师和自己正在执行的任务与伊卡毫无关系,十天前老师却突然出现在伊卡,然后莫名地失去联系。莫思杰判断老师正在私下进行某个调查,而且肯定与伊卡有关。

他对自己的思考非常自信。他有极强的分析能力,可以从浩如烟海的档案中抽丝剥茧地找出有用的信息。在堆积如山的文件、漫无联系的资料中,他几乎可以一眼看穿,并将有用的信息一一提炼出来,哈珀曾称赞道:"莫斯是我最好的探员。"

想起自己与哈珀的过往，莫思杰有些怅然。如果不是遇到了哈珀，也许自己现在还没能从PTSD（创伤后应激障碍）的阴影中走出来。十九岁加入美国空军，莫思杰不止一次地被派往中东。二十五岁刚刚过完生日，他前往伊卡执行一个作战任务。他驾驶的F-16战斗机非常不幸地遭到了导弹袭击，他在第一时间通过弹射逃生，但战斗机坠毁造成了当地七名儿童丧生。

自那以后，他每天晚上都噩梦不断。梦里七个血肉模糊的肢体拼命地追着他跑，他不断地从噩梦中惊醒。到后来，他开始害怕睡觉，每晚都睁着眼睛看天花板，一个星期后，他的体重急速下降了十公斤。

在医生的建议下，他回到旧金山接受治疗，并从美国空军退役。然而，当他回到家中后，他的妻子安娜与他说的第一句话是，我们离婚吧。他觉得，这一定是命运对他的惩罚，他平静地接受并给了安娜自由。这个打击更是让他一蹶不振。他每天晚上都到Cielo酒吧喝酒，每一次都喝得酩酊大醉。

就是在那里，他遇到了哈珀。两个男人，每天晚上都坐在吧台前喝酒。久而久之，自然就熟络了起来。他至今都不明白，哈珀当初为何邀请自己报考FBI，虽然事后证明这份工作比开战斗机更适合他，他没有让老师失望。

这一次，老师秘密调查伊卡，没有让他参与，莫思杰猜测也许是和他过往在伊卡的经历有关，老师应该是不想让他接触那些曾经引起他PTSD的创伤性事件相关的环境。

莫思杰从吉米的帐篷出来后，一边心里想着事情，一边沿着马路往前走。突然，一股强烈的尿意阻断了他的思绪。在见吉米的时候，这股强烈的尿意已经产生，全凭他的意志将它压了下去。他觉得，也许是这一泡尿影响了他在吉米面前的发挥。

厕所，厕所在哪里？这里大概居住着二百多个流浪人员，但厕所却少得可怜。他知道再往前五十米的拐角处有一个,不过他极不情愿去,因为那里面实在是恶臭冲鼻,一闻到那股味道,他的胃会比膀胱更快启动反应,隔夜的饭菜可以吐满整个洗手池。这是他的洁癖,闻不得那些排泄物的味道。在这里蹲守的几天,他每一天都是忍到膀胱欲炸的时候离开。

莫思杰实在憋不住了,每挪动一步,对他来说都是一种巨大的煎熬,不要说走五十米,五米都已经超出他的极限了。必须用最原始的办法来解决自己的生理问题了!八点钟方向有一个黑漆漆的角落,他双手捂着自己的下面,慢慢地挪了过去。

"吱——",随着尿液如洪水般喷薄出体外,他感到一种前所未有的畅快。想到明晚还要来这个鬼地方,他决定从现在开始必须减少液体的摄入。许是憋得太久了,他在那个角落足足站了一分钟,所幸无人经过。

就在莫思杰窃喜的时候,他望见路口有三个身影正在向着自己的方向走来。

是尤利西斯!莫思杰远远地就认出了三人中走在最中间的那个。在哈珀失踪后,莫思杰去找过他。尤利西斯是哈珀的养子,当初哈珀非常自豪地告诉他,自己有一个非常出色的养子。不过尤利西斯却跟他说,自己已经很久没有和哈珀联系过了,无法提供任何线索。

他怎么会来这里?脚步渐渐临近,莫思杰发现,这三个人里,有一个身形消瘦、戴着眼镜的亚洲人,还有一个白人,比尤利西斯矮半个头,从衣着上看,他们都应该不属于这个贫民窟。他赶紧背过身去,生怕被他们发现。

第十三章
贫民窟惨案(2)

第二天晚上,十点四十五分,莫思杰做完手头的工作,就匆匆赶到了吉米的帐篷。距离昨天约定的时间还有十五分钟。他一向不习惯迟到,也不喜欢早到,便决定在帐篷门口等到十一点再进去。

一个穿着件白色短袖的十来岁男孩朝他的方向跑过来,嘴里大喊着:"杀人啦! 杀人啦!"许是因为极度的恐惧,男孩的声音里带着哭腔。莫思杰瞅着男孩从眼前跑过,不以为意。在这个地方,打架斗殴就跟每天吃饭一样稀松平常,只要不闹出人命,警察局都是睁一只眼闭一只眼。男孩的背心上有几处明显的血迹,估计是打不过对方,落荒而逃了。莫思杰苦笑了一下,自己年轻气盛的时候,也经常靠武力来解决问题。

不过,今天这个点还这么热闹,倒是有些反常。刚才过来的路上,莫思杰就碰上了四起打架。其中一起,一个看上去六七十岁的老人和一个小年轻正吵得不可开交,估计这个时候正在动手吧。

"喂,你来啦!"吉米在三米开外朝他喊话,右手大拇指抹了一把嘴角的血。

"刚好十一点,很准时!"莫思杰看了一眼手表,皱了皱眉头,"跟人打架了?"

"真是个流氓赖恩,见人就打,发了疯一样!"吉米面带怒气,却又夹杂着几分得意,"我是见义勇为去了! 想到和你的约定,才赶回来!"

"昨天的事情,考虑得如何?"莫思杰保持着他一贯开门见山的风格。

"跟你合作,找到哈珀。"昨晚莫思杰走后,吉米用各种手段联系哈珀均告失败,在他看来,此刻没有比找到哈珀更重要的事情。

"把你现在手上有的消息都给我，毫无保留！"说着，莫思杰跟着吉米走进了帐篷。

"我只负责他让我做的事情，其他的，哈珀没有告诉我，我也不能过问，这是规矩！"吉米从床垫底下摸出电脑，放在小木桌上，"这是我正在调查的拓美投资的资金流向，发现其中有一百八十六笔款项，经过追查，最终都进入了伊卡的一个神秘账户。"

"神秘账户？"莫思杰略一沉吟，"查出来是谁的了吗？"

"既然说是神秘，自然是没查到，不过应该快了！手头已经有不少资料了，还需要点时间梳理！"

"拓美投资、伊卡，你觉得两者之间有什么关系？"

"那就要看这个神秘账户的背后是谁了，也许跟某个恐怖组织有关。"

"你觉得拓美投资暗地里和伊卡的恐怖组织有关系？"

"怀疑吧，CIA留下的职业病。"

调查就像拼拼图，一开始必须耐着性子把已有的那几块拼起来玩一玩，找到他们最适合的位置。这一点，莫思杰和吉米都非常清楚。

莫思杰翻动着电脑屏幕，这是拓美投资近三年的银行数据，这些资金的动向表面上非常正常，基本看不出任何异常。他不禁佩服吉米的调查能力，当然，只要有足够的时间他同样也可以做到，这点信心，他还是有的。

"哈珀知道吗？"

"他知道，我答应这周给他神秘账户的信息！没想到……你认为他的失踪跟这事有关？"

"不排除！既然哈珀在调查这个案子，然后又在伊卡突然失踪，最大的可能是哈珀已经发现了某些线索，并惊动了对方。"

莫思杰的目光停留在一行小字上：拓美投资总裁尤利西斯。这让莫思杰感到意外。哈珀在查自己的养子？

莫思杰正要抬起头问吉米，一个穿着蓝色背心的少年突然满脸怒气地冲了进来，手里提着根一米来长的木棍，棍子的一头刻了一个字母"L"。还没等莫思杰反应过来，蓝背心已经举起木棍重重地朝着更靠近门口的吉米挥去。

"呜——"吉米长声惨呼，身体蜷缩扭曲着倒在地上。吉米虽然身手敏捷，却因为正全神贯注地和莫思杰聊天，在猝不及防下被蓝背心一记闷棍打倒在地。

莫思杰一个箭步，冲到少年面前。右手紧紧握住蓝背心举着木棍的手腕，左手死死地掐住他的喉咙，对方一下子就失去了还击的能力。

莫思杰受过专业的格斗训练，对他而言在五秒以内制伏一个少年轻而易举。吉米缓缓地从地上爬起来，刚才那一棍，仿佛要把他的五脏六腑都震碎了。蓝背心并没有要屈服的意思，在莫思杰的控制下，还在不断地挣扎。莫思杰感到那股劲道越来越大。

"啊！"蓝背心大叫一声，挣脱了莫思杰，顺势朝着莫思杰的肩颈抡了一棍，然后转身就跑。少年眼中流露出的凶神恶煞的神情，像是跟眼前这两个人有血海深仇似的。

"他是不是疯了？"莫思杰边说边和吉米一起追了出去。但帐篷外的场景，让两个人大吃一惊。此时整个街区已经打成一片，数百个人在道路上刀棍相接，男男女女，老老少少，每个人手里都抄着家伙，有的已经头破血流，还凭着最后的意志，参与战斗。这就像是一场大型黑社会的火并，地上横七竖八地躺着几十具尸体。

"疯了，都疯了！"吉米露出了惊恐的神色。

突然，天上下起了大雨。雨水冲刷着地上的血迹，让血水流成了河。吉米还在怔怔地盯着地上流淌着的血水，莫思杰一把拉着吉米疯狂地向外跑。

二十一年前的回忆，一切都历历在目。莫思杰向陈辰讲述着当年发生的事情，思绪飘离。想起那天所见的惨烈情景，他的喉头嚅动了一下，仿佛有什么东西被堵在了那里。二十一年过去了，老师哈珀依旧生死不明，那起贫民窟惨案被定为"美国十大灵异事件"之一。

　　陈辰听着莫思杰的回忆，感到匪夷所思："用灵异来定性，查不出原因吗？"

　　"查不出。"莫思杰用双手，在脸上使劲揉搓了几下，"事件引起了美国政府的高度关注，派出全美最顶尖的多领域专家团队，但毫无结果。出于传染病的考虑，政府在一夜之间烧毁了整个贫民窟。所幸，其他地区都没有出现这样的现象。"

　　"没有一个幸存者吗？吉米呢？他也疯了吗？"陈辰追问道。

　　"疯了！"莫思杰闭上了眼睛，顿了顿，"他看着地上的那摊血水，突然放开拽着我的手，然后……"

　　莫思杰没有继续讲下去，陈辰也猜到了结果。

　　"对了，你的父亲陈天白、导师艾伯特和诺菲制药的尤利西斯都是专家团队的成员。"莫思杰继续低声补充道，"不过，那次事件之后，斯坦福大学脑神经学院的三剑客就分道扬镳了。陈教授，也就是你的父亲，在不久之后，就出现了精神障碍。"

　　"你觉得二十一年前的那起事件，和这次'超级流脑'疫情有关？"陈辰想不出这两者之间的关联。

　　"那起事件后，追查老师的线索就被切断了。因为跑得匆忙，吉米的电脑没有带出来，等我再回去的时候，警方已经把现场都封锁了。我手头的线索，只有伊卡、拓美投资和尤利西斯。为了能更专心地调查老师失踪的案子,不久之后,我辞了FBI的工作,去了一趟伊卡。"莫思杰顿了顿,继续说道,"我在伊卡看到了同样的惨案!"

"人类失控,自相残杀?"陈辰瞪大了眼睛,不敢相信自己的耳朵。

"没错,但这一次我调查到一件事情。"莫思杰抱着胳膊,皱起了眉头,"那起事件发生在伊卡西北部城市马拉迪一个叫瓦西的村庄,哈珀就是在那里失踪的。事件发生的一个月前,瓦西村的人都得了一种怪病,症状和现在的'超级流脑'极为相似,当地的医生都束手无策。国际红十字会得知这个消息后,派出医疗队到瓦西村为村民开展药物治疗,但没过多久,就发生了自相残杀事件。"

"你认为药物有问题?"听对方这么一说,陈辰的思路被带起来了,"如果有问题,死者尸体解剖应该可以发现。"

"一个战乱地区的村民,怎么可能得到政府的重视。"莫思杰摸了摸下巴,"和贫民窟的处理方法一样,都被焚烧并就地掩埋了。我怀疑,有人在拿这些人做人体试验。我调查过,后来的几年,在几个战乱地区,也出现了类似的现象。"

"国际红十字会利用战乱地区的病人做人体试验?"

"他们应该并不知情,药物的提供方才是真正的幕后黑手。我在瓦西村附近的一个垃圾场找到了带有诺菲制药字样的注射针剂。"

"所以,你认为'超级流脑'和诺菲制药有关?"

"不只是我,艾伯特教授应该也是这么认为的。"

"怎么讲?"

"艾伯特在被杀的当天上午,曾约我第二天下午到他的实验室,说有重要事情交代,并且只能当面讲。他一定是发现了什么。"

"发现了什么?"

"陈教授,在我第二天要去见艾伯特教授前,他就被杀了,我自然不知道他到底发现了什么。跟你们这些教授打交道,有时候可真累。你知道自己被利用了吗?"

"莫先生,你可以把话说得简单一些。"

"陈教授在脑神经科学界的权威为诺菲制药做了一次非常有价值的背书。"

"再明白些!"

"用安他敏救治理查德机长,现在已经让媒体疯狂,诺菲制药正在成为这场'超级流脑'里的超级明星。"

"这一切不过是凑巧而已。怎么能说是利用?"

"想要查到你在这个航班一点都不难。我能查到,其他想要查你的人同样也能查到。"

"理查德机长突发'超级流脑'呢? 这个没法查吧。"

"如果'超级流脑'是一场恐怖行动,要安排这些事情就更简单了。"

"但是,安他敏对治疗'超级流脑'的确有效,我在诺菲制药亲眼见到,用在理查德机长身上的效果,我们也都看见了。"

"陈教授,如果'超级流脑'和安他敏都是诺菲制药自导自演的呢? 为什么偏偏是诺菲制药发现了治疗'超级流脑'的特效药?"

陈辰的大脑又是"嗡"的一声,这种情况他想都没敢想过。如果真像莫思杰所说的那样,"超级流脑"是尤利西斯的一个阴谋,而诺菲制药又"意外"发现安他敏是治疗"超级流脑"的特效药,那么,一切自然不会是巧合,而这个阴谋的关键,不在"超级流脑",而是在安他敏!"超级流脑"是为安他敏迅速上市,在亿万病患中"同情用药"做的铺垫。想到这里,陈辰不禁脊背发凉。而他用安他敏救治理查德机长这一事件,无疑会为安他敏在世卫组织举行的特别研讨会上增加不少被通过的筹码。

"你还查到了什么，关于尤利西斯？"

"但凡能够查到的，我都查了，家庭、工作、情感、健康等等，他是阿尔茨海默病的潜在患者，现在已经发病。"

"你怎么知道？"

"体检报告！这些有钱人，把命看得比什么都重要，一个月体检一次。"

"艾伯特教授知道吗？"

"当然，是他让我查的，我哪有兴趣关心尤利西斯的健康。"

"什么时候？"

"五年前艾伯特教授找到我的时候。"

"那时候就发现他有患阿尔茨海默病的潜在风险了吗？"

莫思杰点了点头。

"诺菲制药这些年在阿尔茨海默病药物研发上的投入巨大，看来跟尤利西斯本人也有关系。"

"我觉得艾伯特教授研发记忆提取器也和尤利西斯有关。"

"他让你调查尤利西斯，又研发记忆提取器来治疗尤利西斯？这个解释得通吗？"

"艾伯特教授宣布研发记忆提取器就在我告诉他这件事情后的一个月，我认为很有可能。"

的确，艾伯特教授突然宣布闭关研发治疗阿尔茨海默病的记忆提取器，出乎所有人的意料。艾伯特教授研发记忆提取器的目的是为了治疗阿尔茨海默病病人，帮助阿尔茨海默病患者提前储存记忆。

艾伯特教授宣称，根据他对阿尔茨海默病的研究，他认为那些消失的记忆并未丢失，所有的信息都储存在大脑当中，只是提取记忆的机制出现了故障。记忆提取器可以重新激活沉默的记忆印迹,让阿尔茨海默病病人找回失去的记忆。

听安琪拉说起过,这个研发得到了尤利西斯私人资助。但是,艾伯特教授为什么要调查尤利西斯呢? 他们不是好朋友吗?

"你还查到了什么?"

"这些年尤利西斯每个月都坐他的私人飞机离开美国去伊卡。"

"诺菲制药在伊卡有一个诺菲生命科学研究中心,有什么问题吗?"

"频率高了点。诺菲制药在全球有三个研究中心,其他两个尤利西斯平均每年只去一次。"

"艾伯特教授怎么说?"

"他让我调查伊卡的诺菲生命科学研究中心,但是没查出什么问题,一切都很正常。"

"艾伯特教授到底想查什么?"

"不知道,最近这三年,教授让我停了其他所有调查,只跟进尤利西斯的体检报告,定时发给他。"

可惜艾伯特教授不在了。随着他的被害,这个谜团也许世上无人知晓了。陈辰叹了口气。

"莫先生,你觉得我可以做点什么呢?"

"去找你的父亲陈天白! 还有,一定要阻止安他敏上市!"莫思杰边说边站了起来,在房间里快速地来回踱步,"既然尤利西斯挖空心思要把安他敏快速推上市,就一定有阴谋。那我们就必须想办法去阻止。"

陈辰还没来得及反应过来,一阵敲门声打断了他们的对话。

"陈教授,我们已经为您安排好了专机,需要您立刻回国。"中国驻檀香山领事馆的工作人员,已经将接他的车,开到了酒店门口。

第十四章
王教授质疑

中国"超级流脑"疫情专家小组成员、资深病毒专家王洪涛教授从一名危重病人的脑脊液中分离出了一株病毒。这一发现需要立刻在"超级流脑"疫情专家小组内部进行论证,一旦被证实,预示着"超级流脑"的治疗有望突破。陈辰是这个专家小组的组长。

"确认是病毒吗?"坐在车里,陈辰紧锁眉头,询问前来接他的助手江飞。

"应该错不了,王教授他们都非常兴奋。"坐在副驾驶座的江飞,一脸灿烂的笑容,递给陈辰一叠病历,"陈教授,有问题吗?"

找到病毒,本应是件令人振奋的事情,这意味着"超级流脑"的病原体被他们找到了。但让陈辰担忧的是,之前"超级流脑"患者的脑脊液"抗原"检测一直都呈阴性,这次检测出一例阳性,会不会是个乌龙?又或者,病毒开始变异了。

陈辰没有回答,他翻看着病人的病历,在尚未亲眼看到病毒之前,他回答不了任何问题。昨天,莫思杰对他说的那些话,让他觉得事情不会这么简单。

合上病历,他转向了另一个话题:"MTX小鼠水迷宫实验数据带来了吗?"

江飞利索地从背包里掏出一叠材料,递给陈辰。这也是陈辰在登机前特意叮嘱的。

在斯坦福读博期间,陈辰对镁离子和大脑记忆功能的关系有了突破性的发现,《神经元》杂志刊登了他的论文《镁离子可增强大脑记忆功能》,当时在脑神经科学界引发了不小的轰动。

在论文中,他提出"补充镁离子对提高大脑的记忆能力有奇效,也可能成为预防和治疗脑衰老疾病的重要途径",这是他在读博期间的一个重大发现。后来在夏楠的帮助下,他们从一万多种化合物中筛选出了MTX。如果没有在化学领域极具天赋的夏楠,他不可能合成出增强大脑记忆力的物质——MTX。陈辰认为,这或许也是攻克阿尔茨海默病的一个新的方向。

实验数据非常不错,这两个月的实验表明,MTX对提高记忆力的确有惊人的效果,但现在摆在陈辰面前的是比筛选化合物更难的难题:如何让化合物穿透血脑屏障进入大脑。

血脑屏障是血液与脑组织之间的屏障,它就像是大脑的守卫者,可以限制物质在血液和脑组织之间进行自由交换,阻止有害物质进入大脑,保护神经中枢系统正常的运行,但同时也阻挡了很多药物进入或只能让极少量的药物进入大脑,致使一些大脑疾病得不到有效的治疗。

陈辰从肺里吐出长长的一口气,这道阻碍着他科研深入的血脑屏障,在诱发流脑的病原体面前却是不堪一击。流脑的成因正是病原体透过血脑屏障进入脑膜内形成炎症,破坏大脑中神经系统的正常功能,干扰神经元的连接,甚至减少神经元的数量。"超级流脑"的吊诡之处,恰巧就在根本找不到病原体。

中国"超级流脑"疫情研究中心设在南方大学附属医院,这是陈辰要求的,必须与一线临床密切协作,及时掌握患者的临床表现和治疗过程中的用药反应。

陈辰推开八楼会议室大门,专家组的九名成员围着长条形会议桌正襟危坐,正对着门的银幕上,一个浅粉色圆形病毒占据着投影屏幕的正中央,病毒的包膜上有形状类似日冕的棘突。他的注意力一下子被这张图片吸引过去。

"冠状病毒?"陈辰没有丝毫的客套,望着投影屏幕上的病毒脱口而出。

"我们目前暂称它为'超级R-病毒'。"王洪涛教授笑答道,他是病毒的发现者,也是国内权威的病毒研究专家,"这是一种非典型性的冠状病毒。"

"怎么发现的? 脑脊液'抗原'的检测出现阳性了吗?"面对比自己资历更老的王教授,陈辰的追问没有增加任何委婉的语气词,这倒不是他仗着自己专家小组组长的身份,只不过是他对科学严谨的一贯作风,但在旁人听来总是不舒服。

"陈教授,你这是在怀疑我的检测结果?"王教授脸上的笑容瞬间僵硬,"在病毒研究领域,我有百分百的自信,脑脊液'抗原'检测已经呈现阳性,这种病毒具有极强的神经系统嗜性,我们认为病毒正在呈现变异,所以被我们发现了,可以推断出它就是'超级流脑'的病原体。"

"临床治疗尝试过抗冠状病毒的药物,完全无效。若真是冠状病毒,它应该对药物敏感。病毒发现的过程、场所和条件是否科学严谨都有可能影响到检测的结果,有没有可能是程序出错? 我想重新抽取病人的脑脊液,再做一次病毒分离。"

"非常不幸,病人在一个小时前刚刚去世。"

"其他同批病人的脑脊液中还有分离出同类病毒吗?"

"陈教授,目前的当务之急是根据已经发现的病原体,找到治疗药物和研发疫苗。"

"王教授,根据这个病人的病历记录,我认为他的各项临床症状都不典型,可能存在误诊,他并不是一名'超级流脑'的患者。"

"陈教授载誉而归,又为诺菲制药免费宣传安他敏在治疗'超级流脑'上的奇效,却在这里阻碍本国科研的发现,我怀疑你的心偏向诺菲制药,不再适合担任'超级流脑'疫情专家小组的组长!"王洪涛教授斜睨了陈辰一眼,气氛相当微妙,"听说诺菲制药创始人尤利西斯私人赞助了陈教授南方大学实验室的经费。"

王洪涛教授的一番话，令陈辰一时语塞，他想提出抗议，想讲些话，只是自己也不知道要说什么。科研讨论居然上升到了人身攻击，对一个科学家最大的侮辱，不是学术平庸，而是对国家怀有异心。王教授的这番话，若是添油加醋后公开到媒体上，他陈辰就是个科学间谍！

其实，陈辰被任命为"超级流脑"疫情专家小组组长，组内一直有不同的声音。他太年轻了！专家小组里面，有很多比他资历老的，在流行病学研究上做出过重大贡献的教授，更为重要的是"超级流脑"疫情属于流行病学的范畴，他陈辰在脑神经科学上的确具有权威性，但在流行病学上，还很稚嫩。在这个资历与能力同等重要的体系里，组长这个身份常常让陈辰如坐针毡。

会议不欢而散，离开南方大学附属医院，陈辰决定去一趟安和疗养院。莫思杰在聊天过程中提到了父亲陈天白的名字，艾伯特教授的死、"超级流脑"，父亲有什么可以帮得上忙的呢？

父亲和艾伯特教授、尤利西斯昔日是斯坦福脑神经三剑客，艾伯特教授曾经告诉陈辰，他父亲陈天白在脑神经科学领域的才华远高于他。然而，谁也没有想到，父亲在二十年前竟然精神失常了。

陈辰一直无法相信，父亲会因为一次实验的失败而精神错乱。在他还很小的时候，父亲就告诉他"科学是从失败开始的"。

二十年前！陈辰忽然觉得那一两年一定发生了什么。可惜父亲现在没有办法与人正常交流。

当陈辰赶到病房的时候，一场"暴乱"刚刚被控制住。护士告诉他，陈教授这些日子的情绪非常不稳定，病情有恶化的倾向。

被白色布带绑在床上的父亲仍然拼命挣扎，护士把父亲照料得很好，但掩盖不了他的憔悴,沙哑的声音在不停地嘶吼后,慢慢地弱了下去,镇静剂开始发挥作用了。

陈辰猜测父亲应该是看到了艾伯特教授被害的消息受了刺激。脑神经科学界权威专家艾伯特教授于实验室被杀的新闻登上了各大媒体的头条。父亲和艾伯特教授曾是最好的朋友,在艾伯特教授还没有闭关前,他每年都会飞来中国看望父亲。

陈辰不想回家,双眼圆睁地躺在病房的沙发上,一抹月光从窗帘缝隙投入,照在父亲瘦削的脸庞上。对于父亲,陈辰的心头有一种难以名状的感情。父亲对他的爱太深,给了他巨大的压力。

小时候,他觉得父亲是世界上最可怕的人,每天逼着他学习大脑知识,对于一个六七岁的孩子来说,那无疑是天书,陈辰不喜欢,可又不敢违抗。即便现在,这种感觉还扎根在他的心里,父亲牢牢地控制着他的人生。那些我们越是在乎的人,越是容易控制我们。

当父亲发生意外后,医生们对父亲的病情束手无策,一位医生叔叔非常遗憾地告诉他,这类疾病的治疗,他们本寄希望于陈教授对神经元交流的科研突破。那时候,父亲不仅绘制了人类大脑的神经连接模型图,而且在实验中发现了产生神经冲动的原理,对研究脑部疾病和障碍具有重大突破。

直到现在,陈辰看父亲的科研论文,依旧能感受到父亲在脑神经科学领域的天赋,"脑神经科学领域的爱因斯坦"不是对父亲陈天白的吹捧,他陈辰能够拿到诺菲奖,不过是站在了父亲的肩膀上。

对陈辰来说,他所做的神经元交流与控制的研究,不仅是对父亲科研事业的一种延续,也是为了能够找到治疗父亲疾病的方法。

也许,父亲意外精神失常的背后,真有不为人知的秘密。迷迷糊糊中,陈辰想起了前天晚上精瘦男人的话。

这时候,病房的门被打开一条缝,闪进来一个黑影。陈辰一个激灵,从沙发上弹射起来。

"是我!"对方打开了病房里的顶灯,"陈教授莫慌。"

陈辰条件反射式地看了一眼躺在床上的父亲,他被注射了镇静剂,一时半会儿应该还醒不了。

"你怎么找到了这里?"莫思杰的突然出现,让陈辰惊呆了好一会儿。

"陈教授真是贵人多忘事,昨天我们约定好请你父亲帮忙回忆二十一年前的那桩事情嘛!"

"他现在的状况,没有办法进行对话。"

"不打紧,我早有准备。"说话间,莫思杰从他不离身的黑色背包里取出了一台仪器。

"记忆提取器?"陈辰惊得张大了嘴巴。

"我向艾伯特教授讨要了一台。"莫思杰一边摆弄着仪器,一边开始皱着眉头,"可他好像没教我怎么使用!"

"别费功夫了,记忆提取器提取出来的记忆,只有记忆拥有者本人才能读取,"陈辰对眼前这个精瘦男人疑窦丛生,"真是艾伯特教授给你的?"

"陈教授还真是有些刨根究底的精神,"莫思杰轻抚着记忆提取器,"实话告诉你也无妨,这是我发现艾伯特教授死后,从实验室里偷拿出来的。我想着终究会有些用。"

从昨天听完眼前这个突然冒出来的男人讲的一番话后,他一直都在怀疑,趁着工作间隙查了"旧金山灵异事件",网上几乎查不到任何信息,这真的存在吗?还是说他为了记忆提取器杀了艾伯特教授,结果发现自己不会使用,编造了那些故事接近自己,为的是找到使用记忆提取器的方法?

"明晚九点,你到壹嘉医院来找我。"

第十五章
对莫思杰的考验

一阵急促的电话铃声惊醒了睡梦中的陈辰,是"超级流脑"疫情专家小组的工作人员小陈打来的,通知他上午十点到南方大学行政楼三楼会议室接受问讯。

陈辰看了一眼手机上的时间,才六点十五分。这个点,打来电话,陈辰隐隐觉得事情似乎有些严重。但对方什么也不肯说,只是强调让他千万不要迟到。

睡意被这个听起来异常严肃的通知驱散。陈辰索性从沙发上起来,驱车前往学校实验室,那里有他换洗的衣服,正好也可以了解实验的最新进展。临走前,他看了一眼还在熟睡中的父亲。

上午十点整,陈辰缓步走进三楼会议室,会议桌靠里侧的一排,有五双眼睛齐刷刷地等待着他的到来。坐在中间戴着眼镜的男人示意陈辰在会议桌的另一侧落座。

原来昨天会议之后,王洪涛教授和"超级流脑"疫情专家小组的其他两位专家联名提出罢免陈辰"超级流脑"疫情专家小组组长的身份,原因是陈辰一意孤行,阻碍了"超级流脑"的研究进程。同时,也对陈辰即将于三天后代表中国参加世卫组织举行的"安他敏特别研究会议"提出质疑,认为陈辰和尤利西斯存在利益关系。

为此,组织上连夜成立了调查小组,这五人正是调查小组的成员。

"这是一个误会,我从未阻碍'超级流脑'的研究进程。"陈辰听完眼镜男简单的情况说明后,似乎有些难以消化,沉默片刻后才解释道,"人类对科学和疾病的认识都要经历一个过程,固有的经验有时候可以帮到我们,但也极有可能阻碍真相,所以,我们需要更加严谨。"

组长这个身份,陈辰一直都不看重,职务对他来说,都是虚名,但是现在他需要这个身份来阻止王洪涛教授武断的结论,更需要这个身份去参加"安他敏特别研究会议"。

"陈教授,那么请陈述你否定'超级R-病毒'是'超级流脑'病原体的理由!"坐在中间的眼镜男毫无感情地说道。

"我并没有否定,只是需要进一步确认'超级R-病毒'的普遍性!"陈辰蹙起眉头,"我们不能拿个例当结论。是的,我们太需要突破了,但是按照目前的临床治疗经验,我认为这中间有存在出错的可能。"

"是你个人认为吗?"边上穿烟灰色套装的中年女人尖声问道。

"这并不重要。"陈辰以苦笑作为回应,"如果诱发'超级流脑'的是一种冠状病毒,我们根本不可能三个月都找不到,这是非常清晰的逻辑。"

"所以,你觉得这不是冠状病毒引起的?"眼镜男一边飞快地在笔记本上记录,一边沉声问道。

"我不排除任何一种可能性,也有可能是冠状病毒,但还需要时间来进一步实验确定。"陈辰放慢了语速,他觉得跟眼前的这些人解释不清楚。

"如何确认?有具体的方案吗?"中年女人继续问道。

"在其他确诊病人身上提取到'超级R-病毒'。"

"需要多长时间?"

"说不好,我们花了整整三个月时间才在一名病人身上发现了'超级R-病毒',可见这种病毒具有极强的隐蔽性,不过也有可能病毒正在发生变异,更容易被发现了。当然,也有可能再也发现不了。"

"陈教授,你去医院病房看看那些正在被'超级流脑'折磨的病人,他们没有时间等你慢慢地做完实验再治病!"

"但我们也不能因为形势紧迫就草率地下结论,万一错了,后果更不堪设想!"

"陈教授,再拖下去,社会都要乱了!"坐在眼镜男右手边的一个胖墩墩的男人突然发话。

"科学必须是严谨的,任何非科学因素都不能干扰科学的严谨性。"

"但有人怀疑你正在被非科学因素干扰!"眼镜男突然从座位上站了起来,指着陈辰说,"你在航班上擅自给一名'超级流脑'患者服用尚在临床一期的药物,严重违反了程序。"

陈辰无奈地闭上了眼睛,对于这样的指控,他觉得可笑,却也实在无力反驳。

整整六个小时,双方都尽显疲态,由于陈辰提出的理据存在一定的合理性,调查小组也不能轻易给他定下一个阻挠"超级流脑"研究进程的罪名。

这时候,一个工作人员送了一叠材料进来。五名专家看完材料后,个个叹息摇头。坐正中间的那个领导一边把材料朝陈辰的方向丢去,一边说:"那么请陈教授解释一下,这到底是怎么回事?我们有理由怀疑你想要刻意隐瞒'超级R-病毒'!"

这是网络媒体最新报道的打印稿:"超级流脑"暴发的首例患者被找到,为著名脑神经科学家陈辰实验室研究员,有知情人士爆料,此事或与陈辰实验室的一次化学物质泄漏有关。

陈辰看着这些触目惊心的字眼,胸膛剧烈起伏,神经系统产生了莫名的恐惧。这太荒谬了,是谁要害自己?继艾伯特教授和夏楠出事之后,现在是轮到他了吗?

调查组立即做出决定,即刻暂停陈辰"超级流脑"疫情专家小组组长职务,由王洪涛教授代表中国"超级流脑"疫情专家小组前往日内瓦参加"安他敏特别研究会议",并要求陈辰在五天内提交实验室正在研发的物质。

从南方大学出来后,陈辰开车缓缓经过迎宾大道,有零星的几个穿着时尚的年轻人漫无目的地在人行道上游荡。距离和莫思杰约好的九点在壹嘉医院的见面,还有三个多小时。

刚刚经历的那一场疾风骤雨般的考问令他筋疲力尽,那一叠厚厚的新闻稿就像一棵鬼魅的老树伸出长长的藤条将他紧紧困住,让他在这一场"超级流脑"疫情中处于极其被动的位置。

莫思杰!可以信任吗?事到如今,看起来也只有这条路了。他在心里复盘莫思杰对他说过的每一句话,仔细罗列出那些可信的信息。这非常重要,因为只有准备充分了,才能让接下去他将对这个神秘男人进行的测试更接近真相。为了夏楠,为了艾伯特教授,为了"超级流脑",甚至也为自己,他必须试一试。

"你想到让你父亲回忆的办法了?"莫思杰在壹嘉医院见到陈辰的第一句话便直入主题。

"也许吧,但我需要你的帮助。"陈辰带着莫思杰走进一间实验室,里面摆放着一台白色的、形状像个面包一般的仪器。这是国际上最先进的磁共振成像扫描仪。陈辰费了老大的劲,才让负责管理这台仪器的张医生借他用一个晚上。

"这个仪器跟艾伯特教授的记忆提取器相差很远,但这是现在我能想到的最好办法了,不过需要你先帮我测试一下。"

莫思杰完全听明白了,所以毫不犹豫地说道:"需要我做什么呢?"

"非常简单,只要你躺着就可以。我会问你几个问题,你不需要说出来,我可以通过你脑区被激活的反应,以及电流、电波、磁场在大脑思考过程中的信号来得到答案。提问结束后,我们核对一下答案,就知道这个方法是否可行。"陈辰刻意地用上了许多脑神经科学领域的专业术语,让整个过程听起来更容易让外行信服。

竟然如此简单,脑神经科学家果然有办法。莫思杰二话不说躺到了扫描仪的床上,机器启动,将他推进了扫描仪的大圆球里。他的整个身体都进入了扫描仪里,只有脚露在外面。这个时候,莫思杰开始感到一丝紧张,他感觉此刻的自己像是赤身裸体地展示在陈辰面前。

比不穿衣服更让人感到羞愧难当的是精神上的赤裸。通过扫描仪能够清楚地解读自己的想法,让莫思杰对这项技术感到了一丝恐惧。大脑的想法应该是封闭的,不容别人窥探的,人的意识应该是不容受到侵犯的。此刻,他对艾伯特教授在研发记忆提取器时设定只有当事人可以读取记忆的理念感到由衷的钦佩,虽然就在昨天,他还在心里责怪过这个设计。

在调试扫描仪,消除嘟嘟声和咔嗒声后,耳机里传来了陈辰的声音。陈辰每隔二十秒钟向莫思杰提出一个问题,他问莫思杰是否会开飞机,莫思杰虽然没有回答,但大脑里不自觉地给出了答案;接下来休息二十秒,陈辰又开始了第二个提问,他问莫思杰是不是去过伊卡;然后又是二十秒钟的休息时间……如此循环,陈辰大概先后问了十来个问题,都是之前莫思杰给他讲过的一些事情。

陈辰对显示屏上的图像和数据进行分析,发现莫思杰已经越来越放松,于是问出了他今天约莫思杰来这里的目的:"艾伯特教授是不是你杀的?"

莫思杰一开始并未意识到任何异样,像接受前面几个问题一样,在脑子里默默地思考,但他很快发现了这里面的玄机,他被陈辰骗了。陈辰今天约他到这里来,只是为了求证他究竟是不是杀害艾伯特教授的凶手。而陈辰此刻已经得到了他想要的答案。

"陈教授,答案你还满意吗?"莫思杰躺在扫描仪的大圆球里,冷冷地问道,他知道陈辰能够听到他的讲话。

"莫先生,既然艾伯特教授不是你杀的,接下来的问题,请你直接回答,当然,我也可以通过扫描仪来判断你说的是真话还是谎话。"

"你在案发现场有发现什么特别的线索吗?"

"我认为杀害艾伯特教授的凶手一定是跟他非常熟悉的人。"

"原因是什么?"

"记忆提取器摆放的位置非常显眼,这么重要的科研成果,他没有因为凶手的到来而藏好。"

"于是你就顺手牵羊了。"

"我想也许会有帮助,就拿走了。"

"为什么我在网上查不到'旧金山灵异事件'的相关信息?"

"美国政府对'旧金山灵异事件'相当敏感,他们动用了大量资源去埋葬这个事件,而不是去调查,他们好像在害怕可能会挖出什么东西来。"

"你还有其他证据可以证明吗?"

"陈教授,你要是不相信,我可以给你看我跟艾伯特教授之间往来的邮件! 咱们就不要在这上面浪费时间了。"

莫思杰显然是急了,拍打着扫描仪,示意陈辰放他出去。他也顾不了那么多了,即便艾伯特教授曾让他签署过一个保密协议,绝不可以透露雇用他期间产生的所有机密材料。但现在,最重要的是让陈辰相信,这样他才有机会把整个事件调查清楚,也才能找到杀害教授的凶手。

看着莫思杰打开的电脑,陈辰确认那些是艾伯特教授的邮件,虽然他用了化名,但他使用标点的习惯没有变,一个段落清一色的逗号,只在结尾处才用句号。

"莫先生,从现在开始,我们应该相互信任!"

两双男人的手,握在了一起。

第十六章
威尔的拥抱

太平洋高地,威尔的别墅。

夏楠站在落地玻璃窗前,看着黑暗正慢慢褪去,远处的天空渐渐露出了鱼肚白。又是新的一天,却依然是绝望的一天。外面到底怎么样了?警方找到真正的杀人凶手了吗,还是仍旧在怀疑她是杀害艾伯特教授的凶手?

被关在这幢清冷惨白的别墅里已经整整五天,外面发生的一切事情,夏楠都无从知晓。这里没有电脑、电视机和手机等可以获知外界消息的电子设备。虽然那次她撬坏了房间的门锁,但威尔仍允许她在这幢别墅里自由活动。对夏楠来说,无论她躲在别墅的哪个角落,都能被威尔轻而易举地找到。威尔在这幢别墅的每一个房间都安装了监控。

威尔囚禁了她,却对她很好。他无微不至地照顾她,从生活用品到换洗衣服,都细心周到地为她准备,还会给她制造惊喜。这个高大强壮的男人在她面前温柔得像只小羊,永远用怜惜痴缠的目光捕捉着她的身影。甚至,他都很少出门,除非工作上的事情催得急了,才会快快地离开别墅。

威尔爱上了她。这种爱,令夏楠倍感窒息。威尔越是爱她,她就越是无法逃出这个囚笼。"绝不会让你离开我的","从今往后你只是我威尔的女人",威尔常在她耳边呢喃这些话语。

昨天晚上威尔没有回来,夏楠感到一丝放松。连着三天,她都没能好好睡上一觉,威尔喜欢把她抱得紧紧地睡,这让夏楠每一寸肌肉都紧绷到酸痛,但她丝毫没有反抗的余地。唯有实在困得不行的时候她才能稍稍眯上那么一会儿，但马上又会被噩梦惊醒。

梦里，十四五岁的她在被人强暴，她挣扎、反抗，可是没有人来救她！每一次，她都被自己惨烈的叫喊声惊醒；每一次，威尔都会紧紧地将她抱住。刚才，她又被这个噩梦惊醒。

温热的眼泪沿着脸颊滑落，她支撑不住自己的身体，倚着落地玻璃窗慢慢向下滑去，跌坐在地板上，猩红色的丝质睡袍罩在她虚弱的身体外，她把头埋在膝盖里开始抽泣。

"怎么了？又被噩梦惊醒了吗?"不知道过了多久，两只强健的手臂将她环绕。

夏楠丝毫没有察觉到威尔进来的声响。

"我带了早餐回来，先吃早餐吧。"威尔在夏楠耳边轻声呢喃，语毕，抱起团坐在地上的夏楠，向餐厅走去。

两份大大的黑松露炒蛋、煎得金黄的培根牛肉卷，一壶黑咖啡，竟然还有皮蛋瘦肉粥和油条，一桌中西合璧的早餐散发着搅动味蕾的香味。

"我让诺菲制药的厨师做的，还有点儿烫。"威尔尝了一口皮蛋瘦肉粥，"诺菲制药现在有不少中国员工，餐厅特别聘请了两名中国厨师。"

"我在旧金山长大，在中国也是吃西式早餐。"夏楠给自己倒了一杯咖啡，她不愿意领这个情，刚才的动作让她觉得自己非常失态。

"你应该留在美国发展，如果愿意的话，诺菲制药会非常欢迎你。"威尔并不在意夏楠冰冷的言语，此刻的他，有一种升入云端的欢快。

"你别忘了，我现在可是一个通缉犯。"夏楠抿了抿嘴唇，抬起眼睛看向威尔说，"警方找到真凶了吗?"

"没有。"威尔宝蓝色的眼睛散发着明媚的光彩，"这不重要了，你很快就会自由的。"

"你这句话是什么意思?"夏楠露出疑惑的神情。

"警方已经分身乏术了。很快,他们会忘了这件事情。"威尔得意地笑道,眼角的细纹堆到了一起,他用叉子往嘴里塞了一个培根牛肉卷。

"'超级流脑'更加严重了?"夏楠停下正在给黑松露炒蛋撒胡椒粉的右手,侧脸看向威尔,等待他继续说下去。

"是的,正在加剧。"威尔一边说一边发出咀嚼的声音,"感染人数正在呈几何级数递增,警察局也出现了大面积的感染,可用警力已经降到了全部警力的六成。"

"天哪!"震惊在夏楠毫无生气的脸上蔓延开来,和人类正在遭受的苦难相比,夏楠觉得自己所面对的痛苦是如此微不足道,她不再苦涩、沮丧甚至羞愧,对人类未来的担忧,重新占据了她的情绪,"只能眼睁睁看着疫情继续恶化吗?"

"也不一定,"威尔抓起餐巾擦了擦嘴唇,喝下一大口黑咖啡,说道,"有媒体爆料,疫情的源头是陈辰的实验室泄漏。"

"你说什么?'超级流脑'的病毒是从陈辰的实验室泄漏的?"夏楠瞪大了布满血丝的眼睛,两弯秀眉拧到了一起。

"我也是刚刚听说,有媒体报道'超级流脑'的第一例患者是陈辰实验室的研究员,在研究员发病前恰好实验室发生了化学泄漏,我想应该也不会这么凑巧,'超级流脑'如此隐匿的病原体也许真的和实验室泄漏有关。"威尔看到夏楠这么大的反应,心里有些不快,他很清楚,这跟陈辰的实验室毫无关系,只不过是想试探夏楠,更准确地说,是想让夏楠更快地忘记陈辰。

"那只是普通的流行性脑炎,"夏楠不自觉地抬高了声音,声音中带着明显的愤怒,"陈辰实验室研究员脑炎病发时间和实验室泄漏的确非常接近,但那名研究员通过治疗,很快就痊愈了,并不是'超级流脑'! 这些媒体不仅缺乏常识,更缺乏作为媒体的职业道德!"

"你不应该这么激动,他和你已经没有任何关系了。陈辰把你丢在这里飞回中国,根本就不在意你的安全。"威尔没有了刚才的好心情,稍稍停顿了一会儿,克制住正在冲上胸腔的愠怒,才继续说道,"只要陈辰公开实验室研究用的化学物质,证明与'超级流脑'无关就行,你根本没必要替他担心。"

夏楠低下头,默然不语。

陈辰实验室正在研究的是MTX。这是她和陈辰从大学到现在一起研究的心血。艾伯特教授曾调侃过他们,一个天才的脑神经科学家和一个天才的化学家在一起,是会产生特殊的化学反应的,MTX就是他们的化学反应。

"好像是上帝在给我引路!"夏楠想起了陈辰把镁离子对脑神经网络交流有特殊作用的重大发现告诉她时的那种欣喜若狂。

MTX现在绝对不能公开,那样太危险了!

MTX对脑神经网络的强烈作用会改变人脑的自然进化,虽然可以大大提升人脑机能,但违背自然进化规律。一旦有心术不正的人将高浓度的MTX用于人类,后果不堪设想。

为了守住这个秘密,陈辰制定了一套非常严格的实验室操作规则,那些参与实验的研究人员能够接触到的都是超高倍数稀释后的MTX。到今天为止,MTX的化学分子式只有她和陈辰知道。她相信即使需要陈辰为此付出生命的代价,陈辰也会毫不犹豫,她也是。

夏楠低头拨弄着餐盘中的黑松露炒蛋,因为走神,鸡蛋被弄得七零八碎。她有一种极度不安的感觉,媒体利用"超级流脑"大做文章,逼迫陈辰公布实验室的研究,这背后会不会是别有用心的人在操纵?

"你现在最重要的是保护好自己。"威尔缓和了一下语气,他以为是自己刚才声音太大吓到了夏楠。

"可以给我一台电脑吗?"夏楠突然抬起头,看着威尔说道。这是她第一次向威尔提出请求。从某种程度上,她觉得是对威尔的一种妥协。

这些日子,她被关在别墅里,与外界失去了联系。唯一的消息来源,就是威尔,要是威尔不说,她甚至还无从知晓陈辰也陷入了险境。

"电脑?你要电脑干什么?"威尔迟疑了一下,对这个突然的要求,他有些不解。

"待在这个密闭的房子里无所事事,我觉得自己快疯了!我应该找点事情做。我需要电脑写我的论文。"夏楠用一种祈求的眼神看着威尔。

就像是在森林中迷路的一只小白兔,正在向猎人祈求帮助。威尔心脏中最为柔软的区域被夏楠的眼神触动到了。他很想让她开心,只要能够让夏楠笑一下,不管让他做什么,他都愿意。但是,电脑这个要求,他暂时还无法满足她,他不希望夏楠和外界有任何接触。

"等我从日内瓦开会回来吧,吃完早餐我就要出发了。"威尔喝完杯子里的最后一口咖啡,"这幢房子里的所有东西你都可以随便用,它们可以帮你消磨时间。"

"车呢?我可以开车出去透透气吗?只是出去透透气,买点女性用品,买完就立刻回来,我的生理期快到了。你刚才说警察已经无暇找我了,应该不会出事的。"

夏楠发现威尔态度有所松动,她看穿了他吃软不吃硬,只要让威尔感觉到她愿意留在他的身边,威尔会给她自由的。跟着陈辰,夏楠或多或少学了不少脑神经科学的知识,人脑其实是非常容易被控制的,情绪一旦被激活,理性就灰飞烟灭。隔着餐桌,她握住了威尔的手,饱含深情地看着威尔说道:

"我爱你,威尔!"

威尔条件反射似的抓紧了夏楠透着凉意的手,触电般的感觉,一股电流从他的头顶通到了脚底。他相信夏楠会爱上他,他们在一起的时候,他能够感受到自己产生了强烈的化学反应,大脑在源源不断地释放那些特殊的化学物质,多巴胺、去甲肾上腺素、苯丙胺,这些物质令他感到无比的愉悦和强烈的激动。他相信夏楠也一样。

"我也是,亲爱的!"理智在离他而去,一股强烈的感情正喷薄而出,"书房左手边第二个抽屉里有所有车子的备用钥匙,你必须注意安全。"

威尔起身走到夏楠身边,俯下身去,在她的额头亲吻了一下。如果不是新世界计划,这一刻,没有任何事情可以把他从夏楠身边拉走。

"我要去机场了,等我回来。"

"给我录个开门的声纹吧。"

"我一会儿在手机上设置。"

威尔的右手在夏楠的背部摩挲,他实在太舍不得离开眼前的这个女人了。他甚至想带夏楠一起去日内瓦。如果不是尤利西斯在去日内瓦前安排了新世界乐园的行程,他想他会这么做的,他有办法带夏楠离开美国,那样对夏楠来说也许更加安全。

"时间不早了。"夏楠指了指墙上的挂钟,起身送威尔到门口。他们在门口拥抱告别。

看着威尔离开,夏楠如释重负。她匆匆跑着上楼拿到了车钥匙,第一件要做的事情就是去那辆法拉利上找记忆芯片。其实她早就发现了威尔存放汽车钥匙的地方,只是在威尔给她设置门锁声控前,无法开门进入车库。

之前别墅里的每一个角落她都找过了,没有发现。她猜测可能是掉在车上了。然而,令她感到失望的是,仔仔细细地在车里找了很久,还是没能找到。

现在,她要计划如何离开这里,不过她得等到天黑,夜色是最好的掩护,至少不那么容易被人认出来。

第十七章
记忆提取器的灵感

　　艾伯特教授死后的第五天,斯坦福大学脑神经学院为他举行了一个小型的悼念仪式。许是受媒体猜测艾伯特教授生前强奸夏楠的报道的影响,前来吊唁的人并不多。安琪拉宽慰自己,这只是因为"超级流脑"疫情。

　　旧金山的"超级流脑"疫情已经处于失控状态,最近这两天,根据卫生部门的统计,感染者人数暴涨。旧金山警察局原本为艾伯特教授的葬礼配备了六名警察,但因为警局内部感染人数激增导致人手不够,取消了这一安排。

　　悼念仪式结束后,安琪拉带着父亲的骨灰来到距离旧金山三百公里的一个小城市。这是艾伯特的家乡,在去斯坦福上大学之前,他一直生活在这里。生前,艾伯特教授已为自己挑选好墓地,与他过世的父母、哥哥相邻为伴。

　　葬礼寂静无声,平和安详,艾伯特生前钟爱的爵士乐在空中回荡,一个牧师在墓前做了一番追思弥撒,两位生前好友回忆了跟艾伯特共处的往事。二十分钟的简短仪式后,亲朋旧友离去,艾伯特教授长眠于此。

　　处理完丧事,安琪拉立刻往艾伯特教授实验室赶。警方已经解封了案发现场。这些日子她一直疲于应对媒体、警方、校方和父亲的亲朋好友。媒体的那些荒唐报道,令安琪拉处于风口浪尖。

　　这些报道对艾伯特教授的声誉造成了严重伤害,有很多人相信了,而且正有越来越多的人相信。一个声名显赫的科学家在一夜之间跌落了神坛,成了人人唾弃的强奸犯,舆论甚至倒向了被怀疑是凶手的夏楠。

　　安琪拉是不相信的,这听起来简直太荒谬了。为了还父亲一个清白,她决定去实验室寻找父亲的DNA,做一个亲子鉴定,来证明父亲跟她没有血缘关系,这是她能够为父亲做的最后一件事情。

父亲在多年前做过一次脑部手术,她记得父亲把在手术中切下来的一点脑组织装在一个瓶子里,摆在实验室的玻璃柜里。每天早上,父亲都会习惯性地去看看他的这些脑组织,"实在是太可爱了",这是父亲常常发出的感叹。

凌晨一点,安琪拉走在空无一人的校园里,警察和媒体已经撤走,学校也因为"超级流脑"疫情而停课,校园里出奇地安静。艾伯特教授实验室位于斯坦福大学的最西北角,从校门口进去,大约要走二十来分钟。

实验室独立于其他的教学楼,黑沉沉地伫立在一片草坪后面,似乎不欢迎别人靠近。安琪拉从背包里掏出实验室的钥匙,正要开门,却听见屋内传来一阵响动,像是有什么物件被撞倒了。

实验室里有人?

安琪拉立刻紧张起来,她把耳朵贴在门上,静静地听了一会儿,又传来一阵轻微的脚步声。警察已经撤走了,这个点谁会来实验室呢?在父亲闭关的五年里,他没有再带过学生,除了她和父亲,没有人有实验室的钥匙。会是谁呢?

凶手!一个答案在安琪拉的大脑中飞快闪现。警方凭借门口的监控怀疑夏楠是凶手,在安琪拉看来是相当草率的。夏楠不会是凶手,父亲被杀的原因不可能是媒体捏造的那样。那天在停尸间,她发现了一个秘密——当她抱着父亲头部的时候,明显感觉到重量不对,轻了!她怀疑父亲的大脑被偷了!如果真是这样,凶手就更不可能是夏楠。这里面一定藏着更大的秘密,也许是凶手回来找什么东西……

安琪拉一动不动地把耳朵贴在门上,继续听里面的动静,心里盘算着怎样才能把凶手抓起来。她想象着凶手的样子,能够干净利落地一刀刺进父亲的心脏，应该是个身强体壮的人。如果冒失地闯进去，不仅不能制服对方，还会让自己处于危险境地。

报警！她立刻给科尔曼警官发了一条信息，科尔曼回复她不要轻举妄动，他正好在附近，大概十五分钟后赶到。

然而，就在这时候，安琪拉听到里面传来一阵脚步声，而且正在向门口靠近。还没等她反应过来，门从里面被打开了，一个约莫一米六五、身材瘦弱的黑色身影闪现在她面前。

对方被出现在门口的安琪拉吓了一跳，下意识正要关门，却被安琪拉一把顶住。安琪拉明显感觉到，里面的那个人力量远不如自己。她很注重健身，身体素质非常不错，一米七二的个头在美国虽算不上高大，但对付里面这个人应该绰绰有余。双方只是僵持了一小会儿，安琪拉便感觉到对方的体力不支，猛地一推，对方几乎毫无还手的余地，跌坐在了屋内。

安琪拉机警地拿起放在门口的棒球杆，正欲上前制服对方，却听到一个熟悉的声音："安琪拉，是我！"

"夏楠？"安琪拉打开灯，看清了对方。跌坐在地上的夏楠，头上戴着一顶黑色的棒球帽，身穿黑色外套，手上还戴着一副黑色手套。

"你在这里干什么？"安琪拉用疑惑的眼神看着夏楠，她不敢相信，此刻出现在实验室的竟然会是失踪多日，连警方都找不到的夏楠。

夏楠瞪大眼睛看着安琪拉，她还没有从被发现的惊恐中反应过来，微微张着嘴，却不知道该说什么。

"真的是你杀死了父亲吗？"安琪拉攥紧了手中的棒球杆，虽然从得知警方怀疑夏楠是凶手开始，她都不相信杀死父亲的是夏楠，但是此刻，夏楠鬼鬼祟祟地出现在实验室，不得不让她怀疑。

"不是我，安琪拉！你要相信我！"夏楠激动地站了起来，疲惫的眼睛里蒙着泪水，"我该怎么解释才能让你相信呢?"

灯光直射在夏楠的脸上，短短五天不见，她看上去足足瘦了一圈，本有些高耸的颧骨越发显得凸出了，脸色有一种不自然的灰白。

"但你当天来过这里，你……你来干什么?"安琪拉不自觉地后退了一步。

夏楠知道，自己的人生已经悬在一个无法避免的悲剧上，既是如此，便也不想再隐瞒。她把来找艾伯特教授的原因，当天艾伯特教授如何为她提取记忆，以及她醒来后发现艾伯特教授倒在地上的情形——告诉了安琪拉。

"我不想让陈辰知道这件事，现在看来，是不可能了。"夏楠的神情陷入绝望，声音却依旧柔和。

夏楠失忆的事情安琪拉听陈辰说过，但如果只是这样，如果她不是凶手，为什么不向警方去说清楚，这五天时间，她是躲在哪里才能逃过警方的追捕，安琪拉觉得夏楠还刻意隐瞒了什么，夏楠脸上所表现出来的痛苦与绝望，说明了一切。

"你今天来做什么?"安琪拉说，"你是怎么进来的?"

"窗户没关，我就进来了。"重返艾伯特教授实验室，夏楠是来碰碰运气的，记忆芯片找不到了，她想重新再提取一次。实验室的窗户恰巧开着，她轻而易举地翻了进来。

"这些警察办事真不靠谱!"安琪拉走到窗边关上了窗户，转身又问道，"你还没说今晚是来干什么的?"

"记忆芯片丢了，我想重新做一次记忆提取!但我没找到记忆提取器。"夏楠坦白道。安琪拉是个聪明人，隐瞒只会给自己带来麻烦。

"记忆提取器在父亲死后被偷了，警方怀疑是凶手拿走的。"

"我离开的时候，记忆提取器并没有丢，难道当时凶手就在实验室?"

"你还记得当天有什么异常吗?"

"我不知道。艾伯特教授给我服用了镇静剂,直到我醒来,其间发生的事情我都不清楚。"

"你碰过凶器吗?为什么凶器上会有你的指纹?"

"是的,在确认艾伯特教授是否死亡时,不小心碰到了。"

"这几天你去了哪里?所有人都找不到你。"

"在一个朋友家,很安全。"夏楠眼神漂移,她感到羞愧。

"是威尔?"安琪拉脱口而出。灵感有时候总是毫无来由可言,她终于想起来那天在威尔车里闻到的橙花香水味是夏楠特有的味道。

她怎么会跟威尔在一起?安琪拉觉得夏楠很是古怪,那个干练、沉稳的夏楠教授此刻看起来有点儿神经过敏,不知道她这几天经历了什么。当然,任谁碰上这样的事情,都无法从容淡定。

"这并不重要。"夏楠的声音很虚弱。

"你应该去和警察说清楚,而不是躲起来,也许你可以提供有用的线索。"

"我把知道的都告诉你了,你可以转告警方。我还有更重要的事情要做。"

"继续找记忆芯片?"

"是的。"夏楠眼神闪烁,扯了个谎,记忆芯片是重要,但现在,有一件更为紧要的事情她必须去做,"可以让我用一下你的电脑吗?"

"可以。"安琪拉点点头,叹了口气,"但你应该先联系一下陈教授,他找不到你很担心,刚才还打电话过来问你的情况。"

听到"陈辰"这个名字,夏楠的心底泛起了很多苦楚,她在逃避,逃避和陈辰有关的一切,包括安琪拉,陈辰身边的助手,她也不敢与安琪拉对视,她还没有想清楚今后该如何面对陈辰。

"他……他还好吗?听说他正在被调查。"

"被调查?为什么?"这些日子安琪拉忙于父亲的葬礼,丝毫不知道这件事情。

"有媒体报道'超级流脑'疫情的暴发是因为他实验室的泄漏！"

"荒谬……"

安琪拉话音未落，放在口袋里的手机振了一下，是科尔曼警官发来的信息，他已经在艾伯特教授实验室的门口，问她在哪里。

"你先进去躲一下，警察来了，刚才情急之下报的警，我来应对。"

夏楠轻车熟路地朝着最里面的房间走去。安琪拉打开门，向科尔曼警官表示歉意，是她搞错了，原来是一只野猫从敞开的窗户跳进了实验室，撞倒了实验台上的东西。

简单的寒暄过后，安琪拉送走了科尔曼警官。然而当她重新回到实验室时，夏楠已经不见了。

安琪拉平复了一下自己的心情，她从背包的夹层口袋里取出记忆芯片，这是她在威尔的车上捡到的，现在她怀疑这正是夏楠丢了的那枚记忆芯片。夏楠口中的一个朋友，是威尔！

难怪那天听到广播里说夏楠是杀死父亲的嫌疑人的时候，威尔很反常地紧急刹车，四周明明没有流浪狗，他像是要掩饰什么，现在看来，是因为夏楠。

安琪拉打开艾伯特办公桌上的台灯，端详了起来。这枚薄如手机芯片般大小的记忆芯片里到底藏着什么样的秘密？夏楠如此紧张失态的样子，更加激起了安琪拉的好奇心。

夏楠丢失的那段记忆会是跟那起强奸案有关吗？她刚才还有很多疑惑想要向夏楠求证，当年真的被强奸了吗？是不是生下过一个女孩？这个女孩是她吗？这些问题，她不知道该如何开口。

可惜，记忆提取器不见了，不然她可以帮着夏楠读取芯片里的记忆，那么一切都可以真相大白了。

记忆提取器是父亲毕生的心血。父亲曾不无自豪地赞美安琪拉，说自己是从她身上得到了记忆提取器的灵感。

小的时候，安琪拉的学习成绩很糟糕，她常常跟父亲抱怨自己的记忆力没有别的小朋友好，恳求艾伯特发明一个东西，可以让她过目不忘。

父亲每次都很耐心地放下手头的工作，把安琪拉抱到膝盖上，拨开安琪拉微卷的长发，佯装探究一番，笑说看看今天学到的知识藏在哪些调皮的脑细胞里，等我发明一个记忆提取器，来治治这些懒惰的脑细胞。

天真的安琪拉曾信以为真，不过随着年岁的长大，便慢慢淡忘了这件事情，直到五年前，父亲告诉她自己要闭关研发记忆提取器的时候，她颇为震惊，父亲竟然还记得这件事情。

父亲没有欺骗年幼的安琪拉，真的可以有仪器来提取记忆！"记"是一个储存过程，而"忆"是一个提取过程。记忆的关键不在于储存，而在于提取。

只要曾经经历过一些事情，当再次听到与之相关的单词时，大脑中记录这件事情的神经元会被重新激活，调整发射该信息的阈值，储存该信息指令的区域就会被联通，进而以神经冲动的形式传导，大脑就完成了对记忆的提取。

记忆提取器就是通过提取储存在大脑神经元中的记忆，利用仪器帮助病人正确激活记忆。但从医学伦理的角度看，记忆是极为私人的东西，记忆提取存在巨大的风险，容易被别有居心的人利用，所以艾伯特在研发记忆提取器的时候，特别设计了只有记忆自身的拥有者的DNA才能解码激活这些记忆。

安琪拉想到这里，叹了一口气。父亲已经走了，现在最重要的事情是帮助陈辰，关于"超级流脑"疫情，她有了新的思路，也许可以帮助陈辰洗脱嫌疑。

第十八章
荒漠乐园

在伊卡东南部的埃尔里特沙漠西北角,一条年久失修的公路横穿而过。路的两侧寸草不生,唯有一望无际的干涸泥土向天边蔓延。这里毫无生命的痕迹,天地间一片茫茫虚无,寂寥得可怕。

路的尽头,耸立着一堵高高的石墙。里面的世界,外人不得而知,六七个高耸出围墙的瞭望台,彰显着它的不同寻常。这里原本是一所臭名昭著的监狱,囚禁过不少十恶不赦的人物。然而,绵延数百年的武力纷争,让伊卡政府极度疲倦,无暇经营这个监狱,在数十年前已经荒废。伊卡的居民,从不涉足这片土地。在他们眼中,埃尔里特就是地狱的代名词。

如此一方荒漠,在二十三年前被一家名叫黑曼巴的建筑公司看中,从伊卡政府手中买下了这处监狱,并在当地招募了二百个年轻的劳动力,丰厚的报酬令当地的居民趋之若鹜。工人们在来自美国的设计师们的指导下,将楼内的墙体拆得干干净净,然后重新进行了修葺。

没有人知道黑曼巴为何看中了这所监狱,伊卡政府也并不关心黑曼巴会在里面干什么,毕竟,一大笔购置款远远超出了监狱本身的价值,黑曼巴对政府提出的唯一要求是在伊卡的地图上将它抹去。二十三年过去了,这个埃尔里特沙漠尽头的建筑,已经被人们遗忘,甚至在伊卡的地图上也找不到它的身影。

一架西科斯基S-76D直升机缓缓降落在石墙内侧的停机坪上,尤利西斯和威尔先后走出机舱。在前往日内瓦参加安他敏特别研究会议前,他们绕道伊卡,来视察新世界计划的最新成果。在他们面前的是新世界计划的实验基地——新世界乐园。

这是尤利西斯为它起的名字,来源于英国作家阿道司·赫胥黎的《美丽新世界》。不过,在尤利西斯看来,自己打造的这个新世界乐园比赫胥黎笔下的美丽新世界更具有现实意义。

一百二十多名来自世界各地的科学家们在这片沙漠里从事着改变人类命运的研究。他们高度认同尤利西斯打造"新世界"的理念:科技发展速度超越了人类自身的进化,人工智能正在成为人类最危险的敌人。为了拯救人类,他们必须通过人工干预的方式提升人类的智商,实现人类智商的大跃进。

在这之前,他们需要先执行"闪电行动"。人口的爆发式增长令地球不堪重负,必须先淘汰一批智商低于100的弱者。

在智力测评体系中,智商在70到80为迟钝,60到70为轻度智力障碍,50到60为深度智力障碍。80到100虽属正常,但这些人不具备创造力,不能为社会进步做出贡献。对他们进行智力改造,无疑是件吃力不讨好的事情。

"物竞天择,适者生存"是达尔文进化论的核心思想,一百多年过去了,这条生物进化的规则在人类社会中已经被演绎到了极致。

新世界乐园常务主任梅耶尔带着尤利西斯和威尔走进一号实验室。实验室里一片忙碌,科学家们在一堆电脑屏幕前分析第五代神经尘埃的临床实验数据。他们正在做最后的冲刺,新世界计划已经进入倒计时。

"十天后可以启动吗?"尤利西斯朝着实验室里团团转的科学家们瞟了一眼,转头看向威尔。威尔是一号实验室的总负责人,也是神经尘埃的研发者。

"临床数据已经相当不错了,第五代神经尘埃的稳定性比第四代高出了

80%。"威尔的目光停在实验室中央悬挂的两个显示屏上。这两个屏幕,一个显示着玛雅1728号至玛雅1734号起居室的实时画面,一个显示着笛卡尔92号至笛卡尔99号工作场所的实时画面。

玛雅和笛卡尔都是新世界乐园里的临床试验对象,每一个进入新世界乐园的试验对象将根据他们的智商被划分到不同的阵营——玛雅或者笛卡尔。智商在100以下的被贴上玛雅的标签,100以上的被赐予笛卡尔的身份,编号则根据他们进入的顺序生成。

威尔示意一名带着金丝边眼镜的工作人员对玛雅1728号至1734号发出口渴的编码。三秒钟后,画面中这七个玛雅不约而同地举起了杯子,开始喝水。"意识"植入成功!

"升级!"威尔用极为简洁的语言下达指令,工作人员明白,他所指的是任务升级。

一分钟后,一条肩高约60厘米的德国牧羊犬闯入了起居室。画面中,七个玛雅做出了不同的反应,1728、1729、1731、1732号玛雅立刻变得非常警觉,产生了恐惧的情绪,四个人向屋子的角落逃去,而1730、1733、1734号玛雅则用爱怜的目光注视着牧羊犬,向它靠近,1730号玛雅伸出手轻抚它的头顶。

"1728、1729、1731、1732号玛雅,进入乐园前有过养狗的经历,1730、1733、1734号玛雅有过被狗追逐的经历,1730号玛雅,曾被一条牧羊犬咬掉一大块肉。'意识'修改成功!"

玛雅们对狗的记忆和经验不同,在遇到狗的时候神经传导物质会分泌出完全不同的化学物质,做出截然不同的反应。脑电图扫描仪器上,一组由神经尘埃传回来的电波显示,他们的意识受到了神经尘埃发出的人工脑电波的支配,而不是依赖过去的记忆,做出了与昔日记忆相反的反应。那四个本来爱狗的玛雅，他们边缘系统中负责恐惧刺激的杏仁核收到指令开始指挥工作，这比单一动作的编码输入复杂得多。

"'5.0神经尘埃'，不仅能够发出简单的动作指令，而且可以改变被试者的情感经验，已通过可重复性测试。"威尔带着得意的神情看向尤利西斯。

"不需要情感，情感会阻碍人类的进步。一个没有情感的人才是无敌的。"尤利西斯说道。他想起了自己的父母，如果当年他们没有抱着对弱者的怜悯，参与国际红十字会对中东国家伊卡的救援任务，就不会在一场爆炸中失去生命。

某些感情还会毁了生活，比如执着地爱一个不可能得到的女人。绿茵草地上，那个一袭白裙、长发飘飘的女子在他的大脑中掠过。

"人类的未来应该是超脱于情感的。人类的繁殖不是因为爱情，而是把最好的基因组合在一起。"尤利西斯双臂交叠在胸前，语气更加低沉有力。

"最难改变的是人的本能，本能是先天遗传的大脑'程序'。删去比改变容易多了！第五代神经尘埃已经具备这个功能。"威尔露出一丝微笑作为响应，对于自己的发明，他极度自信。

尤利西斯满意地点点头，随后来到了二号实验室，这里进行着新世界计划最具决定性部分的研究——达·芬奇密码。这个实验室由尤利西斯亲自负责。

"第1238次试验结果出来了没?"尤利西斯径直走到一个小个子白大褂边上，问道。

"结果并不理想，药物毒性没有降到安全范围。五名临床试验人员在服用'塔巴'后的第五十八天，陆续开始出现中毒症状。"小个子从一堆文件中抽出一份，递给尤利西斯。

"智商停留在198，没有新的突破?"尤利西斯皱了皱眉头。

"我们尝试过加大剂量使受试者智商突破200，但很显然，副作用明显提升了。"小个子推了推眼镜，显得为难。

"我们的目标是230！"这是尤利西斯对达·芬奇工程的目标，也是他给这项研究起名的来源，230是达·芬奇的智商值，"没有借口，不管用什么样的办法，必须达到这个目标。明天让艾米丽来一趟。"

或许，拿到MTX的配方会是达·芬奇密码实现的捷径，而且，MTX迅猛提升人类智商的功能将超越达·芬奇密码计划让人类智商提高到230的目标。可是陈辰无法突破，希望动用媒体栽赃陈辰实验室泄漏事件，可以让陈辰说出那个配方，尤利西斯心想。

"艾米丽！"夏楠从一栋法式排屋院前的小灌木丛中探出半个身子，冲着正在开门的高个女士轻声喊道。她已经在这里蹲了小半天，小腿都有些发麻了。

警察的出现，让她放弃了向安琪拉寻求帮助。安琪拉这个女孩很善良，但现在自己是杀死她父亲的嫌疑人，安琪拉是否还会真心帮助自己，不把自己交给警察，夏楠心里没底。趁着安琪拉去开门应对警察，她从房间的窗户溜了出来。

从艾伯特教授实验室离开后，夏楠开车绕着旧金山的主街转了两圈。街上车辆极少，行人也很少，夏楠不敢贸然下车，即便她用口罩、墨镜做了伪装。在这个特殊时期，这样的装束是居民出行的标配，并不会显得异样。

旧金山，是她长大的地方。如果用出生或长期居住过的地方来定义，这是她的故乡。只是，这里已经没有她的家了。和陈辰回中国前，她把父母留给她的房子卖了。"家"这个词随着父母的去世，早已离她而去。本来，她很快会有另一个家，是她和陈辰的家……夏楠不再继续想下去，一切已经没有意义。

陈辰怎么样了？被指责是"超级流脑"疫情的始作俑者，让夏楠很担心他，这比她被怀疑是杀死艾伯特教授的凶手更让人恐惧。她必须帮助陈辰洗脱这个嫌疑。她想到了一个人，这个时候在旧金山她唯一可以信赖的人。

"是谁？"艾米丽警觉地转过身，看到一张苍白而疲惫的脸，"夏楠！你怎么在这里？"

艾米丽赶紧打开大门，让夏楠先进屋，然后朝着四周张望了一会儿，确认没有其他人看到，才把门关上。

"艾米丽！"夏楠紧紧地抱住了艾米丽，泪水夺眶而出，她像是见了亲人，憋在心里的苦楚翻江倒海地涌了上来。

艾米丽轻轻地拍拍夏楠的背，各种念头在她的脑海里飞快地闪过。警察上个礼拜刚来找过她，问她是否见过夏楠，并要求她如果见到夏楠第一时间要告诉警方。需要告诉警方吗？这个念头立刻被艾米丽否定了，也许她可以趁着夏楠最需要她的时候，做些什么。

"亲爱的，可以告诉我到底发生了什么吗？这几天我都急疯了！"艾米丽打破了静默，拉着夏楠的手走进了客厅。

"还是先喝一杯吧。"她倒了一杯金巴利酒递给夏楠。然后顾自地解开外套的扣子，她是一个非常有魅力的女人，有着小麦色的肌肤，深棕色的头发，眼尾有几粒雀斑，却更增添了一丝性感。

"艾米丽，我需要你的帮助。"夏楠的眼睛里充盈着泪水，颤抖的声音从她的喉咙里传了出来，"给我一台可以上网的电脑！现在就要！"

"电脑？上网？"对于夏楠突如其来的要求，艾米丽露出了惊愕的表情。当然，这个请求对她来说轻而易举就能办到。

"陈辰被陷害了，我想看看是否可以帮到他。"面对艾米丽，夏楠丝毫没有隐瞒自己的用意。

"用你们中国人的话来讲,你们现在是不是一对'亡命鸳鸯'?"艾米丽直视着夏楠的眼睛,表情严肃,"你现在应该先帮自己,艾伯特教授是怎么回事?有什么可以帮你的吗?"

"我不知道,也许等警方找到真正的凶手,我就可以脱罪了。我现在需要一台电脑,艾米丽!"夏楠再一次提出了自己的请求。

"实在太不凑巧了,电脑前两天进水送去修了,我还没时间去取。"艾米丽扯了个谎,露出无奈的神情。

"手机也行,把你的手机借我用用。"夏楠很是急切。

"我担心陈教授的电话已经被警方监控,有什么事情你告诉我,我想办法来帮你转达。"艾米丽用一种极其真诚的目光看着夏楠,以表示自己非常愿意帮助她。

夏楠面露难色,她知道以陈辰的脾气即便背负了制造"超级流脑"疫情的罪名,也不会把MTX交出去的。她需要告诉陈辰,MTX经过1000℃的高温处理,可以改变它的化学分子式,同时保留部分的功能。一旦进行这样的处理,就算被调查组找到,也无法查出MTX成品的真实结构。

她可以信赖艾米丽吗?她们曾是最好的朋友,艾米丽看上去还是跟以前一样热情。她应该信任艾米丽,此刻,她坐在艾米丽家中的沙发上,正是因为信任,除了艾米丽,在旧金山已经没有人可以帮助她了。

"告诉他,1000℃高温,安全,他会明白的。"

"MTX?夏楠,你才是MTX的真正研发者吧?"艾米丽追问道。

艾米丽这一问,令夏楠一下子从慌乱中惊醒——艾米丽对MTX也极有兴趣!夏楠想起来,自己曾经和艾米丽透露过MTX的事情,但她肯定没有告诉过艾米丽自己参与了研发。

她已经两年没有见过艾米丽了,虽然在网络上还保持着断断续续的交流,但距离远了,有时候人心也就远了。也许和那些诬陷陈辰的人一样,艾米丽也想要拿到MTX的化学分子式。她刚才的那句话,无疑把自己置入了另一个险境。

"当然不是,艾米丽。我想到去哪里找电脑了,我得先走了。"

夏楠起身要走,艾米丽举起右手掌朝她的后脖颈处猛地一劈,夏楠晕了过去。

第十九章
沸腾鱼店里的对话

"安琪拉,你终于回来啦!"刚一踏进南方大学陈辰实验室的门口,一个沙哑的男中音就立刻从实验室的东南方向飘来。

江飞见到拖着行李箱出现在实验室的安琪拉,心里激动万分,立马从座位上蹿起来,伸出双臂想要给安琪拉一个拥抱,却被安琪拉问道:"陈教授呢?电话都打不通。"

"把自己关在办公室呢,谁都不让进!"江飞嘟着嘴道,"没事,我这就喊他去,你先喝口水,休息一下。"

陈辰的办公室在另一栋楼,没有教学任务的时候,他一般都待在实验室里,昨天,他让实验室的人把工作都停了下来,说是给大家放个假,然后把自己关在办公室里。江飞没地方去,就留在实验室里写论文,万一陈教授找他,也可以随传随到。

安琪拉看着空空荡荡的实验室,心里很是落寞。这是陈教授视为生命的科研,他们曾在这里通宵达旦地做实验、修正数据,现在却是如此萧条。

对于"超级流脑"疫情,安琪拉在飞机上把这几天发生的事情从头梳理了一遍,有了一些头绪。如果能够验证她的猜想,应该可以帮助陈教授洗脱嫌疑。

珊迪聋哑学校、卡翠娜、比埃罗的诅咒、"超级流脑"……当陈辰赶到实验室的时候,安琪拉正在黑板上写着这些名词。

陈辰看着这个熟悉的场景有些出神,一个名字在他的唇边萦绕——夏楠。这块黑板是夏楠买来的,她说把化学分子式写在黑板上,能够更好地激发大脑的灵感。而眼前的这个女孩竟然是夏楠的女儿,这让陈辰感觉很是怪异。

"这是什么?

安琪拉没有察觉到陈辰进来,听到熟悉的声音从身后传来,回过头看着胡子拉碴的陈辰站在身后,不禁皱了皱眉头:"陈教授,你怎么比我还堕落!"

"太忙了。"陈辰不好意思地摸摸下巴,搪塞了一句。安琪拉的状态看上去不错,不像是刚刚经历了一场生离死别。这也是陈辰最欣赏安琪拉的地方。

"请我吃川香沸腾鱼去,边吃边聊。"安琪拉低头看了一眼手表,已经到了饭点,说着便拽着陈辰的手臂朝外面走去。

川香沸腾鱼店就在南方大学北门的一条小吃街上,是南方市沸腾鱼排名第一的网红店。"超级流脑"疫情暴发前,这家面积不足五十平方米的小店,每天中午不到十一点就开始排队叫号。第一次是夏楠带陈辰来的。

夏楠喜欢吃辣,这与她父母都是四川人有关系,虽然自小在美国长大,却是个吃辣高手。不过为了健康管理,夏楠吃得非常克制,只有发生了特别值得庆祝的事情,才会允许自己吃一次沸腾鱼。

中美混血的安琪拉无辣不欢的本事就出乎陈辰的意料了,陈辰当初开玩笑似的给安琪拉画过一张中国吃辣地图,告诉安琪拉,按照安琪拉偏好麻辣的口味特点,她的父母中也许有一人是四川人。现在,他知道安琪拉吃辣的基因来源了。

今天的川香沸腾鱼店,终于不需要排队了。"超级流脑"疫情暴发后,餐饮店的生意一落千丈,这条小吃街上,九成店面因为生意太差,索性关门歇业。川香沸腾鱼店的老板是个成都人,往日里生意太好,老板总是骂骂咧咧的。现在生意清闲下来,态度反倒和气了。"哈啰!"店里传来热情的招呼声。

整个餐厅里没有吃客,陈辰和安琪拉挑了一个靠窗的位子坐下。

"陈教授,吃完这顿会加剧我悲伤的情绪。"安琪拉看着菜单,勾选自己喜欢的菜品。

"你是想化悲伤为力量吗?"陈辰一扫连日来的阴霾心情,和安琪拉开起了玩笑。每次和她在一起,陈辰都感觉分外轻松。

"陈教授给我上的第一课,就是多巴胺的作用,实践证明非常有效。"安琪拉抿着嘴,在黑鱼和鳜鱼之间徘徊不定,"想念比得到更能给我们带来愉悦感。一旦得到想要的东西,多巴胺的分泌水平就会下降。"

"真正导致多巴胺分泌增加的是你对沸腾鱼的心理期待,而不是食用沸腾鱼。"他知道安琪拉想要表达什么,他们这些成天和大脑打交道的人总有些"歪门左道","学得不错!安琪拉同学,一会儿菜上来,你可千万不要动筷。这个时候,你大脑的边缘系统所分泌的多巴胺会达到一个峰值。"

"陈教授,你又错了!食用沸腾鱼后,会刺激大脑的快乐中枢,导致大脑分泌出更多的内啡肽,从而加深我对沸腾鱼的爱好。今后,我再想起沸腾鱼,大脑分泌的多巴胺会更多。"安琪拉把自己勾选好的菜单递给陈辰,让陈辰看看是否还有需要增加的。

"真是应了中国的一句老话,教会徒弟饿死师傅!"陈辰接过菜单,勾了一个炒青菜,就转手递给了服务员,川菜他这辈子是无福消受了,"艾伯特教授的事情都处理好了吗?"

"都办妥了,学校那边帮了很多忙,不然我一个人真搞不定。"提到父亲,安琪拉的心情又是一沉,"有件事情,我觉得很奇怪。"

安琪拉抬头环顾了一下四周,店内弥漫着一种近乎不自然的寂静,她把身子朝陈辰的方向凑近，压低声音说道："我怀疑父亲的大脑可能被偷了！"

"什么时候发现的？"陈辰和安琪拉对视了一眼，这个疑惑在他的心里已经盘旋了好多天。

"就在停尸间！当时太伤心了，一下子没反应过来。"安琪拉整个人都快趴在桌子上了，两个人的头几乎碰到一起，"事后回想起来，我觉得父亲脑袋的重量不对，明显轻了很多。"

安琪拉停顿了一下，继续往下说："本来我想从警察局领回父亲的遗体后，再检查确认一下，但是警方通知我疫情期间，情况特殊，他们直接送去火化了，所以很遗憾……"

"艾伯特教授的下颌处有一条缝合线，正常的尸体解剖，应该不会出现这样一条线，很不正常。我在问话的时候问过警方，他们否认了，我猜他们并不想让人知道这件事情。"陈辰叹了口气，这个发现到现在还困扰着他，一来不能百分百确认，二来如果确认，艾伯特教授被杀事件显然会更加复杂。

"陈教授，原来你早就发现了！"安琪拉惊讶地看着陈辰。

"本来只是怀疑，你的发现补上了最后的一点，现在我可以肯定，艾伯特教授的大脑一定被人偷走了。"陈辰严肃地点了点头，眉头皱了起来。

"为什么？凶手杀了父亲，为什么还要偷走大脑呢？"安琪拉的情绪开始激动。

陈辰做了个手势，示意安琪拉冷静。

"会不会大脑才是凶手的目的。比如，做实验？像爱因斯坦、高斯、拜伦那样，大脑在死后被非法盗取，为了研究天才与普通人的大脑有什么不一样的构造？"安琪拉露出惶恐的神情。

"如果是这样就简单了！"陈辰叹了口气，欲言又止。

莫思杰对他说的那些话，像一颗种子一样，在他的心里发芽生长。这几天他把自己关在办公室,反复研究"超级流脑"可能和诺菲制药存在的关联,遗憾的是毫无发现。他也尝试着去疗养院和父亲聊天,试图从父亲那儿得到过往一星半点的线索,但父亲的精神状态却非常不好,根本不配合。

一个冒着热气、吱吱作响的大铜锅被端上了桌子,打断了他们的谈话。热辣的红油上漂满了鲜香嫩滑的鱼片,食物的香味弥漫在两人之间。

安琪拉正了正身体,但没有动筷,刚才的谈话让她又泛起了一阵悲伤的情绪。想到父亲,想到父亲的大脑被偷,死后还要被媒体诋毁名声,瞬间对眼前的美食失去了兴趣。

"陈教授,你相信父亲吗?"安琪拉眼眶泛红看着陈辰,语调慢得夸张。

"相信!"陈辰知道安琪拉指的是哪件事情,他想要告诉安琪拉他遇上莫思杰的事,思忖了一下又觉得暂时不让她知道为好,作为一桩强奸案生下的孩子,这会让安琪拉再遭受一次沉重的打击,"安琪拉,你也应该相信艾伯特教授。"

陈辰注视着安琪拉,决定不要继续讨论这个话题。他拿过安琪拉的碗,盛了满满一碗鱼片,放在安琪拉的面前:

"赶紧吃吧,你的多巴胺已经等不及了。"

安琪拉露出一丝微笑作为回应。她夹起一片鱼肉往嘴边送,但刚碰到嘴唇,却又停了下来,抬头看向陈辰:"对了,还有一件事情,忘记跟你说了,我在父亲的实验室碰到夏楠姐了。"

"她又去了实验室?她现在怎么样?她为什么不联系我?"陈辰连问了三个问题,他太想知道夏楠的情况了,他急切地看着安琪拉,等待她的回答。

安琪拉把那天晚上在父亲实验室遇到夏楠的事情,一口气说了出来,她很遗憾没能留住夏楠,为了不增加陈辰的焦虑,她没有把夏楠看起来有点儿神经过敏的情况告诉陈辰,还有那枚她藏起来的夏楠的记忆芯片,她也不能交给陈辰。

"她是为了达到目的会竭尽所能的人,不管是科学实验还是丢失的记忆。"得知夏楠安全的消息,陈辰松了口气。

他知道,夏楠不找到那段记忆是不会放弃的。就像当初为了支持他,夏楠放下手头正在做的研究,全力以赴地寻找含镁的化合物。找到一种能够被人体有效吸收,并且对人体无毒的含镁化合物,难度相当大。足足花了三年时间,夏楠从一万多种化合物中筛选出了五种镁离子化合物,拿给陈辰做实验。于是,才有了MTX。

但他很奇怪,为什么夏楠没有联系自己。就算丢了手机,也有很多种方法可以联系上自己,但为什么她在最需要自己的时候选择了消失。而自己竟然在夏楠最需要帮助的时候,不在她的身边。陈辰有一种深深的自责。

还有一点他也想不通,夏楠的失忆,应该是属于一种心因性失忆,因为强奸、生子给她造成的巨大伤痛而选择性遗忘那段往事,但这种失忆一般经过催眠都能被唤起。她的失忆,看起来并不是那么简单。

陈辰竭力控制自己,不想让安琪拉察觉到他任何的情绪变化,但他明显感觉到自己的心跳在加速。他夹起一块鱼肉,往自己嘴里塞,然后又是一块。辣味在他的口腔里冲撞,抑制着他的脑细胞高速运转。

"陈教授,你怎么吃辣了?"安琪拉震惊地看着陈辰。

陈辰这才感觉到胃在翻腾,他不能吃辣,每次一吃辣,胃都会强烈抗议。他连连喝下三杯热茶,才觉得舒坦一些。

"我想夏楠姐暂时是安全的,等到警方找到真凶之后,她很快就可以回来跟你团聚的。"安琪拉知道陈教授这一反常的举动,是因为对夏楠姐的担心,便安慰道。

"但愿如此。"陈辰有些无力地闭上双眼,祈祷夏楠在这段时间里一定要平安。他突然又想起刚才看到安琪拉在黑板上写"超级流脑"之类的文字，问道："对了,你刚才在黑板上写什么呢?"

"梳理一下思路,陈教授,我怀疑'超级流脑'疫情的暴发可能跟一种声音有关,不过现在还不能确定。"安琪拉非常神秘地说道。

"声音?"陈辰觉得不可思议。

"有可能! 给我两天时间,来证明这件事情。"安琪拉心里已经有了方案,但她不能告诉陈辰,如果被陈辰知道,一定会阻止她这么做。

第二十章
安琪拉的发现

两天后，南方大学。

"陈教授，有新的发现，半小时后实验室见！"陈辰收到安琪拉发来的信息时，正坐在办公室的沙发上，望着墙上挂钟的时针一点一点地向"10"字靠近。还有六个小时，就是调查组要求他提交实验室研发物质的截止时间。到时如果不提交，调查组会强制执行，查封实验室。

那次的实验室化学品泄漏事故，起因是一名实验人员不小心打碎了一瓶酸性化学品。当时，陈辰已经及时向学校汇报了此事。泄漏的化学品并不具有毒性，仅仅带有一定的刺激性气味。学校也只是把这件事定性为普通的化学品泄漏事件。真没想到，媒体会拿这件事情大做文章，甚至和"超级流脑"疫情关联起来。

陈辰看了一眼放在茶几上的黑色文件夹，这是他让江飞准备的实验室化学品泄漏事故的所有材料，时间一到，如果还没有其他办法可以证明自己的清白，他将拿着这份材料，向调查组据理力争。不管怎么样，他都不能把MTX交出去。目前来看，如何在药效和安全上达到一个平衡，是实验室正在解决的问题。

当然，实验室的这些人并不知道MTX的配方，知道MTX配方的只有他和夏楠。他们甚至还没有去申请过专利。一般来说，实验室里发现了一种化合物，都会先去申请专利，再试验效果，以阻止竞争对手窃取成果。但一旦申请了专利，也就意味着你把自己的研究公之于众了。

陈辰和夏楠商量后，一致决定先不申请，这也是艾伯特教授对他的要求。起因是他们刚发现MTX时，在一次白鼠实验时出现了令人震惊的效果！

陈辰只要一闭上眼睛，那天晚上的事情便历历在目。如果不是亲眼所见，他一定不会相信只可能出现在科幻电影上的怪事，居然真实地出现在了实验室，而且是在自己的研究当中。甚至，当他和夏楠说起的时候，夏楠起先还觉得他在开玩笑。

那天晚上正好是他在动物房值班。在实验室做完一个神经网络化学信号传递的实验后，差不多是晚上十一点。他走过动物饲养区，完成了一系列的准备工作，然后进入了动物房。

艾伯特教授实验室的动物房，实验动物供应充足，艾伯特对这些实验动物管理非常严格，要求实验人员对每一只动物都尽心尽责。他甚至每天晚上睡觉前都要亲自巡视一遍动物房。一年三百六十五天，艾伯特教授至少有三百天睡在他的实验室。以至于小时候的安琪拉一直以为实验室就是艾伯特的家。

"大脑""神经""杏仁核"……陈辰隐约间听到从动物房传来一些断断续续的单词诵读声。可是，今晚动物房明明只有自己一个人，他确信！

陈辰循声继续往里走，声音越来越清晰，他在小鼠区的第三个笼子前停了下来，声音是从这里传出来的！他蹲下身子，仔细观察笼子里的两只小鼠，有一只已经睡了，那只头顶上有一块小黑斑点的小鼠正抓着笼子的栏杆摇晃。这两只小鼠是他额外向艾伯特教授申请的，用来测试MTX对小鼠学习和记忆的效果。

他把耳朵贴近那只小黑斑点，他听到声音就在他的耳边，就像是小鼠在跟他说悄悄话！他的胸腔剧烈起伏，扑通扑通跳动的心脏仿佛就要从他的嗓子眼蹿出来。

"我的天哪!"陈辰不由得发出了一声感叹。更令人惊奇的事情发生了,他的耳边传来了"我的天哪"的复读声!

陈辰瞪大了眼睛,看着这只小黑斑点。"今天天气真好!"陈辰紧接着说道,他的话音刚落,"今天天气真好"的复读声紧接着就跟上了。"记忆是自然智慧的基础,而人脑的记忆容量至今还是个谜。"陈辰加大了句子的长度和难度。这并没有难倒这只小黑斑点,这段二十四个字的句子,小黑斑点一字不差地复述了出来。

"MTX?"就在陈辰全神贯注地和小鼠"交流"的时候,艾伯特教授看到了这一幕。

还没等陈辰反应过来,"MTX"这个单词已经从小黑斑点的口中蹦了出来。

"我想应该是的!"陈辰抬起头,看着艾伯特教授,他也不知道该如何解释这神奇的一幕,"今天是第七天。"

艾伯特教授示意陈辰把两只小鼠从笼子中取出来,带到了动物试验区,对着两只小鼠进行水迷宫实验。这是一个测验小鼠记忆和学习能力的实验。但很明显,他们真的是多此一举了,既然其中一只小鼠已被证实具有语言学习能力,这样的实验对它们来说显然是小菜一碟。艾伯特教授很快发现了这个问题。

"去解剖区!"艾伯特教授神情严肃地看着这两个小东西,"它们的神经网络一定发生了巨大的变化!"

陈辰处死过上千只的小鼠,但那只小黑斑点临死前的眼神,他至今无法忘记。想起来,心脏还是猛地一紧。哀怨、恐惧、祈求……那双眼睛里向他传递出来的,是如此复杂的感情。

陈辰用颤抖的双手对小鼠进行了脱颈椎处死,然后用解剖剪剪开了小黑斑点的头皮,肉粉色的头皮暴露在陈辰和艾伯特教授眼前。艾伯特教授用直镊将小鼠脑壳拨开,并将海马组织与大脑皮层及周围的脑组织分开。

"太不可思议了,一切都美极了!"艾伯特教授在光学显微镜下观察着小鼠大脑皮层的神经元连接,发出惊喜的赞叹,"神经元连接发生了巨大的变化,甚至在大脑皮层中形成大距离连接!"

艾伯特教授在显微镜前足足观察了半个多小时,方才把位置让给陈辰。在显微镜下,陈辰看到小鼠的神经网络连接发生了惊人的变化,这比普通小鼠的神经结节至少多了四五倍。

艾伯特教授在实验室里来回踱步,沉默许久后,突然说道:"MTX也许可以治疗许多和神经元相关的疾病,但它同时也可能会违背人类神经元的进化进程。"

是的,在陈辰看到小黑斑点具有语言学习能力的时候,他就感到MTX超出了科学伦理的范畴。"需要停止吗?教授!"陈辰一时间不知道该如何是好。

"如果可以找到一个平衡点,这将会是一个伟大的发明!"艾伯特教授依旧在实验室里来回踱步,步速明显更快了,他两眼放光地望着陈辰,"一个天才的脑神经科学家和一个天才的化学家在一起,是会产生特殊的化学反应的。MTX就是你们的化学反应。"

现在,实验室里正在进行的是MTX稀释了一万倍后的动物实验。艾伯特教授说的这个平衡点,陈辰还没有找到,而且在被稀释之后,MTX进入血脑屏障的能力明显降低了。

一阵急促的脚步声由远及近,安琪拉气喘吁吁地跑进办公室,打断了陈辰的思绪。她把背包朝沙发上一扔,直冲办公室的饮水机,接了一大杯水,一饮而尽。大概是奔波了一天,连口水都没喝上。

打了一个响亮的嗝后,安琪拉定了定神,兴奋又神秘地说:"我找到了'超级流脑'的'病原体'!"

陈辰惊讶地看着安琪拉。自从上次和安琪拉吃完沸腾鱼后,就没在实验室见到过这个姑娘。他等着安琪拉往下说,他知道她肯定有所发现。

"不是病毒!根本不存在病毒!"安琪拉拖过一把会客椅,在陈辰对面坐下,"是音频对大脑神经的干扰,造成了脑神经功能紊乱,出现了类似于流脑的症状!"

"音频?什么音频?"陈辰心里咯噔了一下,这个发现听上去匪夷所思,但不是不可能。如果真像莫思杰所说的那样,"超级流脑"疫情是一次对人类的恐怖袭击,声音无疑具有极强的隐蔽性,也难怪大家找了这么久都找不到引发疾病的病原体。他听说王教授发现的"超级R-病毒"之后再也没有在"超级流脑"患者身上找到,"超级流脑"专家小组内部已经出现了不同的声音。

"安迪·博加德《比埃罗的诅咒》专辑的主打曲《比埃罗的诅咒》。"安琪拉示意陈辰把沙发上的背包递给她,接着从背包里取出了一张《比埃罗的诅咒》的专辑。

"这怎么可能?我听过,你也听过,根本就没发生任何状况。"陈辰露出疑惑的神情。

"但是卡翠娜出事了!她感染了'超级流脑'!那天她在警局发病,幸好症状不算特别严重。"安琪拉严肃地说道。

"可这又能说明什么呢?"当天陈辰就在现场,卡翠娜突然感染"超级流脑"这件事情他知道。

"那天我在她办公室里,只干了两件事情,一是喝了一杯美式咖啡,二是一起听了《比埃罗的诅咒》，还是我带给她的，之前她并没有听过。

"珊迪聋哑学校没有一个学生感染'超级流脑'令我很困惑，目前'超级流脑'感染的群体分布中，儿童是易感人群，但为什么珊迪聋哑学校的学生可以幸免？而且这所学校的老师中有不少已经感染了。

"我反复思考，但怎么也想不明白。直到有一天，我走在街上看到，一辆车突然失控，司机猛按喇叭，所有人都向边上逃窜，只有一个人我行我素地继续照着自己的方向走，很不幸他被撞伤了，后来我才知道他原来是一个聋哑人。

"陈教授，这件事情给了我很大的启发。聋哑学生是对声音免疫的呀！所以，听力正常的老师感染了'超级流脑'，但孩子们是健康的。"

陈辰专注地听安琪拉说着，若有所思地点点头，示意她继续说下去。安琪拉喝了口水，换了一个坐姿。

"紧接着我又产生了第二个困惑，那么到底是一段什么样的声音呢？我仔细回忆那天卡翠娜发病前我们做的所有事情，跟声音有关的就是《比埃罗的诅咒》！而且她说过之前没有听过这张专辑。

"而且我还发现这张专辑销量异乎寻常地好。其实，我并不觉得这是安迪·博加德最好的作品，但是，它的销量远远超过了他所有专辑的总和，甚至还要超出许多倍。照理说，这样一张摇滚风的专辑，受众面不会太大。可是电台、广播都在热推这首歌，简直是无孔不入。对，无孔不入！这么用正确吗？"

安琪拉看了一眼陈辰，她对成语很没自信，却又喜欢在聊天中用上几个成语。陈辰点了点头，示意她继续往下说。

"无孔不入！"安琪拉又把这个成语重复了一遍，"于是，我对比了《比埃罗的诅咒》上市的时间、地区和'超级流脑'疫情暴发的时间、扩散地区的分布,几乎是一致的!"

"为了证实这个猜想,我做了一个实验。"说到这里,安琪拉的声音轻了下去,她眼巴巴地看着陈辰,停顿了好一会儿才继续说道:"陈教授,你先保证平静地听完,如果你要责怪我,我也认了,但没有别的更好的办法了。"

陈辰几乎已经猜到安琪拉做了什么,他没有笑的心情,但还是露出很难看的笑容,鼓励安琪拉继续说下去:"我保证。"

"两天前我去了南方市西北边的一个农村,村里只有一些孤寡老人和学龄前的孩子,都没有接触过《比埃罗的诅咒》。

"我以义工的身份去探望了两位老人,他们重疾缠身,剩下的日子不多了。我给他们听了《比埃罗的诅咒》。三个小时后,他们都出现了'超级流脑'的症状。所以,我相信《比埃罗的诅咒》和'超级流脑'有着直接联系!"

"那两个老人后来怎么样了?"陈辰紧握着双手。

"很不幸,病情相当严重,不到一天时间就离开了。"安琪拉的声音越来越轻。

陈辰无奈地闭上了眼睛,两行泪水从眼角滑落。他双手合拢,抵在额头上,他不能去责怪安琪拉,如果要证明《比埃罗的诅咒》和"超级流脑"有直接联系,安琪拉的这个做法虽然残忍,但无疑是有效的。然而安琪拉忽略了一点,这样的实验结果他们是不能公开的。无论是实验过程还是科学伦理,都会为他们招致一场疾风骤雨般的口诛笔伐,而他们因此遭到的质疑声也会远远大于赞同。

他平复了一下自己的心情,转头望向安琪拉,安琪拉宝蓝色的眼睛也正在直视他,似乎在等待什么,又在怯懦什么。

"这是个非常重大的发现,安琪拉。既然声音疗法能够治愈自闭症和癫痫,那么同样也可以用声音来诱发疾病。高频率的声音所产生的振动能够与大脑深层部分产生共鸣,可以在大脑深处引起变化。但是我们不能公开你的实验经过。"

"陈教授,我正在让美国的朋友做音频分析,应该很快就会有结果。"

"最快要多久?"陈辰瞥了一眼墙上的时钟,留给他的时间只剩下四个小时。

"至少三天。"

"来不及了。"陈辰叹了口气,打开挂在墙上的电视机,"安他敏特别研究会议马上就开始了,一起来看看吧。"

第二十一章
安他敏特别研究会议

日内瓦。世界卫生组织"'超级流脑':安他敏特别研究会议"。

来自一百三十八个国家的九百二十一名科学家和公共卫生专家参加了这个会议。事关重大,所有受邀参会人员全部到场,无一人请假。

会议着重讨论三个问题:"超级流脑"疫情现在的防治措施是否有效?现有的预警和反应系统是否足够健全? 安他敏是否可以被破例用在"超级流脑"的治疗上?

世界卫生组织总干事伊蒂斯女士亲自主持大会,这是有史以来最高规格的主持。虽然她刚刚经历了丧子之痛,看上去还非常憔悴。十天前,伊蒂斯十九岁的儿子死于"超级流脑"。

"女士们、先生们,人类正在面临有史以来最严峻的考验!'超级流脑'疫情在全球大规模暴发,三个月时间,已经夺走两千三百万人的生命。'超级流脑'疫情似乎在与全球卫生机构的抗衡中占了上风。"

简短的开场白,令现场的每一个人都神情凝重。此刻,全球有超过五十亿人正在收看这一关乎人类命运的特别研究会议的实况直播。"超级流脑"就像一把悬挂在人类头顶的达摩克利斯之剑,让每一个人的生活都陷入无尽的恐惧之中。

伊蒂斯是一名非常能干、做实事的女士,在她的任期内将很多不同的传染病都控制得很好,这些工作都不简单,甚至得罪了很多利益集团。然而,面对"超级流脑",她的自信与果敢几乎荡然无存。

"两个月前,经过专家组的讨论,世卫组织将'超级流脑'疫情认定为国际关注的突发公共卫生事件,并立即采取了国际行动,然而,我们尚不能确定'超级流脑'的传染源、传播途径,甚至还没有明确的诊断方法。这令人类在对抗'超级流脑'疫情时束手无策,而'超级流脑'对人类的攻击还在加剧。

"过去一周,全球感染'超级流脑'的人数增长了930％,全球因'超级流脑'死亡的人数增长了367％。三天前,中国宣布全面进入战时状态;两天前,美国宣布进入全面紧急状态;一天前,俄罗斯宣布无限期进入全面战时状态直至研发出'超级流脑'疫苗。

"但是,从目前的情况来看,国家之间缺乏信任、政治不稳定以及谎言和错误信息的传播,是应对'超级流脑'的重大障碍。"

伊蒂斯对"超级流脑"疫情,以及在世界卫生组织日内瓦总部及其西太平洋地区办事处(马尼拉)协调下的全球和区域反应进行了总结。

紧接着,美国、中国、俄罗斯、南非、澳大利亚等七个国家的卫生部部长简要陈述了各国针对"超级流脑"疫情的防治措施和预警系统。同时提出了全球如何联手抗击疫情的计划,诸如加强监控、追踪病例、加大财政和人力投入,并就信息交换进行跨国协商等建议。

"美国在应对传染性疾病时,拥有非常丰富的经验和一套极为严格的手段,严防死堵、强制隔离,但'超级流脑'疫情防控比以往任何疫情都更为严峻,我们启动了应急工作中心……"

"毫无用处!"陈辰冷笑了一声。他和安琪拉端坐在电视机前,本来,他应该代表中国参加这次会议。

"方向全错了!"安琪拉听着卫生部部长们滔滔不绝的讲话,有些坐不住了,"陈教授,我们应该把最新发现向世卫组织汇报。"

陈辰背倚着沙发,一语不发。他现在是媒体笔下引发"超级流脑"疫情的嫌疑人，他所说的话在别人看来可信度是极低的，甚至还会适得其反，打上替自己辩解的标签。

"可惜我们现在还没有实实在在的证据。"安琪拉丧气地说道，她猜测陈辰是在因证据为难。缺乏证据，口说无凭，没有人会相信他们的。

陈辰紧盯着电视屏幕，全球顶尖的脑神经专家、加州理工大学脑神经科学研究院教授安德烈亚正在发言。由于"超级流脑"患者大脑神经表现出来的特殊症状，在这次抗击"超级流脑"疫情中，脑神经科学家们冲上了一线，和流行病学、病毒学领域的专家们并肩作战。

"安德烈亚教授！我们也许可以联系安德烈亚教授，她会相信我的……"

"安琪拉，现在还不是时候。"陈辰知道安琪拉和安德烈亚的关系非常好，但"超级流脑"的复杂程度远远超出了脑神经科学的范畴，他示意安琪拉继续看电视。

会议前两个议程进行得非常快，下一个议程是讨论安他敏是否可以破例用于"超级流脑"的治疗。安他敏尚处于一期临床，直接用于临床治疗，不仅是对药物上市流程的突破，世卫组织更担心的是药物的安全性。

"瘟疫和传染病是人类第二大敌人。但在过去几十年里，流行病无论在流行程度还是影响力方面都在大幅降低。一九六七年，天花感染一千五百万人，夺走二百万人的生命；一九七九年，天花彻底绝迹。

"之所以有这样的成就，是因为二十世纪的医学达到了前所未有的高度，为人类提供了疫苗、抗生素以及更加优越的医疗条件和医疗基础设施。"

尤利西斯一身黑色西装，开始了他的演讲。作为安他敏研发机构诺菲制药的掌舵人，他有十分钟的陈述时间。

"即使这样，人类依旧需要面对每隔几十年暴发一次的大型流行病，每年仍有几百万人因流行病而丧生。有科学家曾经预言全球会暴发重大疫情。

"在人类历史上,最著名的流行病之一是黑死病。从十四世纪三十年代的东亚或中亚某处迅速蔓延至亚洲、欧洲和北非,我们估计有七千五百万到两亿人死于黑死病。

"现在,我们面对'超级流脑',就像是我们的祖先在十四、十五世纪面对黑死病,他们在不知道微生物存在的情况下,想要寻找治愈黑死病的方法显然是无解的。而我们至今都没有找到引发'超级流脑'的病原体,也许,它超出了病原体的范畴,是一种人类尚未发现的物质。诺菲制药的科学家测算,'超级流脑'在全球的潜在感染人数已逾一亿。

"我们恐惧,甚至绝望。但科学有运气的成分。在安他敏的临床试验中,我们发现它对治疗'超级流脑'具有显著的效果。在这一发现的基础上,诺菲医疗中心对'超级流脑'重症患者进行了临床试验,一百名接受安他敏治疗的患者已有六十二名患者治愈出院,三十八名由重症转为轻症。

"诺菲制药的科学家们认为,这是上帝给了人类希望。在重大疫情面前,人类需要有敢于尝试的勇气。更为重要的是,安他敏在一期临床试验的一百五十例患者中并未出现明显的副作用,在一百例'超级流脑'的临床治疗中,也没有出现。这绝不是一次赌博,是切实有效的治疗手段,诺菲制药承诺向所有愿意试用安他敏的国家免费提供安他敏。

"剩下的两分钟,由两名接受了安他敏治疗康复的患者来讲述他们的抗病经历。"

尤利西斯做了一个邀请的手势,这个环节他事先没有报备世卫组织,颇有些先斩后奏的意味。以世卫组织那套古板的做事风格,不会允许他这么做的。他看到伊蒂斯摊着双手,正用一种"你在干什么"的眼神看着他。这个时候,在全球五十亿观众面前,她没有办法阻止。

雷蒙德教授!倒在诺菲奖颁奖典礼上的雷蒙德教授容光焕发地走向演讲台。不到半个月,雷蒙德教授不仅已经康复,看上去还神采飞扬。

"非常幸运,我得到了有效的治疗,并迅速地康复了!"雷蒙德教授一口地道的伦敦腔,中气十足。

雷蒙德教授的出现,在现场掀起了一个不小的高潮,半个月前,他抽搐倒地的样子很多人还历历在目,大家都以为他坚持不过二十四小时。

"安他敏治愈了我的'超级流脑',而且没有出现任何副作用。整个治疗过程,诺菲制药的医生只让我服用了安他敏,效果非常好,服药的第二天,症状就开始减轻。安他敏可以令全人类避过一场浩劫。"

雷蒙德教授对安他敏的溢美之词冲破了一个科学家的理性与严谨,刚从死亡边缘捡回一条命的他,有一种劫后余生的欢畅。话音刚落,一个身材颀长、面庞英俊的男性接过话筒,陈辰一眼便认出来,是他抢救过的理查德机长。

陈辰无心再往下听,他几乎可以预见,雷蒙德教授和理查德机长的出现,将会给接下来的投票增加砝码。此刻,他看着电视屏幕上乌压压的与会科学家,有一个疑惑在他大脑里盘旋。九百二十一名参会人员,竟然无一人请假。

"安琪拉,你有没有发现,这些科学家都到齐了。"

"会议太重要了!"安琪拉应和道,但很快她意识到了陈辰的言外之意,"陈教授,这很奇怪啊,这些科学家没有一个感染'超级流脑'的。"

"是的。按照概率,至少也应该会有几个因为感染'超级流脑'请假吧。"

"这些人有什么不同吗?"安琪拉挠了挠头,半开玩笑地说道,"该不是多读书、做科研对《比埃罗的诅咒》具有抵抗力吧。"

安琪拉天马行空的想法,逗乐了陈辰,缓解了他的焦虑。但是,流行病面前一向都是众生平等,贫富贵贱都从未能阻止流行病肆虐的脚步,更何况只是多读了几本书——这些人一定有别的共同点!

"陈教授,你说会不会是智商。"安琪拉的眼睛泛着亮光,刚才她还觉得荒诞的想法,很快被她自己肯定了一番,"高智商的人对《比埃罗的诅咒》同样具有免疫!"

陈辰沉思着安琪拉的猜测,但雷蒙德教授是个例外呀,教授的智商绝对是非常高的,不也得病了吗? 不过在脑海深处,他却有一个强烈的直觉——安琪拉也许是对的。只是,他一时想不到有什么办法来证明这一点,也想不通雷蒙德教授为什么会成为例外。

"我宣布'安他敏用于"超级流脑"治疗'的投票结果,九百零一票赞成,十二票反对,八票弃权。安他敏将不再等待临床二期、三期的用药结果,采用'同情用药'的方式直接给患者使用。"伊蒂斯平静地念着投票结果,为了更加客观公正,世卫组织临时修改了规则,让与会的每一个人都有投票权,"世卫组织专家委员会将在明天的会议中拟定'安他敏应用的备忘录'。"

"太棒了,这是人类自救的一次伟大胜利!"演播室里的主持人用振奋的声音解说着安他敏通过了世卫组织的表决,"感谢诺菲制药,感谢尤利西斯,这是一次大爱战胜疫情的胜利!"

陈辰无力地用双手搓了搓脸,毫无悬念地通过了,可如果真的像莫思杰所说,那么一场新的更加残酷的风暴是不是又要降临人间?

他瞥了一眼墙上的时钟,距离调查小组要求他上交实验室研究物质的截止时间只剩下十分钟。

"有一件事情,需要你帮忙。"陈辰走到自己的办公桌边,从抽屉里取出一个盒子交给安琪拉,"你现在带着它立刻离开南方大学。"

第二十二章
比埃罗的诅咒

"陈——陈教授！大事不好了！有人要查封实验室！"江飞气喘吁吁地冲进陈辰的办公室，却见陈辰坐在沙发上，正目不转睛地盯着手上的一张专辑，丝毫没有察觉到他的进入。

当陈辰专注于思考某件事情时，他会全身心沉浸在自己的世界里，对周围的事物视而不见。江飞早已习以为常。

"陈教授，陈教授！"江飞伸出右手，在陈辰面前使劲晃了两下。这是他惯用的招数，唯有这样，才能让陷在沉思中的陈教授注意到他的存在。

陈辰直视专辑的目光被一只晃动的手打断了，他缓缓地抬起头，看到一张焦急不安的脸，两道浓密的黑眉紧紧皱起，在眉心连成了一条线，下面一双聚光的小眼睛正直勾勾地盯着他。

"陈教授，实验室正——正在被人查封，您——您赶紧过去看看吧！"江飞应该是以百米冲刺的速度跑过来的，到现在还喘着粗气。

四点零三分，可真够准时的！陈辰看了一眼墙上的时钟，拿起茶几上的文件夹，正起身，转念一想，又把文件夹朝茶几上用力地一扔。跟这群人解释，简直就是浪费时间！现在，最关键的是要证实《比埃罗的诅咒》和"超级流脑"之间的直接联系。刚才，在世卫组织召开的安他敏特别研究会议上已经决定将安他敏用于治疗"超级流脑"。

"你去看着，让他们小心点。"陈辰简单地交代了一句后，又一屁股陷进了沙发里，若有所思地看着《比埃罗的诅咒》。

如果《比埃罗的诅咒》是诱发"超级流脑"的元凶，为什么有的人出现问题，而有的人又是安全的？安琪拉和卡翠娜一起听了，卡翠娜感染了"超级流脑"，而安琪拉没有。他也听过，也是安全的。这是随机感染事件还是里面有逻辑可循？陈辰的大脑开始推演分析，难道真的像安琪拉所说的，是因为智商？他不能直接用《比埃罗的诅咒》去做实验，但需要更多的能够支撑两者之间存在联系的事实。

"等一下！"陈辰突然抬起头，朝着正转身离开的江飞喊了一句。

"陈教授，还有什么交代吗？"听到陈辰叫他，江飞像抓住了一根救命稻草。出了这么大的事，他一个人实在应对不了。刚才他在这里站了好一会儿，等着陈辰给他更多的指示，可是陈辰一直没再理他，才快快地准备离开。

"那张专辑你听过吗？"陈辰朝着茶几上的《比埃罗的诅咒》努了努嘴。

"听——听过！"江飞实在没想到，陈教授把自己叫住居然是为了这么一个无关紧要的话题，露出了一脸无奈的苦笑，"陈教授，有什么问题吗？"

"你和谁……"陈辰正开口说，却听见门口传来一阵脚步声，紧接着，四五个人闯进了办公室，走在最前面戴着金丝边眼镜的中年男人，正是调查组的负责人，大家叫他张主任。

"陈教授，您可真是大忙人！我们等了您整整三天，都快成'望夫石'了。既然您不来，只能我们上门讨要了！"那个张主任丝毫不把自己当作外人，径直朝着陈辰的办公椅走去，一屁股坐下，背靠在那张旋转椅上，就好像他才是这个办公室的主人。

陈辰默不作声，两眼瞪着张主任，有一股气在他的胸口集结。他微微张开嘴想说点什么，喉头像是哽住似的，说不出话来。所谓的讨要，就是查封了他的实验室。这些不尊重科学的人，他不屑与他们浪费口舌，办公室里陷入了静默，气氛极为尴尬。

站在一旁的江飞终于反应过来，清了清喉咙，赔上笑脸问道："几位领导，是喝茶还是咖啡？"

"陈教授，很会享受生活嘛！钢琴、咖啡机、音响，真羡慕你们科学家过的日子！"张主任左右转动着办公椅，扫视了一圈办公室，目光越过办公桌，停在了陈辰面前茶几上的《比埃罗的诅咒》，"原来陈教授正在研究音乐，难怪没时间应付我们。来的路上，大家还提起这张专辑。陈教授，要不我们一起研究研究！"

听到张主任要听《比埃罗的诅咒》，江飞立马拿起茶几上的专辑向音响走去。讨好，是他现在唯一能做的。虽然到现在为止他还不知道到底发生了什么事情，这几个人又到底是什么来头。但查封陈教授的实验室，肯定不是一般人能做的。

"你干什么！"陈辰冲着江飞大喊了一声，"不能听！"

这一声喊，令办公室里的气氛再次掉入了冰点。江飞呆呆地站在原地，进也不是，退也不是，和张主任一同进来的四个人，两两分立在陈辰的两侧，面面相觑。

张主任倒是面不改色，藏在金丝边眼镜背后的小眼睛依旧眯缝着，笑嘻嘻地说道："陈教授，听个音乐而已，该不会这也是实验室的秘密吧！"

张主任一边说着，一边用眼神示意靠近音响的高瘦小伙子。和陈辰的几次交锋，都让他觉得灰头土脸，他原本对《比埃罗的诅咒》没什么兴趣，也就是随口那么一提。没想到陈辰丝毫不给他面子，现在，他就偏偏要听听这张专辑了。

低沉的重金属音乐在办公室这个狭小的空间里炸裂开来。陈辰缓缓地闭上双眼，任凭他们折腾。上帝让其灭亡，必先使其疯狂。七个人，屋子里有七个人，这七个人中会有人倒下吗？这是他第三遍听《比埃罗的诅咒》，中国有句老话,事不过三,会不会跟听的次数有关呢? 各种问题在陈辰的脑海中不断升级、蔓延。

张主任皱着眉头,这类摇滚音乐显然不符合他的口味。江飞一边泡茶,一边偷瞄着张主任味同嚼蜡的面部表情,猜出了个大概。这个张主任,现在估计是听也不是,不听也不是。

"几位领导,咱们要不先把正事办了,再听音乐? 陈教授的实验现在正在关键点上,您看能不能网开一面呢?"江飞利索地泡好了茶,送到了张主任的面前。

"小伙子,不是我不讲情理,可这陈教授不配合,上头又盯得紧,你说,我能怎么办? 事关'超级流脑',怠慢不起啊!"张主任摆出一脸为难的样子,他朝陈辰的方向瞥了一眼,却见陈辰双手捧着个手机,看得认真,这又令他心中不快,"陈教授,您如果还是执意不把实验室研究的物质提交,这封条我们可就贴上去了。"

"张主任,请便!"陈辰丢下一句话,走到音响边上,取出CD后便大步地离开了办公室。张主任、江飞,还有那四个工作人员瞪大眼睛,看着陈辰留给他们的一个冷漠的背影。

"老莫,你看到了吗?"陈辰一出办公室,就拨通了莫思杰的电话。

"安他敏? 我预计接下来又会有一场舆论战,要求安他敏立即上市! 陈教授,留给我们的时间不多了!"电话那头的莫思杰很是焦虑。显然,他一直关注着安他敏特别研究会议。

"安和疗养院见,带上记忆提取器。"陈辰没等莫思杰回复,就挂了电话。

安和疗养院,陈天白的病房里。

落日的霞光斜刺进房间的百叶窗,将坐在沙发上的三人的脸庞映得通红。陈天白不在屋里,这是晚餐时间,他去餐厅吃饭了,晚饭后是活动时间,回到房间至少要到晚上八点。

安琪拉是最晚到的,现在她正困惑地看着陈辰。一个多小时前,陈辰塞给她一个盒子,让她离开学校,但很快又一个电话把她叫到这里。她不知道这期间发生了什么,还有坐在她边上的这个精瘦男人,看上去很不友善。

一阵脚步声从门口传来,陈辰提起了警觉,起身走到门边,按下了反锁的钮,然后压低声音,说道:"老莫,把东西拿出来!"

安琪拉侧过头,看向那个精瘦男人,挂在他身上的一件宽松的深灰色卫衣几乎是他身体的两倍大。跟陈辰严肃的神情比起来,这个精瘦男人看上去很悠闲。

只见他抓起立在右边沙发上一个比登山包小不了多少的背包,拉开拉链,从里面取出一个四四方方的带着密码锁的黑色皮质盒子,摆到了面前的茶几上。

精瘦男人聚精会神地在盒子的密码锁扣处滑动着数字,"吧嗒"一声,盖子打开了。安琪拉从沙发旁站起来,好奇地往里看去。

盒子里的东西让她大吃一惊!

"Mnemosyne!"安琪拉看着记忆提取器,露出不可置信的表情,"你们是怎么拿到的?"

"是我从艾伯特教授实验室带来的。"老莫的语气里带着一丝得意,然而他并没料到,这个回答,刺激到了安琪拉。

安琪拉一直认为偷走记忆提取器的人就是杀害她父亲的凶手,她的情绪一下子失控,音量拔高了好几度,指着莫思杰质问道:"你偷了记忆提取器?"

"安琪拉,先别激动,这个事情说来话长。时间有限,你听我把话讲完。"

陈辰示意安琪拉坐下,然后表情异常严肃地问道,"你认真回忆一下,艾伯特教授有没有提起过,记忆芯片可以非本人读取!这件事情非常重要!"

"这绝不可能!那是违反科学伦理的!"安琪拉嘴上说得义正词严,可实际上她也在寻找记忆芯片读取的突破口。夏楠的记忆芯片还在她手上,她也很想知道里面的内容。

"如果,我是说如果,艾伯特教授在设计记忆提取器的时候,假设存在了BUG(漏洞),是不是有可能实现非本人读取。"陈辰反复强调着如果、假设,他用尽一切委婉的言辞,这是他对艾伯特教授的尊敬。

"那么这个BUG肯定连父亲自己都不知道,否则他不可能让记忆提取器进入医学治疗领域的。"安琪拉看着陈辰,眼神中流露出了愤怒,"记忆是每个人最为隐私的东西,陈教授你应该很清楚。"

"陈教授,你这是还没想到办法啊?"坐在一旁一直插不上话的莫思杰终于忍不住了,"既然怀疑有BUG,那你们有没有办法找到呢?"

"哪有这么容易!"陈辰和安琪拉几乎是异口同声地回答了莫思杰的提问。

"那怎么办?"莫思杰凹陷的脸颊上挤出苦笑,"时间不多了。"

"到底发生什么事情了? 跟记忆提取器有什么关系?"安琪拉用一种极为恳切的眼神看向陈辰,像是等待着一种宣判。从陈辰的神情中,她感受到一种巨大的不安。

陈辰沉吟不语,手指在自己的大腿上有节奏地敲击。这时,裤子口袋里的手机传来一阵猛烈的振动,是江飞打来的。原来,下午来查封实验室的张主任突发"超级流脑"被送进了医院。现在,调查小组越发认为陈辰的实验室是"超级流脑"暴发的源头了。

陈辰听完电话,倒吸一口冷气,从沙发上欠起身来,踱步到了窗前。透过百叶窗的缝隙,他看到外面的世界已经被黑暗覆盖。

漫无边际的夜色,笼罩在城市上空,笼罩着这座城市的一千两百万居民。他们从未像现在这般手足无措,甚至连家门都不敢出。经济的停滞、物资的短缺,已经让大家处于崩溃的边缘,而更让他们感到不安的是对死亡的恐惧。

沉默许久后,陈辰转过身来,用极为低沉的声音告诉了安琪拉所发生的一切。要想解开"超级流脑"这个谜题,他们非常需要记忆提取器的帮助。

从陈辰口中吐出来的一词一句,像是一条条鞭子抽打着安琪拉的心脏,父亲的被害、二十一年前贫民窟的失控残杀、战争地区的人体实验,每一件事情竟然都被怀疑可能和"超级流脑"有关。

"这简直比好莱坞的电影大片都离奇。"安琪拉听完陈辰的讲述,缓了好一会儿,虽然听上去荒诞,但从她认为"超级流脑"和《比埃罗的诅咒》有关时,她就意识到,"超级流脑"不是大自然对人类的惩罚,背后应该是一个阴谋,或者说是恐怖行动。

"艺术来源于生活。"莫思杰保持着一贯的冷静。

"所以,你想提取你父亲的记忆,找到二十一年前那件事情的真相?"安琪拉终于明白刚才陈辰问话的用意所在。

"如果两者之间真的有关系,那这就是最好的突破口!"陈辰的神情变得越发坚定。

"但是很遗憾,父亲非常自豪地告诉过我,Mnemosyne 提取到的记忆,只有被提取者本人的 DNA 才能解码。"安琪拉沮丧地垂下头,突然间她像是想到了什么,眼睛放光地看向陈辰,"还有一个突破口,我的父亲。他也是当年事件的参与者。"

"艾伯特教授? 可是他已经死了。"陈辰语气显得更加低沉,使得房间里的空气更加凝重。

"我刚刚想起来父亲有写日记的习惯，我现在回旧金山。找到日记本也许可以知道当年发生了什么。"安琪拉"嗖"地从座位上站起来。

她是个行动派，想到要做就立刻行动，刚走到门口，正要开门，又迟疑了一下。她从包里掏出一个小盒子，折返回来递给陈辰："陈教授，这里面是夏楠姐的记忆芯片，之前我怀疑她和父亲的凶杀案有关，一直没有交给你，现在我把她交给你，替我还给夏楠姐。"

陈辰看着安琪拉很不是滋味，张开双臂拥抱了这个女孩，他并不想让眼前这个姑娘卷入风暴，但形势所迫，与人类正在面临的这场灾难相比，没有人可以独善其身。

"接下来，有一段黑暗残酷的日子在等着我们。"

第二十三章
深夜争论

凌晨三点,南方市紫荆大道蔚蓝公馆小区已是一片漆黑,唯独十七幢1234室窗户里还隐隐透出光来。这一夜对房子的主人来说,极不平静。

和莫思杰、安琪拉告别后,陈辰驱车绕着三环线开了两个来回,才决定回到这里。实验室被查封,他突然觉得自己就像这个季节漫天飘飞的柳絮,没有了安身的地方。

房子当初买来是作为他和夏楠的婚房的,里面所有的装修、家具到小摆件都是夏楠一手操办的,对陈辰而言,房子装修成什么样子他都无所谓,只要能住就行。他很少回来,绝大多数时间都在实验室。

电脑幽蓝的光线照在陈辰的脸上,他死死地盯着屏幕,皱起的眉头挤到了一块。《再听这首歌下一个倒下的就是你!》这则帖子发出不到十分钟,浏览量已经突破十万。虽然已经是凌晨,但在这个谈"超级流脑"色变的时候,显然把那些活跃在后半夜的夜猫子都吸引了过来。陈辰拖动着下面的留言:

"本世纪最大的笑话!"

"为了博取眼球,造谣连基本的科学常识都可以不顾!"

"本人是《比埃罗的诅咒》的忠实粉丝,听过无数次,并未感染'超级流脑'!"

"一看就是竞争对手的无耻招数,太无耻了!"

"我是粉丝,我愿意直播证明《比埃罗的诅咒》与'超级流脑'毫无关系!"

"《比埃罗的诅咒》是什么音乐,求分享!"

……

陈辰浏览着评论,越看越觉得不对劲,怎么就把那些《比埃罗的诅咒》狂热粉丝给忽略了!他们真是病急乱投医了。

下午在父亲的房间里,三人一致认为阻止《比埃罗的诅咒》的传播刻不容缓!安琪拉的朋友至少还要三天时间才能拿出音频深度分析的结果,初步分析的数据还没有检测到任何异常。

老莫建议通过网络匿名发帖的方式来呼吁大家不要听《比埃罗的诅咒》,安琪拉也赞同,老莫主动认领了这项任务。

现在,帖子不仅不能够起到阻止的作用,反倒是给《比埃罗的诅咒》做了一波很好的宣传,引发了那些还没有听过《比埃罗的诅咒》的人的好奇心。这可怎么办?

陈辰拿出手机正要给莫思杰打电话,"叮咚""叮咚""叮咚",手机上又弹出好多条新闻,《引发"超级流脑"的元凶找到了!》《你和"超级流脑"之间只隔着它!》……陈辰看着这些带有明显自媒体色彩的标题,苦笑了一下,老莫的动作可真快。

陈辰拨通了老莫的电话,他还没来得及开口,就听到对面传来一阵急促的声音:

"陈教授,不好了!不好了!事情没有朝着我们预想的方向发展!还起到了反作用!我现在没时间跟你说话,我得先把帖子删了!"

然后,是一阵"嘟嘟嘟"的忙音。隔着电话,陈辰仿佛看到了莫思杰脸上的慌张与焦急。他不能不着急啊,"FM音乐"上《比埃罗的诅咒》的下载量正在直线上升,真是好奇害死猫!

无奈的是,他们现在拿不出站得住脚的证据来证实《比埃罗的诅咒》和

"超级流脑"之间的关系，但张主任在离开实验室后突发"超级流脑"让陈辰越发相信安琪拉的推论是正确的。

这件事有一点他还没弄明白，为什么有的人会发病，有的人可以安然无恙，从刚才帖子的留言中可以看出，他之前猜测的和次数有关很明显错了。

这时候，实验室微信群炸开了锅。大家正在热烈地讨论老莫发的帖子，这群人经常熬夜做实验，今天实验室被查封，心里更是七上八下的，估计都在网上耗着时间。

带起这个话题的人是江飞。群里就属这小子和安琪拉最活跃了。现在，安琪拉正在飞往旧金山的航班上，江飞靠一己之力已经带动群成员刷出了三百多条未读消息。陈辰被提到了数十次，大家都等着他们的导师来做一个权威解读。只是他们谁也没有想到，陈辰竟然就是这些帖子的策划者。

陈辰大致浏览了一下群里的内容，这些脑神经方向的研究人员都一致认为这是无稽之谈。江飞正在群里煽动大家一起到那些帖子下面留言。

"作为陈教授的学生，我们必须相信科学，阻止这种谣言的散布！"

"对，在这个关键时刻，我们有责任用科学理论以正视听！"

陈辰看着这些聊天内容，简直哭笑不得。助理研究员林子峰动作最快，一篇洋洋洒洒两千字的小论文已经写好发到群里，还请陈教授指正。

"对一切抱有怀疑的态度是对的，但你们从一开始就否定，是在阻碍自己接近正确的结果。"

陈辰反复思量，在群里打下了这样一行字。他那用自己大脑影像做成的头像在群里一闪，原本热闹的群一下子安静了下来。

陈教授这到底是什么意思？所有人都在揣摩陈辰的意思。难不成陈教授觉得"超级流脑"真和《比埃罗的诅咒》有关系？

江飞想起陈教授白天奇怪的举动和他问的那个问题"你听过这张专辑

吗",突然觉得自己领悟到了事情的真相,也许可以趁此机会洗清实验室是"超级流脑"源头的嫌疑。

"陈教授,您说得对,科学就是应该抱有一切皆有可能的态度。这张主任今天感染了'超级流脑',我看就是因为他听了《比埃罗的诅咒》,媒体还不明事理地把责任往我们实验室推。"江飞立刻在群里表态,紧接着又说道,"那些媒体说是我们实验室泄漏引发了这场'超级流脑',调查小组还把我们实验室查封了,这才是无稽之谈。我看《比埃罗的诅咒》引发'超级流脑'的可能性更大。从声音对间脑分泌物质的影响来看,完全就是有可能的!"

"江飞说的有道理,我就觉得既然找不到病原体,脑脊液检测也是阴性,诱发'超级流脑'的很有可能是像声音这样的东西。"刚才还写了两千字反驳文章的林子峰附和道。

"我们应该帮助那个发帖的人,他写的那些文章不够专业,我正好在写一篇《论声音和大脑能量关系》的论文,稍加修改马上就可以发出来。"

……

这些研究员的态度居然在短短几分钟里发生了一百八十度的大转弯。陈辰不知道,实验室研究员们还建了一个屏蔽陈教授的微信群,那个群平时主要用来八卦陈教授和讨论吃什么的。就在刚才,江飞把他自以为明白的真相在群里通报了大家,大家听了都觉得十分在理,为了帮实验室洗清嫌疑,可以早点回去做研究,他们迅速达成了一致的目标。

但这也不是陈辰想要看到的结果。那边老莫正在忙着删帖,想趁着夜深人静,把帖子的影响尽量控制在最小的范围,这群研究员倒好,一开始对着干,现在居然想着要添一把火。

不管他们说什么,只要不能解释清楚那些人听了《比埃罗的诅咒》而安然无恙的原因,人们是不可能会相信的。

"等你们能够解释清楚为什么不同的人听了《比埃罗的诅咒》有不同的结果以后,再去网上发言!"陈辰的头像再次出现在了群里。

这一下,江飞犯糊涂了,难道不是陈教授? 这到底是怎么回事嘛? 他发现刚才引爆网络的那几篇帖子已经被删得干干净净。

但是,再细细品品陈教授的这句话,好像并没有不让他们这么做,而是对他们做这件事情设置了一个前提条件。

"陈教授,我们一定可以找到原因的。没有找到原因,绝不轻举妄动。"江飞表态式的发言,结束了群里的讨论。这真不是他们口头说说,这些研究员们还真的开始去研究这个问题了。

但网络上,一旦出现过的东西,即便删得再干净,都会留下痕迹,这天晚上莫思杰的帖子和这群研究员的讨论都已经被人盯上了。

一切安静下来,陈辰听到肚子正发出"咕噜噜"的声音,才想起自己已经一天没吃东西了,这一天发生的事情让他忘了吃饭这件事。

他起身走到厨房,打开冰箱,里面的牛奶、面包都已经过期。这些是夏楠在去美国前买的,从旧金山回来后,今天是陈辰第一次回到家里。陈辰在冰箱的最下面找到了一袋意大利面,这是夏楠日常的主食,从小在美国长大的她,对中国的米饭还是有些不太适应。

夏楠不知道怎么样了,老莫已经托朋友在打探,说是应该快有回复了。在这个节骨眼,没有消息也是最好的消息,至少可以证明她还是安全的。但他总觉得安琪拉有事瞒着自己,每次提到夏楠,她的眼神都有些许躲闪。

也许是因为记忆芯片吧,陈辰摸了摸裤子口袋里的小盒子,就因为这个东西,夏楠才会被冤枉是杀死艾伯特教授的凶手。想起夏楠,陈辰的胸口猛地一紧,但很快他调整了自己的状态,现在不是儿女情长的时候。等到解决了"超级流脑",他一定去美国把夏楠找回来。

陈辰端着意大利面,回到了书房,不到两分钟,盘子里就只剩下了一些拌面酱。他太饿了,低估了自己的食量,刚才煮的面没能让他从饥饿中完全走出来。很快,他又煮了一盘,这一回终于让胃回归到了一个舒适的区域。然后,大脑再次陷入了对"超级流脑"的思考。

按照他之前和老莫的分析,"超级流脑"不是最终目的,加速安他敏上市,在全球免费使用才是制造"超级流脑"的最终目的。陈辰闭上眼睛,右手在额头上来回地搓动,他回忆莫思杰说过的每一句话,感觉到太阳穴在强烈跳动。

制造"超级流脑",又研发药物治愈"超级流脑",而且免费使用,诺菲制药搞这样一出戏码是为了什么? 这一定和诺菲制药的某种研究存在关系。难不成他们想在人类身上做某种实验? 他想起老莫提到过二十一年前贫民窟灵异事件和战乱区人类残杀事件出现过诺菲制药的药剂瓶。

当这个想法从大脑皮层跳出来时,他察觉到自己的心脏在强烈跳动,全人类的科学实验,太疯狂了。当年发生了人类自相残杀,那现在会是什么?

时隔二十一年,莫非当年的实验成功了? 于是开始在全球制造"超级流脑",在全人类推行当年研发的药物,也就是经过包装后的安他敏? 陈辰不寒而栗。

他拿起手机,给安琪拉发了一条信息:设法拿到安他敏。他倒要看看这对"超级流脑"有着奇效的安他敏和其他药物到底有什么不同。

秘密应该就在安他敏里面。

不行,他不能坐以待毙,他也要去旧金山。他有个预感,去到诺菲制药最核心的实验基地,一定可以让他找到"超级流脑"背后的阴谋。

然而,就在这时候,电脑屏幕上弹出了一行字:你有危险!

第二十四章
"神经尘埃"

"艾米丽博士，她醒了！"梅耶尔透过落地玻璃窗，看到躺在玻璃房正中间的女人正缓缓地睁开眼睛，立马拿起手机向艾米丽汇报。艾米丽是尤利西斯的第一助理，达·芬奇密码计划的首席科学家。

两天前，艾米丽带着一个亚洲女人来到这里。女人裹着一件深蓝色的风衣，戴着一顶黑色的棒球帽，帽檐挡住了她一半的脸，露出毫无血色的嘴唇，齐肩微卷的黑色中长发油腻地耷拉在肩头，看上去应该好几天没洗了。

她低头跟在艾米丽的身后，几乎没有任何的面部表情，涣散的眼神让梅耶尔察觉到她的大脑神经处于无意识的状态。梅耶尔一眼就认出了站在他面前的这个亚洲女人应该是美国警方正在通缉的杀死艾伯特教授的嫌疑人——夏楠。他对人脸识别具有超乎常人的能力，这得益于他脑部特别发达且有敏锐的梭状回，梭状回是位于大脑颞叶储存和辨认人类五官的部位。

艾米丽交代梅耶尔把女人带到HBP（人类脑计划）A-0监测室，并要求他亲自看管。"她是达·芬奇密码计划的关键人物！"艾米丽把这句话丢给梅耶尔后，回自己的房间休息了。

足足十五小时四十分钟，亚洲女人在进入A-0监测室后，便进入了昏睡状态。梅耶尔寸步不离地守着她，其间，艾米丽来过两次，查看了女人的生命体征，数据显示一切正常。

接到电话后不到两分钟，艾米丽就出现在了A-0的观察房。这是正对着监测室的一个房间，透过落地玻璃窗可以一览无余地观察监测室里的情况。当然,监测室里面的人是看不到外面的。

在观察房正对着门口的墙壁上,挂着一排显示屏。上面红红绿绿的数字和一条条升高降落的曲线,显示的正是处于监测室中的人的各项生理数据。

"给我一个'神经尘埃',现在就要!"艾米丽双眼盯着监测室里的女人,向梅耶尔下达命令。

"这……这需要一点时间。"梅耶尔有些为难,"我先请示一下威尔博士!"

新世界乐园对"神经尘埃"的使用有严格的管理规定,每一个"神经尘埃"的领用都必须得到威尔本人的批准,或者是尤利西斯的特批——但即便是有老板的特批,也需要向威尔报备,他是这个项目的总负责人。只有那次,尤利西斯派助理沃克秘密来取过一个"神经尘埃"。梅耶尔虽然是新世界乐园的常务主任,但并没有实权,他的职责是看管好这里面的人和物。这也是他的强项。

"没这个必要,我现在打电话给老板,他会答应的。"艾米丽看起来非常着急,连正常的程序都不想等待。

凡是对达·芬奇密码计划有利的,不要说是一个"神经尘埃",就算是十亿美金,尤利西斯都不会眨一下眼睛。当艾米丽告诉尤利西斯陈辰的女朋友夏楠也许是MTX配方的突破口的时候,刚刚从日内瓦飞回旧金山的尤利西斯立马带着威尔又登上了前往新世界乐园的专机。他要亲自参与,并在第一时间知道MTX的化学分子式。

利用"神经尘埃"控制对方的意识这个做法尤利西斯不是没有想过,但是令他感到意外的是,他费尽心机在"超级流脑"疫情肆虐的时候举办一场诺菲奖的颁奖典礼,利用给陈辰制作脑部模型的契机,把"神经尘埃"植入陈辰的大脑，但"神经尘埃"竟然在陈辰身上失效了。"神经尘埃"不仅不能够命令陈辰透露丝毫关于MTX的内容，甚至连在实验室里无一例失败的简单命令在陈辰身上也见不到任何效果。这件事情，他没有跟威尔提过，他不想因为威尔和陈辰之间的矛盾，节外生枝。

"高智商会影响'神经尘埃'发挥作用吗？"在三万英尺的高空，尤利西斯抽着他最爱的雪茄，看上去既兴奋又紧张。

"高智商会影响'神经尘埃'发挥作用？"威尔重复了一遍尤利西斯的问题，他感到诧异，从来没有笛卡尔因为智商高而可以抵抗住"神经尘埃"的威力，"这不可能！第35号笛卡尔的智商有185，是所有实验者中智商最高的，实验的效果非常好！"

"也许超过200，结果就不一样了。"尤利西斯调整了一下坐姿，神情很是严肃。

"我们要去见的那个实验者智商超过200？"威尔以为尤利西斯在提出他的担心，他正了正身子，用他那充满自信的宝蓝色眼睛直视着尤利西斯，"即便是达·芬奇，我也有信心让他听命于'神经尘埃'的指令。"

威尔对"神经尘埃"的自信，就如同他相信明天早上的太阳一定会从东方升起一般，这就是一个真理！七年，这七年里他独独做了这样一件事情。他容不得任何人的质疑，哪怕是他的老板。只不过，相较于"神经尘埃"，此刻，他心里更想着一个人——夏楠。

离开旧金山的这几天，威尔一直联系不上夏楠，这个亚洲女人就像一个闪烁着七彩光芒的泡泡般，在阳光下突然绚烂地消失了。他翻遍了家里的监控，都没有看到夏楠的身影。一开始，他担心夏楠的行踪被警方发现，遭到逮捕。但他在警局的朋友告诉他，"超级流脑"疫情的加剧令警方自顾不暇，几乎没有多余的精力来应付一桩凶杀案了，唯有通过媒体虚张声势，请民众提供线索。通过加剧疫情来分散警方的精力看来很有效,威尔悬着的心稍稍落下了一些,可转念一想,不安再一次如狂风暴雨般袭来——她走了?

相较于被逮捕,这个猜测更令威尔寝食难安。他太想夏楠了,这种思念如同成千上万只蚂蚁在啃噬他的大脑、他的肌肤。他感觉自己的思想、灵魂随着夏楠的消失,被抽空了。

"这个实验者也许就是解开达·芬奇密码的关键!"尤利西斯抬手看了一眼表,正好还有一个小时,"要不要再来一杯?"

"差不多了,再喝就醉了!"威尔摆了摆手,脸上泛起一丝苦涩的笑,十七个小时的飞行,他已经喝掉整整两瓶红酒了,"酒入愁肠愁更愁。"

"最近喜欢上了中国文化?"尤利西斯端起盛着半杯红酒的高脚酒杯,隔空敬了一下威尔,"还有一句你应该没学到,叫'一醉解千愁'。"

"中国文化还真是有点意思!"威尔的两个拇指在一只空了的红酒杯上来回摩挲,用低沉得外人几乎都听不到的声音自语道,"中国女人更有意思!"

"中国女人?这几天你的心不在焉是因为中国女人?"威尔这些日子的表现,已经引起了尤利西斯的不满,碍于"闪电计划"的推进,他对威尔一直保持着忍让。

"一个迷人的中国女人!你如果见到她,也会对她赞不绝口的。她像是一首古希腊的抒情诗。"威尔丝毫没有听出尤利西斯的言外之意,一提到夏楠他便有些停不下来,"就像潺潺的小溪旁,她的七弦琴,会催我合上眼皮,进入梦乡。"

威尔对古希腊抒情诗《乡间的音乐》稍作了改动,这个画面让尤利西斯再次想起那年夏天,透过实验室的窗户看到的穿着白色连衣裙的女人,那就是夏天里的一阵风。此后的每一个夜晚,尤利西斯都是荡漾在这样一幅画面中入眠。为了得到她,他背着事业上亲密无间的合作伙伴,对女人展开了热烈的攻势。

"听说您的夫人也是一位美丽的中国女性,可惜我们至今都没有机会一睹她的芳容,是怕她的追求者太多……"威尔突然想起沃克曾私下跟他八卦过老板的女人,那也是沃克去老板家送材料偶然间撞见的,之前他一直以为尤利西斯保持着单身的状态。

"威尔,你该把心思放在新世界乐园上!"尤利西斯打断了威尔的问话,"休息一下,一会儿有的忙了。"

艾米丽和梅耶尔呆坐在观察室,等待着尤利西斯一行的到来。应该快到了,艾米丽算了一下飞行的时间。其实她只是想要一个"神经尘埃",对于夏楠是否知道MTX的配方,她的心里也没有太大的把握。幸好在向老板汇报的时候,她用了极其委婉的词语,给自己留了余地。可即便是这样,老板在听到可能可以得到MTX配方的时候,还是立马决定飞过来亲自参与。

梅耶尔双眼盯着面前白色长方形的铁质小盒子,里面装的就是"神经尘埃"。他抬头看看监测室里的女人,再看看眼前的小盒子。一会儿,这个女人就会是第243号笛卡尔,而且,是迄今为止智商最高的笛卡尔。刚才,他给女人测过智商,203,这个数值让他和艾米丽都大感吃惊。

"都准备好了吗?"尤利西斯推门进来,一脸的急不可耐。威尔跟在尤利西斯的后面,身上还带着一股浓重的酒气。

"随时可以开始,老板!"梅耶尔一看到尤利西斯,像膝跳反射般地从座位上弹射起来,毕恭毕敬地说道。

威尔朝着监测室里望了一眼,虽然女人背对着他们,但这个背影,像一颗子弹般击中了他的心脏,怎么会是她? 不可能,一定只是相像!

他死死地盯着那个背影,看着她慢慢地侧过身来。高挺微翘的鼻子衬托着她清丽的脸颊,低垂的眼帘让她看上去没有了往日的神采。

真的是她! 她怎么会在这里?

威尔震惊了! 他愣在了原地,两条腿像灌了铅似的动弹不了。尤利西斯他们已经朝着监测室走去。他的大脑在高速运转,他虽然对夏楠日思夜想,但在这里见到她,是他极不情愿的。

没有一个笛卡尔可以离开新世界乐园。今天如果把夏楠变成了笛卡尔,就意味着他将永远失去这个女人。如何才能把她救出去?

"等一下!"威尔冲进监测室。

第二十五章
243号笛卡尔

"先给她做一个智商测试。"情急之下，威尔想到刚才尤利西斯在飞机上的提问，决定赌一把，他必须把夏楠救出去。

"威尔博士，进入新世界乐园的第一个步骤，就是智商测试。"艾米丽把一个iPad递给威尔，上面是夏楠的基本资料，还为她定好了编码，243号笛卡尔，"在等待你们到来的时间里，我们已经替她做了。"

"203！"威尔用极度夸张的表情来表现自己的惊讶，虽然他希望这个数字可以更高一些，那么刚才他想好的说辞可以更加具有说服力。

"是的，她是迄今为止智商最高的笛卡尔。"艾米丽冷冷地说道。

当艾米丽看到这个结果的时候也非常吃惊。她的智商是158，这已经是凤毛麟角，物理天才斯蒂芬·霍金的智商是160，夏楠竟然高达203。

她和夏楠从初中开始便是同学，初中时候的夏楠并不出众，成绩一直处于中下水平。初二夏楠休学了一年，当时听说是因为车祸，不过现在她知道了真正的原因。

休学回来后的夏楠就像开了挂一样，成绩突飞猛进，成了学校里耀眼的学霸，在之后的学业上一路跳级，并且在化学、生物这几门学科上表现出了过人的天分，同是学霸的艾米丽和她成了好友。大学期间，她们都是斯坦福大学全额奖学金的获得者。

"'神经尘埃'对她也许是无效的！"威尔皱着眉头，双眼紧盯着夏楠，才几天不见，眼前这个女人已经脱了人形。她看上去精神有些呆滞，他多想走过去搂住她，安抚她，可现在他必须克制住。

"你说什么？你刚才在飞机上可不是这么说的！"尤利西斯听到威尔的话一下子暴跳如雷，即便陈辰身上的试验已经让他怀疑过这个事实。

夏楠怔怔地看着眼前的四个人，尤利西斯、艾米丽、威尔，还有站在边上比威尔矮半个头的小个子男人，这个男人之前给她做了一套题，像是一套智商测试题。

现在，她几乎已经完全清醒了，但她不知道到底发生了什么。那天在艾米丽家失去知觉后，再次醒来已经是在飞机上，是艾米丽把她带到了这个地方。这里看上去像个医院，但和医院还有些差别，准确地说更像是一个实验室。刚才，她很害怕，但是，看到威尔进来的一瞬间，她紧绷到酸痛的肌肉稍稍得到了缓解。

"203是迄今为止遇到的最高智商，'神经尘埃'的效果会随着智商的升高而递减。"威尔自从进了监测室，目光一刻都未从夏楠的身上移开，"针对高智商的'6.0神经尘埃'正在研发当中。"

"威尔博士不是一向都对'神经尘埃'充满自信的吗？"艾米丽示意梅耶尔给夏楠进行静脉注射，"203和之前笛卡尔中的最高智商185之间，也不过差了18。"

在这个房间里，梅耶尔是等级最低的，他那躲在金丝边眼镜后面的小眼睛滴溜溜地在尤利西斯、艾米丽和威尔之间来回移动，他们每一个人都可以对他发号施令，但此刻，他需要老板亲自下达的命令。梅耶尔眼巴巴地看着尤利西斯，攥在手里的铁质小盒子已经沾上了一层腻滑的汗水。

"开始吧。"尤利西斯缓缓点头，用一种低沉的声音说道。不管有没有效果，他都要试一试，拿到MTX，可以加速整个新世界计划。

"你们要干什么？"夏楠蜷缩在一张医疗床上。她试图从他们的交谈中找出些什么。他们在研究她的智商,还提到了"神经尘埃"。这是什么,诺菲制药最新的研发?他们想要拿她做试验?她万万没有想到,自认为最值得信赖的艾米丽会出卖她。

"夏楠博士,只是一个小小的测试,不必担心。"尤利西斯用一种极其轻松的口吻宽慰夏楠,"只要你配合,明天就送你回到中国,我可以确保你的安全。"

说话间,梅耶尔按下了医疗床侧边的一个黑色按钮,从医疗床两侧吐出来的五条绑带分别紧紧地捆住了夏楠的手脚和腰部。

冰冷的针头刺进了夏楠的肌肤,看着注射器慢慢地朝着夏楠的静脉推进,无力阻止老板决定的威尔陷入了绝望。很快,"神经尘埃"在液体药物的助推下,会穿过血脑屏障,抵达前额皮层,然后,第243号笛卡尔就诞生了。

夏楠平静地躺在医疗床上,此刻,任何的挣扎都是无用的,唯有保持清醒才是最重要的。她不相信尤利西斯口中的"只要你配合,明天就送你回到中国"的谎话,她现在不过是一只待宰的羊羔,欺骗是为了让她安分一点,他们中的任何一个人都没有善待她的义务。

威尔,威尔在阻止他们,他也许会救她,不,他一定会救她。她看到威尔的眼神中闪过焦虑和不安,但是他看起来也无能为力。

渐渐地,她感到一阵轻微的头疼,她开始无法集中精力,她的眼睛几乎无法聚焦于她看到的人、动作或面部表情,她知道自己来到了失去意识的边缘,药物开始发挥作用了。

"Hanna,Hanna 。"一个温柔的声音在她的耳边响起。她听到有人在叫她的名字,像是陈辰的声音。不对,陈辰习惯叫她中文名字,这个英文名,在她回中国后,就很少使用了,也很少有人这么喊她了。她的意识,在一种缥缈的声音的感知中摇摆。

"Hanna，你感觉怎么样？"真的是陈辰，她感觉上像是事实，那应该就是事实。一种模糊意识下无可比拟的微妙的感觉在她的大脑中蔓延开来。渐渐地，她察觉到自己在回归现实，知觉慢慢舒展开来，房间里的声音变得越来越大、越来越清晰。哦，不是陈辰！是尤利西斯在叫她。

束缚身体的绷带已经松开，夏楠缓缓地从医疗床上坐了起来。有一种强烈的欲望似乎要喷薄而出，眼前的这四个人亲切可爱，是她无比信任的朋友。

"植入成功。"梅耶尔看着平板上的脑电图（EEG），在尤利西斯耳边低语道。

"Hanna，非常欢迎你加入诺菲制药。"尤利西斯热情地伸出手，像是在欢迎一位重要人士。

加入诺菲制药？夏楠搜刮着自己的记忆，试图从混乱的意识中拼凑出蛛丝马迹，然而，一种强烈的超逻辑启示所带来的极度兴奋感，让她确认自己的确加入了诺菲制药。她紧紧握住了尤利西斯递到她胸前的右手。

"MTX在被稀释一万倍后，失去了通过血脑屏障的动力，Hanna，如果增加浓度呢？"尤利西斯问道，他把从陈辰口中得到的消息作为引子抛了出来。

"不可以，绝对不可以！会干扰人类基因进化。"夏楠脱口而出，她有一种很想说的感觉，但从边缘系统和与之紧密结合的皮层区域——前额皮层中迸发出来的潜意识在抑制她的兴奋。

"为什么？"艾米丽紧跟着问道，"你把化学分子式写出来，我们一起研究，也许会有新的发现。"

说话间，艾米丽把一支笔和一本笔记本递到了夏楠手上。她已经迫不及待了，根本没时间跟夏楠客套，只要拿到MTX的化学分子式，阻碍新世界乐园的最大障碍就可以攻破了。

威尔感觉自己汗毛直竖、心跳在加速，他知道原因，原因就是他怕夏楠在"神经尘埃"的指挥下，真的写出了MTX的化学分子式。此刻，他竟然希望夏楠不知道MTX，那么他还有一线希望把她从这里救出去，或者让她待在自己的身边。他察觉到了自己的失态，幸好此刻所有人的注意力都在夏楠身上。

夏楠接过纸笔，深吸了一口气，洁白的纸张反射着白炽灯的光线，刺痛了她的眼睛。她缓缓地吐出憋在肺里的空气，环顾着房间四周，觉得身上出现了另一种感觉——有两个意识在斗争，她进入了混乱意识的魔咒。

她闭上眼睛，意识似乎失去了控制。她感觉自己的头像被人按进了浴缸，耳边是气泡低沉的咕噜声，有一个声音似乎着了魔，在不停地循环："他们都是你值得信赖的伙伴，快把MTX告诉他们"，然而还有一个声音低沉而微弱，"MTX现在只能是你和陈辰之间的秘密，不能被第三个人知道"。

笔尖的墨水在纸上渗开一团黑乎乎的东西，浓重的黑色在她眼前铺展开来，幻化出半张骷髅脸。骷髅脸咧着嘴开始笑，笑声越来越大，越来越恐怖。这中间，还夹杂着一个小女孩的尖叫。

"啊——"夏楠发出一声凄厉的叫喊，惊恐地扔掉了手中的纸笔。她的胸膛剧烈起伏，大口地喘着粗气。意识在渐渐明晰，慢慢地回归到现实。怎么回事？刚才她竟然有一种冲动，要把MTX的化学分子式告诉眼前这些人。

"她失控了！"威尔大喊一声，迅速走向医疗床，按下侧边的黑色按钮。从医疗床两侧伸出的绑带，再次将夏楠紧紧地固定住。

"'神经尘埃'让她失控了！ 实验不能再继续。"威尔看着尤利西斯，眼神中带着愤怒。

"怎么会这样？她刚才明明很配合！"艾米丽有些慌张，心里暗想不会是因为自己操之过急了吧。对于"神经尘埃",她了解得并不多,但监测室里的这个女人肯定知道MTX的配方,从夏楠回答第一个问题时的反应就不难判断了。

"从脑电图上看,'神经尘埃'受到了干扰,我认为是她的高智商引起的。"威尔的语气非常坚定,他必须让尤利西斯相信。

夏楠发出了更加凄厉的惨叫,整个人在医疗床上挣扎,手腕处已经被绑带勒出了红红的印子,直觉告诉她,威尔正在救她,她必须配合,让大家相信她真的失控了。

"还有什么办法吗?"尤利西斯皱着眉头问道。

"需要'6.0神经尘埃'对她进行修正。"威尔冲口而出,又紧接着补充道,"'6.0神经尘埃'具有更强的稳定性。"

"研发还要多久?"尤利西斯不可置信地瞪着威尔。

"一个月! 一定能够赶上我们的计划进程。"威尔只想稳住尤利西斯,时间说得太长,反而会让尤利西斯不愿意等待。

"但有一个条件,这个女人我需要带回去做试验,应该可以加快进程。智商200以上的人,实在是太稀缺了!"还没等尤利西斯回答,威尔就把脑子里所有编好的话都说了出来。

尤利西斯叹了口气,他知道在清醒的状态下,夏楠绝对不会把MTX的秘密说出来。唯一的办法是"神经尘埃"。现在,他只能等待。

"半个月内必须完成!"尤利西斯直视着威尔的双眼。

他发现威尔在说"一个月"的时候,突然间眨了眨眼,眼神漂移。虽然不过是一刹那的事,但联想到今天威尔的表现,他感觉到了某些异样,但具体是什么却又说不上来。

第二十六章
扫描夏楠

"你需要做一个全身检查。"威尔的左手搭在方向盘上,右手紧紧地攥着夏楠的手,非常严肃地说道。

"5.0神经尘埃"在夏楠身上失效,让他感到不可思议。在A-0监测室,他临时编造的"'神经尘埃'的作用随着智商升高而递减"的鬼话,他自己是不相信的。但从夏楠的实时脑电图监测中,他察觉到"5.0神经尘埃"受到了干扰,虽然很微弱,只是那么一瞬间的抖动。这很奇怪,像是一种来自其他仪器的干扰。他需要给夏楠做一个细致的脑部扫描来研究一下。

"我想没这个必要。"夏楠嘴上应和着,其实心不在焉,她正在想着其他事情——诺菲制药到底在研究什么? 他们给她注射的是什么东西? 为什么有那么一段时间,她感觉到意识不受控制。

"一个全身检查花不了多少时间。我已经联系好了诺菲医疗中心的VIP高管检查通道,你不会有危险的。相信我,我会亲自为你检查……"威尔说得不紧不慢。

"你们对我做过什么,你心里很清楚。"夏楠打断了威尔的讲话,用有些颤抖的声音质问道,她想挣脱他的手。

"监测室里的那一针非常安全,我可以保证。但之前艾米丽对你做过什么,我不清楚,需要替你检查一下。"威尔侧了侧头,看向夏楠,"艾米丽怎么会找到你?"

"诺菲制药在研究什么?"夏楠感到一种强烈的焦虑,她的心跳很快,脑子很乱,她不想理会威尔的提问。

"你很快就会知道,我会第一时间跟你一起分享,或者我们可以举办一个婚礼来庆祝那个荣耀的时刻。"当"婚礼"这个词脱口而出时,连威尔自己都感到诧异。他从没想过自己有朝一日会结婚,但当他在监测室看到虚弱的夏楠的时候,他希望自己可以保护着她,他的内心有一种被夏楠需要的强烈渴求。

"我们结婚吧,夏楠。"威尔紧追不舍地抛出了正式的求婚,结婚的念头在他的内心越来越火热,他抿了抿嘴唇,焦急地等待回答。

婚礼?! 若不是威尔又补充了一句"结婚"的话,夏楠差点以为自己听错了。一个强奸犯向受害者求婚,这太荒唐了! 不过她知道,威尔是真的动情了。在那个监测室,如果没有威尔护着,她要面临的将远远超出她的承受范围。

"需要时间考虑一下吗? 我听说你们女人都这样,喜欢让我们男人等待,着急。"威尔见夏楠沉默不语,故作轻松地打了个圆场,心里却是无比不安。他从未如此迫切地想要得到一个肯定的答复。

夏楠陷入了冰冷的沉默,她低着头看着自己的双手,秀眉微蹙,一件相隔久远的事情跳出了她的脑海,她为此感到害怕。

诺菲医疗中心的高管体检通道位于病区大楼的顶层,有专属的高管电梯直达。奢华空旷的大厅灯火通明,但没看到一个医生和护士。夏楠翻起风衣的领子,试图遮住自己的脸,她还是一个通缉对象。

"放心,这里没有人。"很明显,威尔做了特殊的安排。他带着夏楠穿过一条长长的走廊,走到一间门口写着"威尔·戈斯"名字的房间,诺菲制药给每一个高管都配备了一个用于休息的专属套房。

他们刚一进房间,威尔就吻了过去。这一路上,多巴胺汹涌澎湃,所产生的渴望和激动聚集在他的神经突触,杏仁核散发着记忆,对夏楠身体成瘾重建的奖赏回路,瞬间转换成了一种进攻的力量。

但夏楠躲开了,她神情严肃地问威尔:"你还在继续那个实验?"

"你在说什么？哪个实验?"威尔又一次向夏楠靠近。

"斯坦福大学,被艾伯特教授制止的那个实验。"夏楠两眼直直地瞪着威尔。她记起陈辰还在斯坦福读博士的时候,有一天特别兴奋地告诉她一个秘密,他和威尔做了一个特别神奇的实验。

"你怎么知道,陈辰告诉你的?"威尔猛地一个激灵,除了陈辰和艾伯特教授,没有人知道他当时在研究什么。

"是的!"夏楠扬起头。

威尔拨开夏楠垂在额前的黑发,她乌黑的眼睛散发着一种坚毅的神情。他突然有了一个猜测:"向艾伯特教授告密的是你?"

"是的!不是陈辰,是我!"夏楠沉着脸,丝毫没有掩饰。

这件事情埋在她心里已经很久。若不是再次遇到威尔,她几乎快要遗忘了。当年她从陈辰口中得知威尔在做一个控制人类意识研究的时候,她曾劝过陈辰向艾伯特教授汇报,陈辰碍于和威尔是朋友拒绝了她的建议。于是,她跑去找了艾伯特教授。

"为什么要这样做?"威尔一声怒吼,没法再保持心平气和。

"你违反了科学伦理!你不配做斯坦福大学的学生!"夏楠也不由自主地抬高了嗓门。

一记耳光狠狠地掴向夏楠,愤怒冲破了威尔的理智。夏楠已经触碰到他的底线,不能从斯坦福大学顺利毕业拿到博士学位一直让他如鲠在喉。这一切竟然是眼前这个女人导致的。

但下一秒,他就后悔了,开始感到不安,这是他第一次对夏楠失控。他看到夏楠正用难以置信的眼光看着他,现在,对他来说,除了新世界计划,没有什么比眼前的这个女人更加重要。一个已经失去的学位又有什么重要的呢?

　　威尔努力让自己变得温和,他的目光很是温顺,伸手去抚摸夏楠的脸颊,用一种近乎讨好的语气呢喃细语:"对不起,对不起,对不起……"这是他有记忆以来第一次向别人道歉。

　　夏楠的脸火辣辣地疼,她挣脱威尔的手,用最快的速度跑向洗手间,把自己反锁在里面。她打开水龙头,拼命地向脸上泼水,让自己冷静下来。溅出的水把胸前的衣服弄湿了一大片。

　　"你还好吗,夏楠?"威尔敲着门,不断重复着这句话,语调很是紧张。

　　夏楠听到他在转动门把手,这是徒劳的,门被反锁了。她没有理会威尔,她的心里很乱,不知道该怎么办。刚才她太冲动,让自己陷入了一个非常危险的境地。诺菲制药和威尔正在做的研究应该被她猜中了。

　　威尔等了一会儿,又开始敲门,还是没有反应,只听到里面有哗哗的流水声,他有些急了:"夏楠,你再不出来我就撞门了,我很担心你。"

　　夏楠相信威尔会这么做,而且以他的体格,这扇门支撑不了多久。她抓过挂在边上的毛巾,擦了一把脸,整了一下衣服。该面对的躲不过去,至少,她相信威尔对她的关心是真的。

　　威尔的眼里充满了泪水,门打开的一刹那,他紧紧地把夏楠拥在了怀里。他的右手托着夏楠的后脑勺,脸不断地在夏楠的额头摩擦,他想把泪水咽下去,可眼泪却止不住地滑落。

　　"对不起,对不起。"他在夏楠的耳边反复呢喃着。

　　"没关系,威尔。"夏楠挣脱出威尔的怀抱,"那件事情,你要恨就恨我吧,跟陈辰没有关系。"

陈辰！这个名字就像是触到了威尔最敏感的神经,刺激着他的雄性荷尔蒙。他一把抱起夏楠,把她扔到了床上。他摁着夏楠的手,俯身去亲她,夏楠挣扎着扭曲身体,脸不停地左右摆动。

夏楠的反抗,令威尔觉得她愈加迷人。他无法抵挡她散发出来的魅力,哪怕眼前的这个女人看上去已经好多天没有洗澡了。

威尔重重地压在她纤细的腰上,撕扯她的衣服,宽大的手掌揉捏着她的身体。他的欲望在涌动,这种最原始的冲动撕开了夏楠的身体。他顾不得夏楠的反抗,发起了一轮又一轮的进攻。他看着她的两腮开始泛红,微张的嘴唇里发出嗯哼的声音,实在是太迷人了！

不知道过了多久,连威尔都不清楚到底过了多久,他筋疲力尽地趴在夏楠身上,喘着粗气。夏楠闭着双眼,她一直闭着眼睛,慢慢地,她的呼吸越来越匀称。威尔察觉到夏楠睡着了,应该是太累了。

威尔替夏楠穿好衣服,轻手轻脚地将她抱到了磁共振检查室。他把夏楠轻放到扫描仪的床上。不能说服夏楠做体检,趁她睡着的时候是个机会。他要给夏楠做一个脑部的功能性磁共振成像。

这是世界上最顶尖的一部功能性磁共振成像仪,威尔为了配合"神经尘埃"的研发,带领团队改良了两部仪器,其中有一部就放在诺菲高管体检中心。他可以通过扫描仪查看到每个区域神经元的细微活动。

夏楠的整个身子已经进入了扫描仪,只有脚露在外面。在控制室里,威尔通过扫描仪显示屏观察着夏楠的各个脑区。

从显示屏上看,夏楠进入了睡眠的第二阶段,神经元放电达到峰值,正在向第三个阶段深度睡眠过渡。从海马体和杏仁核的反应看,夏楠正在做梦,做梦是源自脑干的随机性脉冲,之后这些脉冲在大脑整体范围内进行处理,负责记忆储存检索的海马体和负责情感控制的杏仁核会保持活跃的状态。

不知道夏楠会梦见什么？她会梦到他吗？威尔突然很是好奇。可惜,艾伯特教授的记忆成像技术还没有实现应用转化。

"5.0神经尘埃"在夏楠的前额皮层植入得很好,这枚比一粒尘埃还要细小的仪器看上去真可爱。如果不是它的研发者,一般的科研人员根本发现不了它的存在。

可是这枚"神经尘埃"过于安静了,连着它的神经元看起来丝毫没有受到影响。威尔试图通过这枚"神经尘埃"来控制夏楠的梦境,但丝毫没有任何反应。"神经尘埃"进入第五代以后,从来没有在任何一个试验者身上出现过这样的现象。

奇怪,海马区和杏仁核区域的神经元似乎有些过于活跃了。威尔凝神屏息地盯着显示屏,这两个区域像是被控制着。他不断地放大海马区,试图从中寻找干扰海马区的东西。

不可能啊,难道还有比"神经尘埃"更细微的可以入侵大脑的干扰器吗？威尔觉得不可思议,还是说真的是因为夏楠的智商超过了200,海马区和杏仁核有了不一样的活动,导致"神经尘埃"在高智商面前失效了？

第二十七章
被泄露的基因检测报告

当安琪拉到达旧金山的时候，太阳已经落山了。偌大的机场大厅冷得像一个冰窖，因为走得匆忙，只穿了一件衬衫的安琪拉不禁打了个寒战，她把双臂交叉着抱在胸前，以减少热量的散失。

真是见鬼！安琪拉在心里咒骂了一句，这无疑令正在遭受"超级流脑"疫情威胁的美国人民雪上加霜。太平洋的寒潮从旧金山南下，美国逾三十个州发布寒潮预警，局地最低气温打破了近一百多年来的低温纪录。有专家分析，这是受一种叫"北极涡旋"的天气系统的影响。

她加快了脚步，许是觉得还不够快，又小跑了起来，有一件很重要的事情必须马上去处理一下。刚下飞机，她收到了艾德基因检测机构的信息，她和养父的DNA报告已经完成，她需要赶在晚上八点半前到检测机构，否则只能明天再去了，但她一刻都不想等了。

幸好卡翠娜说来接她，现在已经到了停车场，否则这种时候想要在机场打个车，简直是天方夜谭。有这样一个朋友真是不错，这让正饱受着寒冷侵袭的安琪拉觉得心里暖暖的。

在安他敏的治疗下，卡翠娜康复得很快，今天正好是她出院的日子。五个小时前，安琪拉给了她一个特别任务，幸好赶在安琪拉回来前搞定了，刚刚办完出院手续的她直接从诺菲医疗中心赶过来。

安琪拉穿过空旷的机场大厅直奔停车场，口罩闷得她有些喘不过气来。停车场的车子并不多，她一眼就望见了卡翠娜停在西北角打着双跳灯的红色福特。

"怎么又回来了？听说旧金山机场马上要停飞了。"卡翠娜看着安琪拉冻得发紫的嘴唇，把暖空调调到了最大，"现在的旧金山乱透了，你在中国会更安全些。"

"我必须回来，卡翠娜。"安琪拉扣好安全带，指着手机上的地址，"先去这里。"

"艾德基因检测机构？这不是新闻里刚播报的那家客户数据库遭遇泄露的公司嘛。"卡翠娜看着手机屏幕嘀咕了一句，"你去那里干什么？"

"去拿份报告——咳，咳，咳。"安琪拉猛咳了几声，她被凄厉的冷风呛到了，"你刚才说什么，艾德基因数据库泄露？"

"是的。"卡翠娜回答得漫不经心，她打了一个大右转，驶上了高架。前面的路很空旷，路面上行驶着零星可数的三五辆车，在她前面十来米开外的一辆白色的小轿车，行驶得有些不太稳当，在相邻的两个车道间不停地来回穿行。为了行驶安全，卡翠娜只能放慢速度，小心地跟在后面。

"都什么时候了，这些人还有闲情来玩漂移？"安琪拉有些急不可耐，她看了一眼手表，已经七点五十五分了，从这里到艾德基因检测机构，至少还要半个小时，好在现在没有堵车的困扰。

"安琪拉，有点奇怪，前面的司机好像出了问题，会不会是'超级流脑'？"这几个月来，因为司机突发"超级流脑"造成的交通事故每天都在发生。

"嘭——"一声巨响，那辆车子失控地撞上了高架的防护栏，剧烈的撞击冲破了坚固的钢筋混凝土，车身有一半悬在了外面。

卡翠娜向右猛打了一下方向盘，靠边停下。她立刻拨打了急救电话，然而电话里的声音告诉她，救援人员大概需要半个小时才能赶到，并希望她能留在原地，保持联系。由于出事的白色小轿车前半个车身都悬在高架外，安琪拉她们虽然焦急,却也无法采取任何救援措施,只能待在车里等待,外面实在太冷了。

安琪拉看了一眼时间,已经八点,今天是赶不及去拿报告了。她对报告的结果非常自信,她和父亲之间一定不会存在任何的血缘关系,急着去拿报告,不过是想要尽早用科学的结论堵住媒体的恶意揣测。

"听会儿新闻吧,你刚才问的艾德基因检测机构数据库泄露的事情,闹得还挺大,应该有电台在播。"等待的时间是无聊的,卡翠娜打开了收音机,调着频道。

"各位听众,就在刚才,一份艾德基因检测机构的客户隐私信息在网上传播,有网友发现,时下大火的安迪·博加德在半年前做过一次亲子鉴定检测,结果显示该小孩与安迪·博加德的亲子关系达到99.9%。"

主持人用极快的语速播报着新闻,像是生怕被别人抢了先机:"实在是让人大跌眼镜啊,七年前宣布出柜的安迪·博加德竟然有了一个一岁大的私生子,这个丑闻不知道会不会对他的唱片销量造成影响。"

"天哪,竟然没有!根据实时数据显示,这家伙的数字唱片购买量,在刚刚过去的半个小时里竟然呈现了激增态势。这实在太不可思议了……"主持人用一种更加夸张的语调回答着自己抛出的问题。

"真过分,竟然把别人的隐私当作吸引听众的卖点。"安琪拉有些愤愤不平,她对这些娱乐八卦一向不感兴趣,但几天前的遭遇令她对安迪·博加德产生了同情。

"金钱是个魔鬼,它能唤醒沉睡在人类心中的同类。"卡翠娜秀眉微蹙,指着收音机说道,"不知道有多少人会因为这次数据泄露而饱受困扰。"

安琪拉看着卡翠娜,她义愤填膺的样子,特别认真。两个人对视了片刻,突然笑了起来,因为相似的价值观和立场,她们的友谊一直保持得很好。

"救援队的动作可真慢,再等下去真怕司机扛不过去。"卡翠娜有些不耐烦地敲打了几下方向盘。安琪拉觉得,今天的卡翠娜比以前急躁了些,"超级流脑"疫情之下,人们的心理或多或少都受到了影响。

收音机里的男主播依旧保持着亢奋的声音:"最新消息,在艾德基因检测机构泄露的信息中,又有新的发现! 前段时间在实验室被害的顶尖脑神经科学家艾伯特教授被证实与其养女安琪拉存在亲子关系。其养女安琪拉在一周前到艾德基因检测机构做了亲子鉴定! 这无疑为之前媒体的猜测增加了真凭实据⋯⋯"

卡翠娜赶紧关掉了收音机。现在她终于明白了,安琪拉说的要去拿一份报告原来是她和艾伯特教授的亲子鉴定。她听到安琪拉的喘息声越来越大,越来越急促,仿佛有一个被困在身体里的小怪兽正在奋力挣脱枷锁。

"这怎么可能?"安琪拉扭身拽过扔在后座的包,扒拉出手机,她拨通了威廉的电话。威廉是她的高中同学,现在在艾德基因检测机构实习,这次她就是委托威廉为她做的检测。电话很快就接通了。

"威廉,请你诚实地告诉我,我和父亲的亲子鉴定的检测结果到底是什么。"安琪拉用一种不容拒绝的命令语气说道。

她需要得到一个证实。

"安琪拉,你冷静一下,机构有规定,我们不能口头告知客户检测结果,你需要亲自来取报告。"电话那头的威廉声音中带着为难。

"别开玩笑了,威廉,现在全世界都知道你们的检测数据了,还有必要跟我隐瞒吗? 请你马上告诉我! 否则我会立刻起诉艾德!"安琪拉丝毫不给威廉拒绝的机会。

她的心跳在加速,喉咙发干,电话那头陷入了沉默,等了好一会儿,才传来一个压低了的声音:"99.9％确定!"

"嗡"的一声,安琪拉觉得自己的脑袋像是要炸裂一般。她如此信赖的养父竟然是自己的亲生父亲,她连最后反驳的机会都没有了。相信养父的信念在顷刻间轰然倒塌。更让她难以接受的是,温文尔雅的父亲竟然真的是一个强奸犯!

卡翠娜看到救援队终于到了,立马启动了车子,她要立刻把安琪拉送回去,安琪拉需要一个安静的环境来平复,可是送去哪儿呢?艾德基因检测机构已经没必要去了,自己的家里正作为隔离点,隔离着她的家人。

"去实验室!"安琪拉像是看穿了卡翠娜的心思,给了她一个简单的指令。然后车里陷入了无声的寂静。

路过一家便利店的时候,卡翠娜停车进去买了些食物。她没有征求安琪拉的意见,接下来的几天她没有时间再来看望安琪拉,她担心安琪拉这样的状态不能照顾好自己,而旧金山这些日子营业的超市越来越少,物资明显开始紧缺。

"差点忘记,我得去一趟诺菲医疗中心。一个手提包落在病房的储物柜了,真是太大意。"卡翠娜自言自语地说道,刚才在便利店接到医院打来的电话,"你让我带的东西还在那个包里。"

"要不是一个冒失鬼撞倒一辆换药推车,恰巧被我看到,趁着混乱偷偷捡了两颗,你交给我的这个任务还真是很难交差。"卡翠娜边开车边碎碎地念叨着,试图转移安琪拉的注意力,她察觉到安琪拉的状态非常不好。

"想起来真是神奇,他们只给我吃了一粒安他敏,所有症状竟然都减轻了,这次安他敏通过世卫组织的投票,真是个令人开心的好消息,希望安他敏早点让大家都用上,'超级流脑'这场疫情就可以结束了。"

安琪拉听着卡翠娜的声音在耳边嘀嘀咕咕的,但没有一个词进入她的大脑,她还是无法相信自己和父亲存在亲子关系。她打开车窗,试图用冷风让自己清醒。

卡翠娜把车停在诺菲医疗中心病区正对面的空车位,运气不错,刚好有一辆车开走。然而只是一瞬间的交汇,安琪拉瞥见了车上的两张脸——威尔和夏楠。

她认识这辆车,就是那天威尔撞倒她的车,边上坐着的是夏楠。安琪拉确信自己没有看错。她利索地从副驾驶座挪到了驾驶座,幸好卡翠娜没有拔走钥匙。安琪拉立刻启动车子,跟了上去。

威尔开得很快,蓝色的车身在夜晚的公路上风驰电掣,留下一道蓝色的幻影和发动机的轰鸣声。

安琪拉猛踩油门,120迈、130迈、140迈,车子开始发飘,安琪拉抓紧了方向盘,但是前面的蓝色车子丝毫不给她任何逼近的机会,距离正在不断拉大。扔在副驾驶座上的手机不合时宜地响着铃声,干扰她的注意力。

她要追上去!问问夏楠姐,不,按照媒体的报道,夏楠是她的亲生母亲,现在她相信了,她要问清楚这到底是怎么回事。安琪拉把油门踩到了最底下,卡翠娜的二手旧福特发出了呜呜的声音,车身开始不断抖动,阻止着安琪拉更加疯狂的举动。

真是可恶,她奋力地捶打方向盘,胸腔里憋着的一股子火窜得她胸口疼。看着蓝色车子从视线中消失,安琪拉感觉到含在眼眶里的液体已经不听使唤地往外涌。

她颓然地靠边停下车,看到刚才一直响个不停的手机上有六个未接来电,都是卡翠娜打来的。安琪拉回拨过去,却发现无人接听。

第二十八章
安他敏的秘密

"我们被跟踪了?"夏楠被威尔疯狂的车速吓得惊魂未定,胃里的食物翻江倒海,一阵一阵的恶心不断地涌上来。速度实在太快了,有那么一瞬间她觉得车子已经离开了地面。

然而,她此刻竟然开始渴望被警察发现,哪怕他们会把她投进监狱。她想要把自己发现的事情传递出去,她要告诉警察,诺菲制药在做一个多么可怕的违反伦理的科学实验。她要告诉陈辰,原来威尔一直没有停止关于控制人类的研究,甚至,她怀疑自己已经被控制了,但在她身上的实验效果似乎并不理想。可是,后面那辆车竟然跟丢了!

"像是些无聊家伙的挑衅,之前也发生过。"威尔耸了耸肩,故作轻松地说道,他不想让夏楠担心,"他们不知道我曾专门去学过赛车,还参加过几次拉力赛,太不自量力了。"

那辆车从医疗中心出来就一路跟着他们,威尔猜测应该是尤利西斯派来的。把一个掌握MTX的人交到他的手上,以自己对尤利西斯的了解,这个多疑的男人一定会在背后做些动作。

但司机是个女人,而且车技很一般。尤利西斯不可能派这样一个人来跟踪他的。有那么一刹那,威尔觉得追他们的女司机很眼熟,好像是安琪拉。威尔思忖着刚才被跟踪的事情,有些出了神,不知不觉间放慢了车速。

突然,"轰"的一声,一辆车从他的右手边疾驰而过,如离弦的弓箭,飞射出去,速度之快让威尔都吓了一跳。奇怪的是,那车子很快就放慢了速度,在距离威尔三十米开外的地方打横停在了两个车道的正中间。

车上下来两个穿着西服、戴着墨镜的高大男人，分别站在车头和车尾，两个车道几乎都被他们占据了。路上没有其他的车子，很明显，这两个人是冲着他们来的。这辆车应该也跟了他们一路，但他竟然丝毫没有发现。他们想干什么？

冲过去？威尔在大脑里迅速计算——如何从左侧那一排分隔反向车道的中间隔离带石墩边上贴着穿过去，以他的目测只要把车身微微侧起就可以通过，他可以做到。威尔深踩了油门。

一阵强烈的推背感令夏楠脑袋发晕。"停车！赶紧停车！"夏楠紧紧拽住威尔放在换挡杆上的右手，她必须阻止威尔撞上去。也许前面那两个人就是警察！

夏楠的尖叫令威尔分了神，在生死时速的赛道上，哪怕只是一只撞在挡风玻璃上的苍蝇，都足以影响全局。只是微微的那么一迟疑，威尔的计划全被打乱了，他不得不放慢速度，最终停了下来。

"戈斯先生，老板打不通您的电话，请您马上去一趟医疗中心。"站在车头的男人朝他们走过来，非常有礼貌地朝威尔说道。

"我要先回趟家，把这位女士送回去。"威尔这才想起来，自己的手机静音了，难怪没听到电话。

"老板说了，让您和夏楠小姐一起去，夏楠小姐不可以离开诺菲医疗中心。"墨镜男非常绅士地看了一眼坐在副驾驶座上脸色苍白、眼神黯淡的夏楠。

安琪拉回到诺菲医疗中心病区门口，却没有看到卡翠娜的身影，这是她刚才跟卡翠娜分开的地方。照理说取个包用不了那么长的时间，安琪拉再打给卡翠娜,可电话依旧没人接听。

她停好车,跑去住院部的护士站,护士告诉她,卡翠娜在二十分钟前取了包已经离开。诺菲医疗中心比较偏僻,这个时候根本打不到车,附近的公共交通这个点也已经停运,卡翠娜会去哪里呢?她做事一向稳妥,突然失去联系,一种隐隐的不安浮上了安琪拉的心头。

出事了?!卡翠娜今天下午偷了安他敏,刚刚回来取包,然后失踪了。安琪拉回想着卡翠娜刚才在车上跟她讲的话语,她把这些信息拼凑起来,做出了一个大胆的猜测,卡翠娜的失踪也许和她让卡翠娜偷安他敏有关?按照卡翠娜的说法,诺菲制药对安他敏的管理极其严格,那么如果发现药物丢失,就一定会去查,然后卡翠娜暴露了。

看来安他敏真的有问题!安琪拉不寒而栗。如果是这样,卡翠娜一定遇到了危险,卡翠娜给她打了六个电话,她都置之不理,安琪拉猛地捶了方向盘一拳,试图通过发泄来舒缓内心的痛苦。旋即,她发出了呜咽声,将脸埋在双臂之中,哭了起来。

她太着急了,不应该把这么危险的一项任务交给卡翠娜,她甚至没有告诉卡翠娜,这个举动会给她带去危险。她辜负了卡翠娜对她的信任,一种深深的自责在安琪拉的心里涌动。

报警!安琪拉拿起手机,拨通了警方的电话,但警方以失踪不满二十四小时为由拒绝了她。安琪拉突然想到了一个人,也许他能帮上忙。

"有人偷了安他敏?"威尔拿起放在桌上的两粒白色小药丸,觉得不可思议。诺菲制药对安他敏的管理极其严格,即便是诺菲医疗中心的医生都不可能带走安他敏。

"是的,一个病人趁乱藏了起来,企图带出去,幸好被内森及时发现了。"

尤利西斯露出一丝不快,凝视着威尔,"就在你享受鱼水之欢的时候。"

"这并不影响我的工作。"威尔手机响了一下,是尤利西斯发来的,上面是那个病人的信息。他换了个坐姿,把右腿跷在左腿上,他猜到了尤利西斯把他叫过来的原因:"人在哪里?"

"就在隔壁,内森正看着她。"说话间,尤利西斯起身朝门外走去。

房间正对门的沙发上坐着一个女孩,二十四五岁的样子,长着一张很讨人喜欢的脸,不过此刻看上去像是受到了惊吓。内森和这个姑娘的交流看起来并不愉快。

"卡翠娜小姐,听我们的护士说,你今天下午在住院区的走廊,偷偷拿走了两粒安他敏?"尤利西斯以一种悠闲的姿态坐在沙发上,开始跟卡翠娜交谈。

"多少钱,我可以给钱的。"卡翠娜拘谨地看向新进来的两个人,他们看上去比那个八字眉毛的人和善许多,"我的朋友正在遭受'超级流脑'的痛苦,非常需要这个药。"

"你可以把朋友送到这里来。"尤利西斯的眼睛眯成了一条细缝,对卡翠娜笑着说道,"我们的医生会帮助他,但药是不能乱吃的。"

卡翠娜沉默不语,她不明白自己只是拿走了两颗药,怎么把诺菲制药的创始人都惊动了,她在新闻上看到过尤利西斯。但他看上去并没有什么恶意。她迟疑地看着尤利西斯,做出了一副非常痛苦的表情:"他在一小时前,已经离开了这个世界。"

威尔不动声色地看着眼前这几个人的表演,摇了摇头。他低头打开手机上的一个程序,点了两下,然后朝尤利西斯比了一个OK的手势。

"卡翠娜,你为什么要偷安他敏?"尤利西斯站了起来,收起了脸上假惺惺的笑,他没有耐心陪这个姑娘继续演戏。

"我的朋友让我帮的忙。"卡翠娜没有了刚才的惊慌,她用一种极其平和的语气回答道。

"他叫什么名字?"尤利西斯追问道。

"安琪拉。"

"安琪拉?"威尔复述道,十分惊讶,"艾伯特教授的女儿安琪拉?"

"是的。"

"她为什么需要安他敏?"

"我不知道。"

卡翠娜回答得很快,威尔知道,这是"神经尘埃"发挥了作用。此刻,从卡翠娜嘴里传递出来的信息,他们可以毫无保留地相信。

尤利西斯推门走了出去,当他听到"安琪拉"这个名字的时候,很快联想到了另一个人——陈辰。陈辰是安琪拉的导师,能够想到安他敏有问题的,不会是安琪拉,一定是陈辰。

"你怎么看?"尤利西斯盯着紧跟他回到办公室的威尔问道。

"安琪拉的老师是陈辰,陈辰才是这件事情的策划者。"威尔耸了耸肩,以一种百分百肯定的口吻说道。

"你觉得陈辰知道多少?"尤利西斯用疑惑的神情看着威尔。

"他不可能知道,所有的事情还都是怀疑。"威尔满不在乎,"即使他拿到安他敏,他也查不出什么,藏在安他敏里的'神经尘埃'一旦接触到空气,就会消融。这是我在整个计划中最天才的设计。"

"凡事都别太自信,中国有句古话'骄兵必败'。"尤利西斯从抽屉里取出一支雪茄,夹在两指中间把玩,"我不希望有任何的疏漏破坏新世界计划。"

"我们更应该相信科学。如果你觉得陈辰让你不安,我可以让他消失。"威尔耸了耸肩,露出了微笑。

"我非常怀疑你因为男女之情影响了你的判断力,威尔。陈辰必须活着,在MTX没有搞定之前,你不可以乱来! 你现在最重要的任务是研究'6.0神经尘埃',只有半个月时间。"

"也许不用半个月。"威尔怀疑夏楠大脑中除了"神经尘埃"还有其他装置,和MTX比起来,他更好奇夏楠大脑里海马区和杏仁核的特别变化,他好像看到有极其细微,类似神经元的电极植入,但夏楠的大脑并没有做过手术的痕迹,难道还有比他更天才的研究? 他在犹豫是否给夏楠做一个开颅手术,也许唯有这样,才能够知道到底是什么阻碍了"神经尘埃"发挥作用。

"这样最好! 如果半个月里你不能搞定夏楠,我会让她从这个世界消失。"尤利西斯对威尔丝毫不客气,"另外,我要提醒你,安琪拉这个姑娘不简单,前天深夜在网络上讨论很激烈的《比埃罗的诅咒》诱发'超级流脑',我找人调查过,是安琪拉的猜测。"

"安琪拉,你可终于来了! 我在这里等你很久了。"穿着黑色外套,肤色黝黑的科尔曼在夜色中像是个隐身侠,而他的语气则显得颇为急迫。

"卡翠娜的事情怎么样了?"安琪拉心里非常焦虑。一个半小时前,她给科尔曼打了电话,请他帮忙查找卡翠娜的下落,两人还约好在艾伯特教授实验室碰面。

"我已交代同事留意了。"科尔曼压低声音,似乎是怕被人发现,右手大拇指朝实验室里指了指,"进去再说。"

斯坦福大学并没有急于把艾伯特教授实验室挪作他用。这里面有很多艾伯特教授的私人用品,他们给了安琪拉一个非常宽裕的时间来收拾整理。

"你应该知道,是莫斯让我来协助你,并保护你安全的。"科尔曼打量着这个已经被他们里里外外搜查了三四遍的案发现场,实在想不出还有哪里疏漏。

"是的,他让我百分百信任你。二十一年前是你带着我的外公外婆去找了老莫,调查我亲生母亲的案子。"回美国前,莫思杰告诉安琪拉,科尔曼一直都在参与调查当年的事情,是一个非常值得信赖的伙伴。

"我是你外公外婆的老朋友了,你的外公曾经帮助过我,安琪拉。没想到这个世界这么小,莫斯在电话里跟我说到这个消息,真是令我太惊讶了。"科尔曼轻抚着眼前这个姑娘的背,有一种恍如隔世的感觉。

"父亲的案子,你们有新的线索了吗?"说到"父亲",安琪拉觉得有些异样,以前艾伯特只是她的养父时,叫起来觉得特别亲昵,现在知道他是自己的亲生父亲,反而很是生疏。

"所有的线索都指向了夏楠,但我们一直找不到她。"科尔曼说到夏楠名字的时候,表情很痛苦,"也许在你电话里所说的艾伯特教授的日记本里会有新发现。"

"科尔曼,今天在实验室看到的一切,你必须保守秘密,虽然我也不知道究竟会是什么。"安琪拉盯着科尔曼的眼睛,异常严肃地说道,"为了'超级流脑',也为了找到真凶。"

在看到科尔曼异常严肃地朝她做了一个发誓的手势后,安琪拉转身朝着父亲的卧室走去。她掀起房间里的圆形羊毛地毯,俯身在地毯靠左的几块地板上敲了几下,她掀起了其中一块地板,取出一本真皮笔记本。她看到过父亲之前把笔记本藏在卧室的地板下面。但她很尊重父亲的隐私,从来没想过要偷看。

安琪拉坐在艾伯特教授常坐的办公椅上,倾身向前,翻动真皮日记本。这里面记录的都是她的成长历程,并没有什么特别的内容。但有一点很奇怪,按照父亲的书写习惯,所有的本子都是正反书写,但是这一本,统一的都只写了正面。

这一定是有原因的！

安琪拉想起父亲以前跟她玩过的一个游戏。她从器材柜里拿出一盏酒精灯，点燃后把本子放在火上烤了一会儿，日记本纸张的背面渐渐出现了密密麻麻的文字。

"安琪拉，当你发现这本本子，并且想要探索这里面的内容的时候，证明我已经不在了，而且，死于一场意外。"

第二十九章
艾伯特教授的日记

安琪拉,你一定非常好奇,为什么我如此肯定,在我死后,你会找到这本日记。你是一个喜欢刨根问底的姑娘,当你发现我死于一场意外的时候,你一定会来寻找答案。你会把实验室翻个底朝天,然后想起有一天你看到我把一个本子藏在卧室的地板下面。我深信你会找到这里。

我想,如果我走得匆忙,应该给你留下一个答案,包括你的身世,和我的忏悔,以及你想要找的线索。

事情要从二十三年前开始讲起。那个时候,我在斯坦福大学担任副教授,天白,也就是陈辰的父亲,是教授。下班后,我经常和天白待在实验室里。天白,他真是一个天才,他对脑神经科学独到的探索和见解,令我对他充满了崇拜敬仰之情,只要有机会和他一起做研究,我便觉得是人生中最幸福的事情,我尽情享受,乐此不疲。跟着他,我的进步很快。

尤利西斯经常跑来实验室,他也是天白的粉丝。不过,他的目的不在研究,而是想用真诚打动天白,请他加入诺菲制药。尤利西斯是一个投资天才,还在读大学的时候,就创办了一家投资公司,用计算机技术进行自动投资,被华尔街称为"量化投资之王",我们都以为他的未来在金融领域,谁也意料不到,毕业后,他用投资赚来的钱,创办了诺菲制药,而且非常成功。

我们三个在大学的时候形影不离,没想到毕业以后,还能经常聚在一起,并且各自在脑神经领域都有出色的造诣,因此,被大家称为"斯坦福脑神经三剑客"。当然,我是最幸运的,每天都能够从他们身上学到很多东西。

我有今天的成就，离不开天白。这些年来，当大家把我捧上脑神经科学神坛的时候，我常感不安，天白还在，他才是这个领域的第一。但更令我感到羞愧和可鄙的是，二十三年前，我参与了一个至今想起来，都让我夜不能寐的研究。只是在那个时候，这个研究对我产生了致命的诱惑。

那是一个前无古人、后无来者的研究。安琪拉，你能想象有朝一日人类的意识可以被人为干预吗？天白做了一个大胆的设想，如果可以研究出人类意识的运行机制，并完美地适当干预，那么，像意识障碍甚至抑郁症、躁狂症等等的与大脑有关的疾病，都可以被治愈。

怀着"造福人类"的初心，和对未知的探索，我暂时忘记了对自然的敬畏。好奇是人类探索与发展的动力和源泉。但没有对科学伦理的遵守，没有对科学共同体底线意识的敬畏，我们从此走上了一条极端危险，几乎失控的路。

这项研究，意外地顺利。天白发现在大脑深处有一个很小的区域——中央外侧丘脑，它就像一个开关，起着激活和关闭意识的作用。当刺激这个小小的大脑区域时，可以唤醒沉睡的动物，恢复清醒时大脑皮层的所有神经活动。

这是一个非常重大的发现，只要我们能够研发出一个控制器，就能帮助患有意识障碍的人们，通过意识开关，从昏迷中苏醒。如果我们在这里止步，这会是一个造福人类的研究。但当时，大家并不满足于这个简单的控制。

正值暑假的时候，因为母亲病重，我回老家照顾母亲，很不幸，当时的医疗没能挽救母亲，两个月后她离开了我。办理完母亲的后事，我就离开了那个伤心之地，只有尽快回到实验室，才能让我忘却悲痛。

没想到，我不过是离开了两个月，天白的研究已经有了飞跃性的进展。

当我走进实验室的时候,他兴奋地拿着一瓶小小的药水告诉我,这瓶药水可以让社会更加有序和完美。

天白真的是一个天才,他在化学上也有极高的天赋,竟然想到把控制器溶在了药水里,通过注射来完成植入。他说,在药物的助推作用下,控制器能够顺利抵达大脑,并驻扎下来。然而,我至今都不知道他是如何实现通过注射让控制器抵达大脑的,如果不仔细看,肉眼几乎无法从药水中分辨出控制器。

当时出现了一个棘手的问题,我们找不到临床试验的对象。这项研究一直都在秘密进行,没有公开发表过任何论文,也没有申请过专利。我们知道,一旦公开,这个研究将会受到重重阻挠,毕竟它丢失了基本的科学伦理。

尤利西斯提出了一个大胆的建议,把住在贫民窟的人作为不知情的测试对象。诺菲制药一直在赞助的贫民窟有十几个,其中有一个就在旧金山。这个贫民窟里住着瘾君子、小混混,他们经常在社会上制造一些比较恶劣的事件。如果可以通过控制器来约束他们的行为,应该对改善旧金山的社会治安有帮助。

安琪拉读到这里,不禁倒吸了一口凉气,她已经知道后面将会发生什么,二十一年前Heaven贫民窟的惨案,原来真的跟他们三个有关。虽然之前已经知道,但看到父亲亲自写出来,安琪拉还是感到了震惊。她平复了一下心情,继续看下去。

那天傍晚,我和天白、尤利西斯作为诺菲制药的工作人员,去了Heaven贫民窟,帮助贫民窟的人接种鼠疫疫苗。但这只不过是一个幌子,真正的目的是把控制器注射到他们体内。然后,天白和尤利西斯回实验室启动了控制器,我留在现场观察。那个夜里,非常平静,所有人都在十二点前入睡了。我知道,这是控制器起了作用。那天凌晨,我们喝了一顿大酒,庆祝这个伟大的发明。

但是，第二天下午开始，Heaven 贫民窟出现了暴乱，这里的人像失控了一般，狂躁、暴怒，他们开始互相殴打。我躲在角落里看着他们自相残杀，怕得要命，我们知道一定是控制器出了问题。天白飞奔回实验室去关掉控制器，但是，一切都迟了。

因为害怕遗体解剖发现他们大脑中的控制器，尤利西斯利用他在政府里的关系，揭过了这个事情，并迅速向政府汇报他们死于不知名的恶性传染病。为了防止疫情扩散，政府立刻封锁了现场，深夜，贫民窟突然发生了一场重大的火灾，大火烧了整整六个小时。消防部门的反应很迟钝，而且派出的消防车很多在火灾现场接不到水，眼睁睁地看着贫民窟被全部烧毁。那时候很多人传闻政府是为了防止传染病蔓延而故意为之，但我知道，这是尤利西斯做的，为了彻底销毁我们的罪证。

这一把火烧醒了我，我们从一开始就犯下一个巨大的错误，在没有任何约束的情况下做出的技术突破，实验结果对人类社会的危害极有可能是不可控的。但在之前，我被好奇冲昏了头，并没有想那么多。

看着贫民窟连带着一百六十二具尸体化成灰烬，恐惧和自责压得我喘不过气来！安琪拉，是一百六十二条生命啊！他们成了我们实验的牺牲品，为我们对科学的无底线探索，付出了惨痛的代价。虽然不会有人发现我们做过什么，但这并不能让我觉得像什么事都没有发生过一样。

回到实验室，我因为承受不住，崩溃得号啕大哭，却遭到了尤利西斯的指责，他扯着我的衣领让我不要哭了，科学的进步注定需要有人牺牲的。那些人本来就是社会的寄生虫，就当他们为了科学的发展而献身了。

我和尤利西斯吵了起来，我告诉他，这不是科学的进步，是科学的可怕，我们违反了科学伦理，必须马上停止这个项目，否则将会对整个人类社会带来极其恶劣的影响。但尤利西斯根本听不进我的意见,他让天白赶紧研究,到底是哪里出了问题。

天白坐在电脑前,丝毫不在意我差点就要被尤利西斯揍了,他盯着屏幕,看着已经没有信号的控制器,突然激动地站起来说,有一个实验者没有死,有一个控制器的信号刚刚闪动了一下,有一个人活了下来!

我不知道天白这句话到底是什么意思,但我表明了立场,如果再继续这个实验,我会立刻向整个科学界公开Heaven贫民窟惨案的真相。这似乎挺有效的,尤利西斯和天白都决定放弃这个实验。

之后的大半年时间里,我天天做噩梦,怕得要命,那个互相残杀、火光冲天的画面不停地在我梦里出现,我什么都怕,实验室里一只小白鼠的叫声都能吓我一大跳。我几乎无法进行科研,直到你出现在我的生命里,让我重新找到了生命的意义。

十个月后的一个早上,天白抱着你出现在我的实验室。他希望我能够收养你。他告诉我,Heaven贫民窟惨案发生后的第二天,有一个少女在那附近被强暴了,你就是那个少女的孩子,根据一个私家侦探的调查,施暴者正是那个贫民窟惨案的幸存者。留着这个孩子,也许能找到那个幸存者——他是一颗危险的定时炸弹。

你是多么无辜啊,我把养育你当成了一种自我救赎,我对你越好,会觉得罪孽越轻。这六十二年的人生中,我最大的成就是养育了你,安琪拉。至今,回想起你成长中的细微小事,都能让我饶有兴味。虽然,当初收养你的初衷,并非那么单纯。

读到这里,安琪拉感觉到心脏猛地一缩,没想到艾伯特教授收养自己的背后,竟然有这样一个故事。日记是不会骗人的,那为什么DNA亲子鉴定的结果会是匹配?这让安琪拉很是疑惑。带着寻找答案的急切,她继续读了下去。

我以为一切都结束了。直到六年前，我看到威尔发表在《神经元》杂志上的一篇论文，让我怀疑尤利西斯从未停止之前的实验。那是一个极其细微的数据，这个数据源自我们当年的成果，而且从未对外公开，只有我们三人知道。天白的精神出了问题，而我也从未透露过，那么只有尤利西斯，我怀疑尤利西斯在支持威尔继续做这项研究。

我开始后悔开除威尔。我应该把他留在我的眼皮底下，管住他。他是一个科学疯子，怎么会因为被开除就停止探索呢。他对意识的研究，真的很有天赋，开除他，让他去诺菲制药，简直就是放虎归山，也是给尤利西斯送去了一个得力帮手。我必须要拿到证据来阻止尤利西斯。

我在暗网发现了一个私家侦探，他好像也在盯着诺菲制药。在对他进行了长达三个月的考察后，我雇用了他，让他帮我调查尤利西斯。原来他当年目击了Heaven贫民窟惨案，并且一直在追踪那个施暴者，也就是你的亲生父亲。

但是，尤利西斯做得实在太隐蔽了，我们找不到任何直接的证据。有一天，侦探给了我一份尤利西斯的体检报告，报告显示他是阿尔茨海默病的潜在患者，他大脑中的淀粉样蛋白已经开始积聚。

我苦思冥想了三天，终于想到了一个办法，利用他的阿尔茨海默病这个弱点，来偷取他的记忆。我必须不惜一切代价来阻止他进行那项研究，哪怕这样做踩过界。我把关于记忆提取器的方案告诉了尤利西斯，他对这个研究非常感兴趣，接下来我就要跟他比速度，在他完成实验之前，窃取他的记忆。

安琪拉，记忆提取器真的成功了！明天上午尤利西斯就会来提取他的记忆，他是一个多疑的人，记忆提取器必须做到只有本人读取，他才会放心。

我做到了，但我会在他提取记忆的时候，把他的记忆同步到我的大脑中。

我的大脑里有一个接收装置，是天白给我的礼物。当年我患了一种极其罕见的脑部疾病，所有医生都束手无策，天白花了足足半年的时间帮我想到了一个治疗方案，切除病变神经，在大脑里植入一个类神经元接收装置。所有医生都觉得这是天方夜谭，但我相信天白，这个世界上，没有人比他更懂大脑。我接受了手术，很成功，手术之后，大脑的运作竟然比以前更加活跃。

我在记忆提取器里做了一个小小的手脚，尤利西斯不会想到，当他的记忆开始提取的时候，我大脑里的接收器会同步收到他的记忆。我提前做过试验，非常成功，我对明天的计划充满了信心。

日记写到这里戛然而止。安琪拉突然想到，在父亲遇难后，她登录父亲的电脑，看到一个若隐若现的信号，她之前用同一台电脑的时候也看到过，她曾问父亲这是什么，父亲开玩笑似的告诉她，那是他大脑的波频。她一直以为那只不过是一个玩笑。

现在这个波频信号还在，难道父亲的大脑在脱离了人体后，还在运作？

第三十章

尤利西斯别墅里的女人

"安琪拉,发现什么了吗?"科尔曼看到安琪拉一动不动地盯着电脑,走过去拍了拍她的肩膀。

在刚刚过去的两个小时里,他安静地坐在沙发上,观察着眼前这个姑娘的神情变化,试图从中能有所发现。他非常急迫地想要知道艾伯特教授到底写了些什么,是否能够帮他们找到"超级流脑"的真相。但从安琪拉紧锁的双眉中,他察觉出似乎并不顺利。

安琪拉没有作声,十指翻飞地敲击着键盘。日记本揭开了贫民窟惨案的真相,但只字未提"超级流脑"。想要证实"超级流脑"是否和尤利西斯有关,找到父亲的大脑,获取尤利西斯的记忆,是眼下看起来唯一的办法。

这个若隐若现的信号究竟在地球的哪个角落? 安琪拉用上了她这二十年来全部的电脑知识,很可惜,她懂的这点皮毛根本破解不了。她缓缓地抬起头,用一种求助的眼神望向科尔曼。

"你懂计算机吗?"安琪拉的注意力终于从电脑屏幕挪向了那个被她无视了两个多小时的黑人警官。

"你有什么需求?"科尔曼露出了苦笑,看起来安琪拉并不想和他分享日记里的内容。

"找到发出这个信号的地点,父亲的大脑还在运作!"安琪拉指着屏幕上偶尔闪动的亮点,语气有些迟疑。这听起来实在太匪夷所思了,她不得不和科尔曼解释父亲在日记里提到的事,这个时候,合作是对抗敌人最有力的武器。接着,她拿起放在大腿上的日记本,递给了科尔曼。

"这就是艾伯特教授大脑里的接收器发出的信号?"科尔曼的阅读速度很快,多年的侦探经验让他一下子就明白了安琪拉话中隐含的意思,他转过笔记本电脑,在键盘上敲打起来。

"能找到吗?"安琪拉急切地问道,"我想一定跟尤利西斯有关,说不定就在诺菲大厦!"

她的眼睛里充满了愤怒,似乎下一秒就要冲到尤利西斯面前,拉着他的衣领,让他把父亲的大脑交出来。

"很可惜,这几乎不可能。"科尔曼抬起双眼,他的手还在键盘上敲打,"这个信号无法定位。我们需要想想另外的办法。"

科尔曼还有另一个身份——"黑鹰",这是他在黑客界的代号,在他看来,信息社会要把不法之徒绳之以法,最好的武器就是通过网络技术洞悉罪犯。黑客技术帮他破获了很多大案,但这次艾伯特教授被杀案,过去了这么多天,不仅嫌犯夏楠没找到,他还找不到其他任何线索。现在电脑上的这个信号,是一个很特别的感应信号,他所掌握的黑客技术根本无法进行追踪。

科尔曼的回答,让安琪拉陷入沉默,她又把父亲的日记拿回来放在腿上看,直直的眼光,似乎想要把日记本看穿。突然,她拿起手机,拨出了陈辰的电话,她需要把这个情况告诉陈教授,他会有办法的。然而,手机关机。安琪拉又连续打了两次,还是关机。

安琪拉转而拨给莫思杰,竟然也是关机。分开前明明说好二十四小时保持联系的,这让她非常不安。

"发生什么了?"科尔曼感觉到安琪拉的神色不对。

"陈教授和老莫失联了!"安琪拉带着哭腔说道,"他们的手机都关机了。"

"怎么会这样？有人知道他们去了哪里吗?"科尔曼非常了解莫斯,他的手机从来不会关机,他还在等待哈珀联系他。他们一定是出事了。

安琪拉又打电话给江飞,一个更具爆炸性的消息让她觉得一切都在失控。在三个小时前,一个叫AC的恐怖组织上传了一段视频,一个头戴黑色头罩只露出两只眼睛的发言人承认"超级流脑"是他们的杰作,而且得到了一名中国科学家的帮助。现在,所有媒体和网友都在网上通缉陈辰。他也联系不上陈教授。

"这里交给你了,科尔曼。我要马上回中国。陈教授出事了!"安琪拉匆匆起身,去拿她从飞机场出来还没打开过的行李,"你开车来了吗?"

"旧金山在一个小时前因为'超级流脑'疫情宣布紧急封城,你出不去了,安琪拉。"科尔曼依旧保持镇定,"看来我们需要冒险查一查尤利西斯的老巢。"

科尔曼顿了顿继续说道:"目前,我手上没有任何证据指向尤利西斯,没有办法申请搜查令。人最喜欢把秘密藏在家里,明天我让同事找他过来配合调查,我跟你去一趟他家,也许会有发现。"

尤利西斯的别墅位于太平洋高地的另一侧,他于二十五年前购入,之后即便身价涨了近五十倍,也再没有换过住处。如今,在这一带的别墅群里,这栋房子从外观上看,实在是过于简陋了。

由于科尔曼在和莫斯的沟通中,已经开始怀疑尤利西斯了,所以他早就摸清了尤利西斯家的结构,还有别墅工人的作息时间,一直想找机会摸进去查一下。现在是下午四点半,这个时候,别墅的工人都下班了,尤利西斯刚到警局,他的同事准备了很多问题,即使是他的律师到了,一时半会也离开不了。

科尔曼觉得很是奇怪,别墅的工人在下午两点上班,四点就下班,一天居然只需要工作两个小时。还有一点他也想不通,尤利西斯的别墅除了门口装了监控,房子里面居然没有,不然他可以事先用黑客手段入侵观察房子里的情况。

他把车停在距离别墅还有三百米远的一个角落,带着安琪拉走了一条蜿蜒曲折的小路,避开路上的监控。他在二十分钟前已经攻破了尤利西斯家门口的监控,把画面替换成了之前录下来的一段视频。

两人蹲在别墅的斜对角,先观察了一会儿周围的情况,确认安全后才走了过去。大门是安防级别最高的声控和虹膜识别锁,这种锁拦得住普通的小偷,但拦不住像科尔曼这样具有黑客身份的警察。

"怎么有人?"科尔曼正要开门进去,却发现随身携带的生命探测仪显示别墅里面有生命迹象。根据他之前的观察,这幢别墅应该只有尤利西斯一个人居住。

"怎么办?"安琪拉停下脚步,紧张地压低了声音。

"现在是我们在暗处,里面的人并不知道我们进去。所以小心一点,不一定会被发现。"科尔曼看着她的眼睛,"安琪拉,要想知道真相,我们必须进去。"说着,科尔曼又拍了拍腰间的手枪,"万一碰到意外,你呼叫我就行了!"这让安琪拉稍稍定下心来。

别墅里面黑沉沉的,所有窗户都拉上了窗帘。科尔曼打开手电,朝着四周找了一圈,没人。这幢别墅四面都有大落地玻璃窗,按理,采光是一大优势,大白天的为何要拉着窗帘? 这让他更加怀疑别墅里藏着秘密。

科尔曼给安琪拉使了一个眼色,现在,他们要分工搜查这栋别墅。在来之前,他们已经分配好了任务,科尔曼负责搜查三楼,安琪拉负责二楼。一楼是一个大客厅、餐厅还有厨房,会放到最后一起搜查,几乎没有人会把秘密藏在客厅。

别墅里安静得可以听到喘息声,靠着窗帘缝隙透进来的阳光,安琪拉摸上了二楼。她把耳朵贴在紧靠着楼梯口的门上听了好一会儿,才小心翼翼地打开房门。

这是一间琴房,只摆着一架红色的施坦威钢琴,安琪拉跟着陈辰也了解了一些钢琴的知识,这架钢琴价格不菲,没想到尤利西斯还有这样的雅兴。房间里空空荡荡的,一目了然。安琪拉朝着第二个房间走去。

这时候,第二个房间的门内传来拖鞋的脚步声,果然有人!安琪拉赶紧躲了起来。

房门打开了,一个穿着白色真丝睡袍的女人走了出来,像是刚睡完午觉。是个东方女人,她随意地绾了一个发髻,零散的头发垂下来,慵懒中散发着雅致。她看上去有些年纪了,但仪态保持非常好。

真美!安琪拉看得有些出神,竟然忘了害怕。女人沿着扶梯走下楼去,一向大胆的安琪拉稳定了一下情绪,蹑手蹑脚地远远跟着她,看她走进厨房,开始准备晚餐。藏着这样一个女人,难怪尤利西斯对外面的狂蜂浪蝶丝毫不感兴趣,她心里暗暗感叹。安琪拉觉得这个女人看起来有一种熟悉的感觉,像是在哪儿看到过,可又完全想不起来到底是在什么时候见过。

一时半会应该不会回来,安琪拉立刻回到二楼,闪进了女人的房间。这个房间真是精致,摆设不多,但每一件都很雅致。安琪拉翻了一遍房间,只是些女人的衣服和书,这里怎么可能会藏一个血淋淋的大脑呢?安琪拉摇了摇头,她担心女人中途回房间,赶紧退了出来,朝着二楼的最后一个房间潜去。

是一个画室,里面摆着一张长桌,上面摊着宣纸,是一幅画了一半的山水水墨画。她猜应该是那个女人画的。是中国人!安琪拉突然意识到。

这时候,手机亮了一下,连续跳出来好几条信息,都是江飞发来的。

"陈教授的父亲在安和疗养院失踪。"

"陈教授常去的地方都没找到。"

陈天白也失踪了?安琪拉突然想起来,刚才的女人为何这么眼熟了。她在陈辰办公桌上看到过一张他小时候的全家福。这个女人跟照片里陈辰的妈妈很像。陈辰告诉过她,妈妈在二十一年前和父亲大吵一架后离家出走,出了意外客死他乡。难道陈辰的母亲没死,而是被尤利西斯藏了起来?

第三十一章
伊卡的神秘部落

"到底需要多久才能到?"这是五个小时里,陈辰说的第一句话。

白色越野车的后排,两个身材魁梧、头包彩色头巾、一副深邃立体的阿拉伯面孔的男子一左一右坐在陈辰的两侧。这一路,陈辰不仅要经受路途的颠簸,还遭受着两个钢铁般坚硬的身躯的不断挤压,时间一长,背部开始隐隐地疼痛。

汽车在一条荒无人烟、漫天飞沙的黄泥路上已经颠簸了五个小时,七拐八弯的小路,以及时不时冒出来的分岔路口,令陈辰开始担心老莫是否能够循着定位找到他。现在的他孤立无援,唯一的通信工具手机一上车就被右手边的男人没收了。

一天前的夜里,陈辰收到一封匿名电邮,上面只有四个字"你有危险"。一开始,他没放在心上,以为不过是个恶作剧。直到一个小时后,他接到安和疗养院护工带着哭腔的电话:"陈教授,陈叔叔他不见了!"

护工找遍了整个疗养院,都不见陈天白,只能联系陈辰。挂了电话后,陈辰冲出门去,心急火燎地发动车子的那一刻,却发现不知道该去哪里找父亲。父亲回国后就一直住在安和疗养院,在这座城市里,他没有别的去处。

就在这时,手机屏幕上弹出一条信息,又是一封匿名的英文邮件。邮件正文:5月26日 CA716 6:20 南方市(中国)—库巴(伊卡),准时登机,有人在机场接你。

附件里有两段视频:第一段视频中,一个漆黑密闭的空间,父亲坐在一张椅子上,一束光打在他的脸上,刺眼的光线令他睁不开眼睛,他拼命地低下头去,镜头摇晃得很厉害;第二段视频,一个头戴黑色头罩、露出两只眼睛的男人,说"超级流脑"是他们的杰作,而且得到了一名中国科学家的帮助。

父亲被绑架了!自己可能被卷入一个恐怖主义行动!突如其来的两个爆炸性消息令陈辰陷入混乱。应该相信吗?陈辰六神无主,但父亲失踪是摆在眼前的事实,容不得他不信。他把邮件转给老莫后,立刻启动车子去找他。而老莫的意见是让陈辰按照邮件的指示行动,并在他的手臂里注射了一个定位器。

陈辰刚才提出的问题,并没有得到任何人的回应。左右两边的男子,依然保持着他们笔挺的坐姿,陈辰怀疑他们没有听懂自己的意思,毕竟这几个来接他的人英语实在是太蹩脚。司机加快了车速,车子颠簸得更加厉害。憋在膀胱里的液体在上下晃动,紧张的尿意不停地涌上大脑。

等待他的到底是什么?陈辰的心里开始发毛,老莫的判断会是正确的吗,那两封匿名的英文邮件真的会是老莫的老师哈珀所写?毕竟他们已经失去联系二十多年,也许所有的书写习惯都已经改变。仅凭两处拼写错误就断定发送邮件的是哈珀,陈辰现在想来觉得过于草率了。但他选择相信老莫,这个精瘦男人为了追查老师哈珀的下落放弃了工作和稳定的生活,这么多年飘来荡去,哪怕只是一线希望,都拼尽全力,这样一个人又怎么会置朋友的安全于不顾?更何况,为了父亲,他也没有理由不来冒这个险,这个信念给他平添了一股力量。只是追查"超级流脑"的事情正处在一个关键的时间点上,实在分身乏术。

骤然间,天空变得阴沉,一片厚实、浓密的乌云压了下来,顷刻间狂风大作,暴雨如注,雷鸣电闪,天地混沌,车子愈加颠簸,一道火蛇般的闪电在距离车子不到五米处的地方劈下,车里的另外三个男人大声惊呼起来,唯有陈辰像一尊石雕般一动不动。

这暴风雨来得急,去得也快,不一会儿,风停雨止,阳光降临。一条四五米宽的河流出现在前面,水流湍急。车子驶过一座石桥,开进一片浓密的树林,在树林的尽头出现了一堵深褐色的高墙,围墙向两侧绵延数十米,一眼望不到尽头。

车子在一个高耸的拱形门前停下。门洞的两侧散布着十来个挎着各种枪械的岗哨,这些人同样头上包着彩色头巾。正对门洞则站着一个花白胡子、身材颀长的男人。

陈辰被右手边的男人拉扯着下了车,花白胡子立刻迎了上来。他穿着一件白色的衬衫,打了一个黑色的领结,面容坦诚而爽朗,站在这方土墙前显得格格不入。

"我是这里的翻译约翰逊,欢迎您,陈博士。"花白胡子目光炯炯地盯着陈辰,伸出粗糙的右手,他的手指很短,跟他约有一米八的身高很不相称,看上去非常滑稽。他说的是地道的美式英语,带着俄亥俄州口音。

"你好,约翰逊!"陈辰尴尬地握了握花白胡子的右手,他是被要挟来到这里的,竟然还有人站在门口欢迎,这令他感到不可思议。

"一路辛苦了,族长正在等您,卡特族尊贵的宾客。"约翰逊温文尔雅地咧开嘴笑了笑,做了一个请的手势,他的每个动作都那么从容不迫。

说罢,约翰逊带着陈辰穿过门洞,朝里面走进去,那两个同车的男人没有跟来。陈辰踟蹰地走在约翰逊的右手边,憋了一路此刻已经迫在眉睫的尿意令他实在是有些迈不开腿,但对一个刚见面的陌生人提这事,他还有点不好意思,左思右想后终于开口道:"我需要先去一下洗手间。"他必须把自己调整到一个最佳状态,以应对接下来的状况。

约翰逊哈哈一笑,伸手指向左前方五米开外的一个褐色泥土垒成的半圆形土堡,土堡高七八米,正中挖了一个大洞,看上去像是张着一张血盆大口,等待着猎物:"真是照顾不周,陈教授请。"

那就是厕所?陈辰停下了脚步,他想象着里面粪尿横流的场景,仿佛已经闻到了熏天的臭气,也许在路边解决都比这个土洞舒服。可他是人类,从小被教育不能随地小便,注重隐私。

陈辰在土洞门口深深地吸了一口气,他必须一鼓作气地解决。然而,刚一踏进门里,竟发现里面干净得像是五星级酒店,还有一股淡淡的雪松香。一顿肆意挥洒后,陈辰觉得神清气爽,他要去迎战了。

约翰逊继续带着陈辰朝里走去。陈辰一边走一边观察周围的情况。这里的房子很奇怪,都是半圆形的土堡,只有门框,但没有门。每个土堡的外墙都有不同的装饰画。偶尔,从他身边走过几个男女老少,也是风情各异。

迎面走来一个十五六岁的女孩,系了一条五颜六色的围裙,有点吉卜赛女郎的味道,她边上比她高小半个头的姑娘一身红色的真丝莎丽,额头上装饰着红宝石,一股印度风情,她们谈笑风生,像是在议论陈辰这个异类。五六个黑人小孩,成群结队地小跑追逐、嬉笑打闹,他们跟陈辰保持着一段距离,却难掩好奇之心地瞅着他。

这些人看上去像是来自不同的地方,但说着同一种语言,听起来有点英语的味道,但绝不是英语,也不是德语、法语、意大利语这些比较大众的语言。眼前的一切突破了陈辰三十五年来的所有认知。他下意识地摸了摸右手臂上那个被注射过的针眼,祈祷老莫能够找到这里。

陈辰留意着周围的环境和从他身边走过的人群,他要找一个人——哈珀。老莫给他看过哈珀的照片,可二十多年过去了,哈珀的容貌也许已经发生了巨大的变化。

这时候,一股奇特的香味蹿入了陈辰的鼻腔,闻起来像咖啡的味道,但又带着些涩味。他看到两米外的土堡前一个青年大汉坐在一个大铁锅后面，双手不断地在铁锅里翻腾。

"他在烘焙咖啡树的叶子？"陈辰感到诧异。他对咖啡有些研究，在以咖啡豆为原料的咖啡成为世界性流行饮品前，埃塞俄比亚高原上居住的人类，已经开始饮用咖啡叶调制的饮料，叫作卡提。他们把咖啡树的叶子放进一个平底锅，烘焙至深褐色，然后用水搅拌，再放进一些糖和少许盐，以小火熬煮。这种据说只有埃塞俄比亚某些偏僻部落还保留着的喝法，居然在这里出现。

"没错，陈教授。它们会被冲制成卡提，一种非常美妙的茶饮。"约翰逊说着扬起眉毛，还舔了舔嘴唇，"咖啡和卡提是我们的日常饮品。"

这个土堡里的文化大杂烩，会和咖啡有关吗？陈辰在一本书里看到过一句话，说文艺复兴的新思潮，部分归因于一件足以养成新生活习惯，甚至改变民众气质的大事件，那就是咖啡的出现。

这里的一切看上去平静祥和，没有一丝被"超级流脑"疫情侵袭的痕迹。也许是与世隔绝让他们躲过了一场浩劫，《比埃罗的诅咒》还没有传播到这里。陈辰试图解答自己的疑惑，却听到一阵歌声从左侧一棵椰枣树下传来，一个西部牛仔打扮的白人抱着一把电吉他，倚着树干激情高歌，唱的正是《比埃罗的诅咒》。

"到了，陈教授。"约翰逊低沉的声音打断了陈辰的思绪，他做了一个请的手势让陈辰走在前面，自己则跟在后面。

陈辰这才看到前方矗立着一个巨型土堡，体积是之前那些的三四倍，土堡的外墙以莫奈的《睡莲》系列装饰，据介绍有一百八十一幅睡莲，交错着光影的瞬息变化，甚为壮观。

一跨进巨型土堡，陈辰更是大感震惊。四周的墙上装饰着的手绘图画，是敦煌的飞天壁画,精致得如同从敦煌搬过来一般。屋子里的各色摆设跨越了文化,穿越了时空,穿越了各个大陆,但放在一起竟很是和谐。

陈辰越发地对这个地方产生了好奇,科技超前、崇尚艺术、文化融合、生活富足,这究竟是一个怎样的民族,他们又为何要绑架自己的父亲? 这里的人看上去生活幸福,却又不见在工作,似乎有隐蔽又神秘的经济来源。

偌大的厅里空无一人,约翰逊示意陈辰在一把造型奇特的木制椅子上落座,说哈利族长临时去处理一桩纠纷,很快就回来。

一个穿着和服、梳着发髻的年轻女子,托着一个木盘走进来,木盘上的锡壶里飘出浓郁的咖啡味。女子跪在茶几前,琥珀色的液体从锡壶的S形长嘴中注入雕刻精美的锡制杯子里,是卡提。

年轻女子端起锡杯,递到陈辰手中。卡提甜中带咸,还掺杂些焦糖的味道,陈辰抿了一口,他对这种奇特的味道不太适应。手中的锡杯反射出来的光线晃了陈辰的眼睛,他抬头朝上看去,才发现顶上是一个玻璃大圆盖,阳光透进来,照得屋子里格外亮堂。

门外传来一阵急促的脚步声。"族长来了。"约翰逊说着从座位上起身,朝着门口的方向,弯腰,双手合十。一个皮肤黝黑、身材魁梧的男人走了进来。陈辰向后看了看,确定没有其他人,看来他就是约翰逊口中的哈利族长了。

哈利族长的神情特别兴奋,说了一些陈辰听不懂的话。经过约翰逊的翻译,陈辰大致知道族长是在欢迎他的到来,并有一件特别重要的事情需要得到陈辰的帮助。

陈辰直了直身子,迎上哈利族长的视线,这时他已稳定了情绪,从容不迫地说道:"我的父亲在这儿吗? 我要先见他。"

哈利族长听完约翰逊的翻译,发出了爽朗的笑声,这让陈辰怀疑约翰逊是不是翻译错了。哈利族长挥了挥手,正前方出现了一个投影,画面中父亲安详地坐在沙发上,手中端着一杯咖啡。他在笑,这二十年来,陈辰几乎没有看到过父亲笑。

"他被照顾得很好,请陈教授放心。"约翰逊平静地翻译着族长的话。

"你要我做什么?"陈辰的态度稍稍和缓了一些。

"只要您能帮助族长的继承人提高智商,您的父亲就会平安地回到您身边。"约翰逊咧嘴一笑,"经我们的调查,这世上只有您研发的MTX可以完成这个任务。"

陈辰神情一凛,怎么又是MTX?

第三十二章
卡特族的篝火晚会

广场的正中,燃起熊熊篝火,火光直冲上六七米高的夜空。夜幕下的土堡和一张张散落在广场四周的脸被照得通红。卡特族人,带着特色美食盛装而出,他们要用美酒佳肴欢迎一位远道而来的科学家,这是他们第一次接待一位非卡特族的人。

一个小男孩坐在哈利族长的右手边,看着六七岁的样子。他长得很秀气,一头松软的金色头发下,是一张雪白灵动的脸,眼神温柔,眼角处散布着几粒雀斑,一件墨绿色松垮的运动服衬得他身材纤细。约翰逊告诉陈辰,这就是哈利族长的继承人,雅各布。约翰逊坐在陈辰身边,为他实时翻译。

他们坐在这个广场的东北方向,其他人隔着火堆,在广场的另一边狂欢。这里既有热闹的喧嚣,也有交流的私密。哈利族长向大家宣布陈辰为卡特族带来了中国的美酒和酿造技术,当然,这不过是一个幌子。他不会让族人了解邀请陈辰来的真实目的。

“陈教授,这是你们中国的杜康酒,我敬你一杯。”哈利族长豪迈地朝着陈辰举起酒杯。这杜康酒,正是哈利族长对外宣称的由陈辰带来的。今晚,卡特族里的所有人,都在品尝这种有着悠久历史的东方佳酿,却没有人知道这里面藏着什么秘密。

“谢谢。”陈辰一边心不在焉地答道,一边飞速地思考。他还没有答应哈利族长的请求,但哈利族长看起来没有丝毫的不满,依旧待他如贵宾。他总是大笑,对每个人都很友善。

不仅仅是哈利族长，这里的每一个人脸上都绽放着阳光的色彩。除了坐在哈利族长身边的雅各布，他看起来有些闷闷不乐。

一个披着一头棕色长发，身穿一袭黑色无袖紧身连衣裙的性感女人，端着一杯酒，嘴角含笑地朝着陈辰走来。约翰逊介绍她是哈利族长的夫人梅根，负责卡特族人的医疗卫生。每次重大活动开始前，梅根夫人都会端着酒杯向卡特族人一一致敬，活动的主角则会留到最后碰杯。

"陈教授，你是我见过的最优秀的中国人。"梅根夫人眯着她深邃的墨绿色的眼睛打量着陈辰，仿佛能把人看穿似的。

"我只是一个普通的中国人。"站在桌子后面的陈辰面露尴尬，他猜测梅根夫人意有所指。

"陈教授真谦虚，你会是拯救我们卡特族的英雄！"梅根夫人微微扬起她那精致的下巴，一口气吞下了一杯酒。

身上的每一个毛孔都在抗拒酒精，陈辰看着酒杯中斟满的杜康皱了皱眉头，刚才哈利族长敬的那一杯，因为隔着些距离，他只是微微地抿了一下，甚至都没碰到酒水，可现在，梅根夫人正端着空酒杯，直直地看着他。

"不喜欢酒？"梅根夫人像是读懂了陈辰的心思，轻柔地接过他手中的酒杯，放在桌上，另外倒了一杯卡提递给陈辰，"以茶代酒，卡特族人尊重每一个人的意愿。"

"谢谢！"这令陈辰感到意外，他疑惑地喝下卡提，这里的人，真像看上去那么和善吗，可为什么他们还要绑架父亲？

"陈教授，考虑得怎么样了？"哈利族长低沉的男中音从右边飘来，他黝黑的脸被火光映得通红。

"雅各布作为卡特族智商最高的两个人的孩子，非常可惜，没有得到很好的遗传，他的智商在我们族里只能排到中上。为了卡特族，我们必须帮助他提高智商。"梅根夫人落座到哈利族长的左手边,搭腔道。

"实在是抱歉,走得匆忙,MTX没带在身上。"先把缓兵之计用上,等到莫来了再想对策,陈辰在心里拿定了一个主意。

"哈哈哈!"哈利族长发出大笑,他豪爽地喝下一杯酒说道,"陈教授,这个好办,只要你写出所需要的原料和仪器,卡特族应有尽有!"

"我可以做你的助手,这一定会是我的荣幸。"梅根夫人接过话茬,用热切的眼神看着陈辰,"我在化学方面的能力,不会比夏楠博士差劲。"

他们居然还知道夏楠,看来是把他调查了个底朝天,如果卡特族能找到夏楠,说不定也会把她一起绑来。幸好他们不清楚MTX在安琪拉身上。不知道安琪拉此刻有没有找到艾伯特教授的日记……

"哈——嘿——哈——嘿——",对面传来了一阵欢快的歌声,打断了陈辰的思绪,跳动的火焰令他陶醉,虽然听不懂他们在唱什么,但这歌声有一种魔力,让陈辰感到兴奋。

他望了一眼雅各布,小男孩正抬头看向他,他的焦虑显而易见,却又被好奇心压制了。孩子是无辜的,陈辰心里泛起一阵柔软。

"陈教授,如果你愿意,我们卡特族欢迎你的加入,你的父亲也是。生活在这里,没有烦恼、没有纷争。相信你已经看到了,不同肤色、不同血液的人都可以成为我们的族人,一起在这里快乐生活。"见陈辰沉默不语,哈利族长又抛出了一个他认为非常诱人的理由,"这里的生活,是一种人类真正梦想的生活。"

"看来,卡特族突破了我对'民族'这一定义的认识,有着不同遗传基因、外貌各异的人,怎么可以成为一个'族'?"陈辰问出了心中的疑虑,他刚进入这里,这个问题就一直在他的心里徘徊,这些人为什么会从不同的地方,聚集到这里成为卡特族呢?

"进入卡特族的基本条件是智商达到198,比全球顶尖的智商社团门萨俱乐部148的智商门槛整整高出50!"哈利族长得意地笑着,"陈教授,你完全符合这个条件,不过除了智商,我们还会有一系列的考试,高智商并不能代表一切。"

难怪,这里的人都没有感染"超级流脑",这些人简直就是站在智商金字塔的顶端,所以他们能够把人类不同的文化融合起来,还创造出了许多外面世界没有看到过的高科技,陈辰心想道。

就在刚才等待篝火点起的空当,约翰逊给他详细地介绍了卡特族。从约翰逊的描述来看,这里的确是个在任何书籍中都没有看到过的世外桃源,容纳了二百多个民族,他们发明了一种非常特殊的语言,并保持自己原有的民族特色。他们看上去生活得无忧无虑、悠然自得,也完全没有受到"超级流脑"的影响。他们拥有顶尖的科技,但人们崇尚的是自然法则,保留着最原始的东西,有一种返璞归真的感觉。

"我不会离开我的国家,我的父亲也是。"陈辰神情严峻地说。

"如果你现在回去,你的国家肯定会把你当成'超级流脑'疫情的始作俑者,立即逮捕。"哈利族长咂摸着酒的香味,意味深长地说,"视频已经在全球传播开了。"

"清者自清。"陈辰清楚哈利族长口中的视频指的是什么,但他情愿去面对那些疾风骤雨般的怀疑甚至唾骂,也不能躲在这里,他还要去查出"超级流脑"和安他敏的秘密。

"人类最擅长自相残杀了。"梅根夫人晃动手中的酒杯,"陈教授,人类大脑在二百万年间不断演化的过程中,因为基因突变,改变了大脑内部的神经连接方式,使得人类能够以前所未有的方式思考,并从食物链的中端爬到了顶端。但人类从此也开始崇尚人类中心主义,成了不负责任、贪得无厌,又极具破坏力的物种,不仅给地球上的生态环境带来了巨大的破坏,在人类内部,也产生了严重的种族歧视,非洲人、欧洲人和亚洲人之间,不过因为肤色、语言、宗教上的差异,就不断地大动干戈,互相残杀。"

"社会越来越开放,人类的科技水平、文化水平在不断地提升,不同种族之间已经越来越友善了。"陈辰不赞同梅根夫人的观点,忍不住出言反驳。他察觉到自己左边的衣角被拉扯了几下,是约翰逊干的,似乎是在提醒他不要为此争辩。

"卡特族人痛恨人类中心主义,也痛恨种族主义。有了种族主义,才产生了文化冲突、宗教争端和政治分歧,才导致世界范围的战争和阵营对立。"哈利族长的声音提高了几分,"陈教授,我感到非常遗憾,你没有通过卡特族的考试,现在,请你立刻交出MTX的配方。"

不知道是不是因为卡提的作用,陈辰察觉到自己越来越兴奋,但脑袋越来越沉,眼前的一切越来越模糊。这种感觉就和上次诺菲奖颁奖典礼结束后,在尤利西斯车上产生的幻觉差不多。

那个时候尤利西斯也在问他MTX的事,陈辰心中弥漫起不祥的预感。他好像掉进了一个陷阱,这里看起来美好,实际上危机重重。

一个非常大胆的猜想浮上心头,这里根本就是一个秘密实验基地,也许就是尤利西斯的。老莫说过,尤利西斯有秘密资金流向伊卡,可能就是为了打造这个地方。他们把他骗到这里,真正的目的并不是要提高小男孩的智商,而是为了拿到MTX的化学分子式。

他正不知该如何回复,却看到东南方向有一个熟悉的身影,竟然是父亲!

父亲正神采奕奕地坐在一张长条桌的后面,两个卡特族人则一左一右坐在两侧。刚才那里明明没有桌子,应该是在他和哈利族长专注聊天的时候,他们把父亲带到了这里。

长条桌上摆满了食物,父亲一边手里拿着一杯白酒,一边微笑地望着他,看上去非常正常,一点也没有精神疾病的迹象。

"梅根治愈了你父亲的病。"哈利族长知道此刻陈辰心中充满了诧异,"陈教授,相信自己,你也可以帮助雅各布的。"

"明天。"陈辰挤出这个词。

父亲突然之间康复,令陈辰更加觉得卡特族神秘莫测。至少,目前国际顶尖的医疗团队都未能治愈父亲。但不管怎样,父亲康复对他来说都是一件天大的喜事,尤其是这个时候,他可以从父亲那儿知道二十一年前到底发生了什么,父亲一定会帮助他。今晚,今晚他要找机会带着父亲离开这里,只要他能和父亲单独说上话,就可以商量出对策。"明天"不过是他的缓兵之计。

"识时务者为俊杰,陈教授。"哈利族长满意地笑道,"作为给你的奖励,今晚你可以和老陈教授共叙天伦。"

真的没想到,哈利族长居然主动提供了机会,陈辰心中暗喜。父亲身边的两个卡特族人起身离开了,他立即起身快步走到父亲身边,刚要说话,却被父亲抢了个先:"我吃饱了,一起去散个步吧。"

月光皎洁,陈辰扶着父亲,远离了人群。此刻,所有卡特族人都在篝火广场上狂欢,空旷的野外没有人监视他们。

"爸爸,他们真的把你治好了吗?"陈辰压低声音在父亲耳边低语,"今晚我们就离开这里。"

"天真!"恢复正常后的陈天白,也恢复了对陈辰的威严,"怎么离开? 从小到大做事都这么莽撞。"

"但我们必须立刻离开这里,我会想办法的。外面情况十分危急,'超级流脑'疫情大暴发,诺菲制药的安他敏已经上市,我必须赶在安他敏大范围使用之前揭穿这背后的阴谋。爸爸,你刚刚恢复,可能并不清楚我在说什么,这都不重要,我需要你告诉我,二十一年前,Heaven贫民窟惨案是不是跟你们有关,你知不知道尤利西斯到底在做什么秘密研究,请你如实地告诉我。"陈辰把心里想说的一股脑儿都说了出来。这是他第一次顶撞父亲,也是第一次在父亲面前一口气说这么多话。他咬住下嘴唇,做好了继续被父亲批评的准备。

"既然如此,你又为何要来这里!"陈天白愠怒地背过身去。

"当年我失去了妈妈,你是我在这个世界上唯一的亲人。"陈辰的声音低了下去,对于父亲的爱,他总是说不出口。

"你的母亲在尤利西斯手上。"陈天白仰头望着天上的明月,思绪回到了二十一年前。

第三十三章
记忆拼图

　　哈利族长给父子俩团聚的时间并不多,约莫半小时后,约翰逊和一个卡特族人过来,分别带走了陈辰和陈天白。晚上十点,是卡特族严格规定的"大脑休养生息"时间,除警卫外的所有人都必须回自己房间熄灯睡觉。

　　匆匆与父亲告别,陈辰被约翰逊带到了一个土堡,这是为他准备的房间。黄泥砌成的土堡乍一看,并无特别之处,走近之后,发现土堡上雕刻有神人兽面纹,是典型的中国良渚文化时期的雕饰。皎洁的月光下,煞是神秘。

　　走进土堡,墙上、门框上、横梁上悬挂有各种竹编制品,桌上、茶几上、床头柜上摆放着各种玉器,一个纹饰精美繁复的玉琮摆在靠东边墙的长桌上,也是仿造良渚文化制作的。

　　陈辰对欣赏这满屋如出土文物般的器具毫无兴致,他熄了灯,躺在一张铺了竹编席子的床上,两眼发直地望着天花板,回想刚才父亲对他说的话。

　　久远的记忆,已经蒙上了时间的灰尘,那些关于母亲的故事,被挤压到了一个小小的角落,细细密密的,若不是刻意地去回忆,它们应该会一直安静下去。

　　但现在,那些过往的画面,从海马体中不断地往外喷射,像一个炸弹在他的大脑中爆炸,记忆的碎片散布在每一根神经线上,他几乎无法思考父亲跟他说的别的事情,母亲活着的消息带给他的冲击太大了。

　　二十年前那个礼拜二的傍晚,当他放学回到家里,父亲抓着他的肩膀,用极度哽咽的声音说,母亲出了车祸,离开了他们。他甚至连母亲的最后一

226

面都没有见到。紧接着，是父亲精神失常。十五岁的他，无奈地带着父亲以及母亲的骨灰盒回到中国。然而，二十年后，父亲平静地告诉他，这一切，都是假的。

他感到胸腔在剧烈地起伏，喉咙口像梗着一团棉花，干涩又喘不过气。更让他无法平静的是父亲在月光下淡漠与凛然的神情。他看上去不像是一个当事人，更像是一个看客，一个冷静的看客，在讲述一段与他毫不相关的往事。二十年来，这是父亲第一次和他交谈，父亲说的每一个字都死死地钉在了他的大脑里。

如果不是"超级流脑"的出现，也许父亲永远都不会讲出这些秘密。二十一年前发生的事情虽然之前从老莫口中了解了一些，但听父亲亲自讲出来，依旧不寒而栗。父亲明明是当年事件的参与者，但说起这一往事，父亲没有丝毫的羞愧和懊悔，唯有对实验失败的惋惜和遗憾。陈辰突然觉得，精神失常对父亲来说未必是一件坏事，否则也许父亲也会加入到尤利西斯的阵营。

心中的谜团，就像拼图一样，正在逐渐还原事情的真相，他还想问父亲，尤利西斯那时到底参与了多少，实验失败之后是否还在继续研究，可惜被约翰逊打断了。

但是，现在他有一个更大的困惑——父亲是多么爱惜名誉、多么在乎体面、多么有骨气的男人，为何当年可以眼睁睁地看着母亲被尤利西斯霸占，这一点他无论如何都想不明白。

陈辰翻了个身，掐断了飘远的思绪，索性又坐起身来。夜深人静，他不能把时间耽搁在思考这些问题上，他跨下床，决定先去探探外面的环境。这可不是他擅长的事情，幸好老莫教了他几招。

一个人影从门口闪进，撞上了正欲出门的陈辰。来人是约翰逊！他做了一个"嘘"的手势，示意陈辰不要说话。

"陈教授,我现在带你离开这儿。"约翰逊压低了声音,说话的同时递给陈辰一张照片,是一张合影,又打开了握在手上的一个微缩手电。

真的是他?陈辰心里一惊。从下车的那一刻开始,他就在观察部落里这些奇奇怪怪的人,判断到底哪一个是哈珀。直觉告诉他,约翰逊的可能性最大。

照片上的老莫,相当年轻,站在他身边的,是哈珀,来之前,老莫给他看过哈珀的照片。但眼前的约翰逊和照片上那张英俊的笑脸比起来,几乎是两个人,唯有高耸的鹰鼻还依稀看得出是同一个人。

"你是……哈珀?"陈辰有些迟疑地说出"哈珀"这个名字。

"是的,莫斯在等你。"说话间,约翰逊已经关上了手电。

"他真的没猜错!"陈辰有些激动,靠着门口洒进来的微弱的月光,他隐约可以看清约翰逊,不,是哈珀坚毅沉着的轮廓。

"陈教授,卡特族人的睡眠时间很短,我必须趁着他们睡着时,把你送出去。"

"可是我的父亲……"

"他不会有危险,你现在最重要的事情,是去解决'超级流脑'问题。"

"明白。你会跟我一起离开吗?"

"不行,我只能送你到门口,卡特族人在没有得到族长的允许下,是不能离开这里的。"

"这二十一年你都待在这里? 这到底是个什么地方?"

"陈教授,长话短说,二十一年前我发现尤利西斯那些在伊卡去向不明的钱,都到了一个地方,但是很不幸,就在那个节骨眼上,我在一场战乱中受了重伤,失去了记忆,当我醒来的时候,我已经在卡特族了,直到三个月前,我才恢复了记忆。"

约翰逊顿了顿，接着说道："那个地方一定藏着尤利西斯最大的秘密，也许，和'超级流脑'有关，你出去之后，立刻和莫斯去那里，车子已经给你们准备好了。"

约翰逊递给陈辰一张伊卡的地图，在伊卡东南部的埃尔里特沙漠西北角画了一个红圈，约翰逊指着红圈，用一种异常坚定的眼神看着陈辰："我错失了二十年，请你们抓紧时间。"

陈辰按照约翰逊的要求，在房间里留下了一张字条："有要事需办，办完必当完成约定"。如果哈利族长想要MTX，他相信，这期间父亲会是安全的。

深夜的卡特族聚居地无比寂静，连鸟叫虫鸣声都没有。陈辰紧跟在约翰逊身后，走在夜色中，所有的灯都熄灭了，唯一的光源是挂在天上的一轮满月，此刻，正被一大团飘过来的乌云遮挡。

这一路走得相当顺利，陈辰不明白，为何卡特族人千辛万苦地把自己从中国带到这里，对他的看管却如此松懈，难道不怕他逃走吗？一路上他打量着四周，没有看到一个摄像头。

前面就是他下午进来的那个大门口了。远远地，看到有两个哨兵东倒西歪地倚着墙，手里拿着酒瓶。约翰逊放慢了脚步，给了陈辰一个停下的手势。他们藏身在距离大门口最近的一棵大树后，约翰逊时不时地探出脑袋观察情况，像是在等待什么。

大约过了五六分钟，约翰逊低头看了看表，在陈辰耳边低语道："陈教授，一会儿用你最快的速度，跑出去，朝东南方向跑，你会看到一条河，莫斯就在那里等你。"

这时候，门口的两个岗哨像是被什么惊动了，突然站起来，原来，他们根本没有喝醉，轻盈的步伐，如离弦之箭一般，朝着西北方向追去。陈辰这才恍然大悟,要靠他自己逃出去,是不可能的。

"快,跑!"约翰逊推了陈辰一把,陈辰还没来得及思考,撒开腿就往外冲。他屏着一口气,快速地蹿出了大门,片刻也不敢停歇,借着东南方向的一片树林隐蔽自己,拼着老命地甩开膀子飞奔。一天没吃东西了,两条腿没跑多远就开始发软,早知道,晚上不管怎么样,也要把肚子填饱。现在,只有那一杯接着一杯的卡提在他的胃里晃荡。

穿梭在漆黑的树林里,压根就没有路,陈辰仅凭着不错的方向感,朝着东南方向行进。脚上踩到一个软软的条状的东西,不会是蛇吧!陈辰吓出了一身冷汗,好在接下去并没有受到来自地上的攻击。他喘着粗气挣扎着继续往前挪动双脚,这该死的老莫,怎么就不在门口附近接应他,非要去那么远的地方。

乌云散去,月亮出来。眼前的世界微微清晰点儿了,陈辰却变得更加害怕了。刚才看不清,他只顾着往前走,现在,这隐约中可见的蛇鼠虫蚁让他迈不开腿。他打小就怕这些东西,只要看到,就会拉响他恐惧的警报,他明显感觉到身体变得僵硬。记得有一次家里来了一只老鼠,他吓得跳上了桌子,还是夏楠略施小计活捉了老鼠。说来也怪,实验室里的那些小动物他就不怕。

暂且就把这些当作实验室里的动物吧,这么一想,陈辰的心稍稍平静了下来。可是,他的体力已经严重透支,前进的速度越来越慢,靠着一根路上捡的树枝,支撑着他疲惫的身体。

在河边等待的老莫,是他现在唯一的信念。"哗哗哗",好像是水流声,陈辰不知道这是不是自己太渴望看到河流而产生的幻觉,再往前走了一段路,他又隐隐约约看到前面星星点点的光亮,应该是河水的反射。终于到了,他靠着意念,走完了最后一段路,一屁股瘫坐在河边。

"陈教授,我可终于等到你了!"一个熟悉的声音从身后传来,是老莫!

"我们同时出发,我朝着西北方向绕道这里,还比你多出了三公里的路,你居然让我在这里足足等了半个小时!"莫思杰递过来一瓶水,他知道陈辰平时疏于锻炼,能在这个时候赶到,已经是不错的成绩了,但他就是嘴上不饶人。

"门口引开岗哨的是你?"陈辰一口气喝下一瓶水,才缓过劲来。

"那两个岗哨可不好对付!"莫思杰拽起坐在地上的陈辰,"把地图给我,上车说。"

"吱——"发动机的声音刺破了夜空。莫思杰一脚油门,车子飞了出去:"有好戏看了。"

大概开了三个多小时,他们驶入了一片沙漠,是埃尔里特沙漠!他们距离目标越来越近。莫思杰看起来非常兴奋,一路高歌,唱到动情处还时不时举起手臂扭动身体。他在为找到哈珀兴奋,也在为即将到来的游戏完结兴奋,是的,他百分百相信哈珀,那里一定可以解开"超级流脑"的秘密。坐在副驾驶座的陈辰却是极度不安,他有个预感,这条路将会带他们进入黑暗的核心。

又过了一个多小时,莫思杰突然严肃起来,使得车厢里的空气瞬间凝固,语气低沉有力地问道:"准备好了吗? 就在附近了。"

他放慢速度,车轮扬起的飞沙,让眼前的世界显得更为隐秘。这儿,究竟藏着什么样的秘密呢?

突然,莫思杰停下了车子,下了车到车前仔细观察。不一会儿,他回到车上,神情紧张地看着陈辰:"有人比我们早到一步。根据这沙地上的车轮印判断,大约半个小时前,有一辆车子来到这里。前面还有一些凌乱的脚印。"

"这代表什么?"

"他们监控了这里,而且,比我们早到的这辆车子已经被他们控制了。"

"你说什——"话还没说完,陈辰发现,前面出现了一群人,挡住了去路。

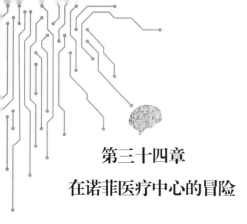

第三十四章
在诺菲医疗中心的冒险

"进去!"一个粗犷的声音操着一口蹩脚的英语说道。

陈辰感觉被人用力地推了一下,一个趔趄,差点摔倒在地。幸好边上有只手,用力地扶了他一把。

半个小时前,他们被七八个手持冲锋枪、高大威猛的中东男人堵住了路。

"不好,我们可能遇上了恐怖分子!"莫思杰下意识地猛踩油门,企图冲撞过去。然而,随着几声"啪啪啪"的枪响,被打中轮胎的车子立刻失去了平衡。沙漠地带,路本就高低不平,纵使莫思杰拥有丰富的驾驶经验,车子还是来了一个天旋地转。

他们像咸鱼一样被那些人从车里拖出来,死死地按在地上。莫思杰试图反抗,反倒是吃了几记重拳。随后他们被戴上头套,反绑双手,扔上了一辆小型货车的车斗。一路颠簸,被带到了这里。

"砰"的一声,是门关上的声音。房间里顿时安静下来,陈辰估摸着带他们来的人都已经走了。

"老莫,老莫,你在哪儿?"陈辰小声地呼唤着他的同伴,此刻,没有什么是比莫思杰在身边更能让他安心的事情了。

"陈教授,我在,别怕。"莫思杰的声音很平静,他已经从刚才的慌乱中回过神来。

一路上,莫思杰都在思索抓他们的到底是什么人。他的第一反应是恐怖分子,因为他们的打扮跟恐怖分子很像。可是往深里一想,凭他对伊卡的了解,这里是不可能有恐怖组织驻扎的。二十五年前,伊卡政府军在埃尔里特沙漠击毙了全球最大的恐怖组织头目,并且还进行了长达两年的地毯式扫荡,从那以后,这里就成了恐怖组织眼中的不祥之地。

"是陈辰教授吗?"一个女声从陈辰身后传来,这个屋子里原来还有其他人!

陈辰觉得这个声音很是熟悉,可她怎么会在这里呢,她应该在美国的。陈辰定了定神,用一种极其警惕的声音问了一句:"你是谁?"他决定不轻易说出那个名字,他需要再确认一下。

"安琪拉呀!"女人的声音里有些愠怒,"陈教授,你连我的声音都听不出来了!"

"真的是你,安琪拉! 你怎么会在这里?"陈辰感到非常诧异,虽然他刚才已经猜到是她,可是,在这样一个地方遇到,是千万分之一的概率。

"我——"安琪拉正要开口说话,只听见莫思杰"嘘"了一声,多年FBI的经验告诉他,在没有确定这个环境安全之前,他们还不适合聊天,包括询问安琪拉怎么会来到这里。更为重要的是,他察觉到房间里,除了他们三个之外,还有第四个人的呼吸声。

"安琪拉,你是一个人来的吗?"安静了好一会儿,莫思杰用中文问道,以前和安琪拉交流,他习惯用英文。

"果然是FBI历史上最优秀的特工,够谨慎。但你犯了一个错误,莫斯!"一个浑厚的男声带着一种轻松的语调。

"我应该保持沉默,沉默是对付敌人最好的办法,科尔曼!"莫思杰朝着声音传来的方向伸出手去,一个响亮的击掌,这是他和科尔曼几十年来保持的习惯。所以,就算此刻他们看不见对方,依旧可以通过声音辨别对方的位置,知道击掌的高度。

科尔曼的开口,让莫思杰放下了警惕,他相信,在他进来之前,科尔曼已经对整个环境做了一个非常细致的判断。既然他说话了,那安全系数至少在百分之九十五以上,这里除了他们,没有别的人了。

莫思杰让大家手拉着手,围坐在一起,这样他们可用最小的声音交流,即便被监视监听,那些人也拿不到有用的信息。黑色的头套下,虽然看不见彼此的脸,但相互间的信任,在这个时候,越发显得珍贵。

"她被带来了这里!"科尔曼的这个"她"说得非常轻,"三天前,我们在诺菲医疗中心的搜查中发现了她。"

五天前。

从尤利西斯别墅无功而返后,科尔曼重新梳理了一遍这段时间发生的事情,最终,决定把突破口锁定在卡翠娜的失踪上。

他在警察局查看了诺菲医疗中心附近的监控,确信卡翠娜在前一天晚上八点五十二分进入医疗中心之后,就再没出来过。

诺菲医疗中心一共有三栋大楼,分别是门诊大楼、一号病区和二号病区,一号病区和二号病区由一个大厅连接。现在,二号病区专门用来收治"超级流脑"患者;一号病区用来收治必须在院治疗的危重病人,以及一些富人的体检和普通治疗。

卡翠娜会在哪里?科尔曼决定冒险一试,他破译了诺菲医疗中心监控系统的外围密码,却发现里面有两套子系统,一套是非医疗区域监控,包括大楼外围和大厅这样的公共区域,另一套则是医疗区域的监控。医疗区域的监控经过了层层加密,一旦入侵,极有可能被察觉到,为安全起见,科尔曼进入了非医疗区域的监控系统。

八点五十五分，卡翠娜走进病区大厅，径直走向二号病区的六号电梯，上了十五层。十五分钟后，她从五号电梯出来，朝病区大门口走去，但好像是忘了什么东西，又折返去坐电梯，其间还一直在打电话。他接着往下看。

等等，她怎么会在这里！科尔曼在视频里注意到一个穿风衣的女人，正是他一直在追查的夏楠。即便只是半个侧脸，科尔曼还是确信不疑，夏楠跟着一个男人进了一号病区的高管专用电梯，径直上了六十六层。但自那以后，卡翠娜和夏楠就再也没有出来过。

也就是说，卡翠娜、夏楠现在都还在诺菲医疗中心！

科尔曼提出了一个非常大胆的计划，由他扮演"超级流脑"患者，住进二号病区，安琪拉负责住进一号病区。病人的身份，更方便他们在医院行动。他们分头行动，搜索卡翠娜和夏楠的下落。

在确认科尔曼听过《比埃罗的诅咒》并没有出现异常后，安琪拉专门调配了一剂药水，科尔曼只要服下去，就会出现"超级流脑"的症状，但不会危及生命，诺菲医疗中心的医生是察觉不出科尔曼的假性"超级流脑"的。因为除了病症，"超级流脑"患者的病理检测结果和正常人并无两样，对这一点，安琪拉很有信心。

经过伪造身份、乔装打扮后，安琪拉和科尔曼顺利地住进了诺菲医疗中心的一号病区和二号病区。安琪拉预约了一套三十万美元的诺菲"星光闪耀"体检套餐，她不得不动用了父亲留给她的遗产。"星光闪耀"体检套餐的病房在一号病区六十五层，高管体检通道的下面一层，整层楼只有二十个病房，负责这一层的护士同时负责高管通道。她看过那段视频，带夏楠进去的是威尔，按照一号病区大楼的分布，夏楠最有可能在的地方是高管体检通道。

在这个特殊时期，但凡身体还过得去的人，对医院都是敬而远之，来做体检的就更少了。听护士维多利亚说，安琪拉所待的这一层，除了她之外，就只有著名的跨国企业赛德集团的总裁了,他每年这个时候都会来做体检。因为医院大部分的医护都被派到二号病区,这一层的护士只剩下了维多利亚,她是一名全能的护士,曾被授予过诺菲护士奖章。

这天夜里,安琪拉躺在堪比七星级酒店的病房里,松软的大床滋生了她的困意,她已经连续四十二个小时没有合眼了,但现在,她不能睡,等待着夜深人静之时向她打开的机会之窗。

时针慢慢地向"12"靠拢,安琪拉起身下床,端着一些精致点心和一瓶牛奶向护士台走去。维多利亚比她大四岁,安琪拉一入院两人就聊得不错,现在她要做的就是用安眠药让这个敬业尽责的护士呼呼睡去,然后,拿着她的电梯卡,上到高管体检通道。

一切进行得非常顺利,维多利亚很快就趴在桌子上昏睡过去。安琪拉在她的口袋里找到了电梯卡。换了一身护士服后,安琪拉镇定自若地上了六十六楼。

高管体检通道的装修更加豪华,在和维多利亚的闲聊中,她得知,这段时间没有诺菲制药的高管入住体检。整层大楼空空荡荡,夏楠会在哪里?

每一个房间门口,都挂着诺菲制药高管的名字。安琪拉一间间地看过去,她在找一个名字。应该就在这里!安琪拉站在挂着威尔·戈斯牌子的房间门口。

她知道,此刻威尔应该不在里面。半小时前,她约了威尔到养父的实验室碰头,谎称养父遗物中有些东西和他有关。现在,威尔应该正在去的路上。

安琪拉从口袋里掏出科尔曼给她的万能消磁器,对着刷卡处只轻轻一碰,门就开了。她苦笑了一下,这些人类设计的安防设施设备,就好像眼前的这扇门,一旦有人不愿意遵守规则,就不过是一个装饰品。

靠着手机屏幕发出的微弱光线,安琪拉警惕地查看着房间里的情况。高管体检套房,和她住的那一间格局一样。穿过客厅,她朝着卧室走去,一股浓浓的消毒水的味道扑鼻而来,还伴随着一阵"嘀嘀嘀"的声音。

声音是从床头的生命监测仪上发出来的,泛着幽光的屏幕上,几条绿色、红色的曲线高低起伏。生命监测仪,一般只用于刚刚做完手术或者生命体征不平稳的病人。

安琪拉心里一惊,她慢慢地靠近床头,才看清一张毫无血色的脸,在厚厚纱布的包裹下,透着一股毫无生机的气息。

躺在床上的人正是夏楠!安琪拉俯下身来,对着她的耳边轻呼了几声"夏楠姐",没有丝毫的反应!如果不是边上的生命监测仪时刻反映着眼前这具身体的心跳、血压、血氧饱和度,安琪拉会怀疑她是否还属于这个世界。

前晚追车的时候,她明明看到夏楠是好好的,怎么现在会变成这个样子。这到底是发生了什么事?

安琪拉的手,轻抚着夏楠的脸庞,一个长这么大,都没有机会喊出的称呼,在她的口中呢喃:"妈妈——妈妈——"

夏楠虚弱的身体触动到了安琪拉最柔软的心房,她原本想着要质问夏楠,当年为何抛弃自己,就算她是夏楠不幸的产物,但她是无辜的啊!可看着眼前这个人,没有比母亲还活着这个消息更能让她感觉幸福的了。

手机振了一下,是威尔发来的信息,问她怎么不在实验室。安琪拉托词自己临时有事出去,让威尔等她十五分钟。这是她早已想好的。

现在这样的情况,要带走夏楠是不可能的,幸好科尔曼早有准备。安琪拉从口袋里掏出一个皮下定位器,科尔曼要求她,如果带不走夏娜,就把这个注射到夏楠的皮肤下面,不能再让夏楠从他们眼皮底下消失了。

"然后，你们追踪夏楠来到了这里？"听到安琪拉停顿下来，莫思杰追问道。

"给夏楠植入皮下定位器后的第二天，她的位置开始移动，并且离开了美国。"科尔曼的声音一如既往地镇定，"我们费了很多周折，托了很多关系，才在疫情肆虐的情况下搞到了难得的机票，追踪到这里。"

"一个刚刚做完开颅手术的人，怎么可能自己行动？我没有办法看着母亲置身于危险境地而不来救她。"安琪拉开始小声地啜泣。

"卡翠娜呢？"莫思杰对这个陌生的名字感到好奇。

"死了，病历上写着死于'超级流脑'，我在太平间找到了她。"科尔曼说完这句话，不由自主地长长地叹了一口气。

安琪拉哭得更加厉害，眼前的一切，正在朝着失控的方向发展。

第三十五章
被震惊的尤利西斯

"你知不知道,这样移动一个刚刚做完开颅手术的病人有多危险!"威尔青筋毕露,眼神中的锋芒可以劈开格陵兰岛上的冰川,他气得浑身发抖。

夏楠手术后的第三天,尤利西斯竟然故意支开他,派人把夏楠运到了新世界乐园。钢铁般的拳头用力地砸在桌子上,发出响亮的撞击声,这是他第一次在尤利西斯面前发这么大的火。

"半个月!说好半个月,现在才过去六天,只要等她清醒过来,我就可以让她说出MTX!她在哪里,我必须立刻见到她!最好别有什么闪失,否则,你这辈子都别想得到MTX!"

尤利西斯面不改色地看着威尔在他面前跳脚,如果不是隔着一张桌子,他应该会朝着威尔扭曲的脸庞猛击几拳,让这个被女人迷得失去理智的男人,好好清醒一下。

"她已经醒了,你也该清醒了。为什么这个时候给她做开颅手术,你最好给我一个解释!"尤利西斯在桌面正中的液晶屏上点了几下,跳出了夏楠的画面,"安他敏已经上市,达·芬奇密码计划迫在眉睫,这个时候,你竟然偷偷地给夏楠做开颅手术,你想干什么?"

"还不是为了MTX!你觉得我很想给她做开颅手术吗?"威尔的拳头死死地抵在桌面上,愤怒的双眼在看到监控中的夏楠的那一刻,柔和了一些。

屏幕正中的夏楠,躺在床上,点滴顺着输液管,进入她的身体,旁边生命监测仪上的数据显示她一切正常。对于一个掌握着MTX的关键人物,尤利西斯或许比他更舍不得夏楠发生意外。

威尔平复了一下，从裤袋里掏出一个银色的铁质小盒子，推到尤利西斯面前："我在她的大脑里发现了另一个控制器。'神经尘埃'受到了那个控制器的干扰，所以才会失灵。"

不解、狐疑、惊讶……一系列复杂的情绪在尤利西斯打开铁盒后，瞬间化成了恐惧。铁盒里的东西，仿佛有一股强大的引力，要把尤利西斯圆睁的眼睛，从眼眶里吸出来。

"你说这个东西，是从夏楠的大脑里取出来的？"尤利西斯的声音微微有些颤抖，还伴着上下牙齿磕碰的声音。

"没错，开颅手术，就是为了取出这个控制器。根据我的经验，这个控制器在夏楠的大脑里至少已经待了二十年。有一部分神经线已经和控制器粘连，整整三个小时，我才把它和周围的神经线彻底地剥离开来。

"太不可思议了，二十年前就已经有人发明了类似'神经尘埃'的东西。但是有一点我不明白，这么伟大的发明，为何在这二十年里销声匿迹，从来都没有听说过。

"而且，这个控制器和'神经尘埃'非常相似，尤其是通过对神经的数据传导来控制意识，原理几乎一样。如果我没有记错，这是你给我的方向。"

威尔还要接着往下说，却被尤利西斯一个挥手的手势打断了。他这才发现，桌子对面这个打一个喷嚏都足以左右道琼斯指数的男人，正瘫软地靠在真皮椅的椅背上，眼窝深陷在一张死灰色的脸上，只是一瞬间，时间却像在他脸上走过十年。

眼前的这个小东西，尤利西斯太熟悉了，就是它，彻底改变了自己一生的目标。如果不是在陈天白的实验室里看到这样东西，就不会有今天的新世界计划。

是的,新世界计划最初的创想者并不是他。

二十三年前,他一手创办的诺菲制药已经是一家明星药企。他倾慕陈天白的才华,为了邀请天白加入诺菲,只要一有空,他就往天白的实验室跑。当然,他还有另外一个小心思。

他记得那是一个七月的傍晚,整个旧金山刚刚经历了一场暴雨的洗礼,他提着啤酒和炸鸡走进天白实验室的时候,天白正在和艾伯特兴奋地谈论一个最新的研究,天白发明了一个可以控制人类意识的控制器。

正是这个控制器彻底颠覆了他建立诺菲制药的初衷,诺菲制药可以做一件更伟大的事情! 治病救人这条路,实在是太愚蠢了。人类的苦难,终究是来自自身的欲求不满,欲望这个东西推动着人类的进步,却也把人类推向自我毁灭的边缘。

在他十二岁的时候,他的父母在参与国际红十字会对中东国家伊卡的救援任务中,遭遇了袭击,为了救一个年轻人,父母献出了自己的生命。而他,变成了孤儿。战争,是人类为了满足自己的欲望而发动的自相残杀的游戏。

在诺菲医疗中心刚刚成立的时候,他见过一个年轻人,治好肥胖症及其并发症才不到半年,又因为暴饮暴食、体重突增,引发心脏骤停被送进了医院。这样的人,活着不过是浪费粮食和医疗资源。

被欲望驱使的人类,太需要这样的大脑控制器来重新建立秩序,那些纯粹只是浪费地球资源的人类,应该从世界上消失。

在一次私下的交流里,他的想法得到了天白的认可,而天白给了他一幅更加完美的画像,建立新秩序只是第一步,一个完美的世界,应该由一群拥有卓越智商的人类组成,否则,未来,人类也许会被人工智能打败。

但让他没有想到的是,自己会因为个人情感的失控,而导致计划整整推迟了二十年。

Heaven贫民窟的试验失败，令天白的研究按下了暂停键。那段时间，天白很颓废，但他看得出来，天白并没有放弃这个研究。然而来自艾伯特的竭力反对成了横亘在前进路上的最大障碍。

他邀请天白加入诺菲制药，诺菲制药可以为他提供研究所需要的一切支持。天白第一次松了口，表示愿意认真考虑。然而，就在那天晚上，天白撞破了他和白芸的私会。

白芸是陈天白的妻子。读博期间，实验室窗外的一瞥，白芸美丽的身影深深地烙在了他的心头。一开始，他还可以用理智克制大脑分泌的多巴胺，但随着和白芸接触的深入，那些不受控制的多巴胺越来越多，并最终战胜了他的理智。

他向白芸表达了爱意。他知道，温婉的白芸和科学怪人天白之间的爱情早已名存实亡。好几次，他在实验室看到天白因为一件小事呵斥白芸，白芸抹着眼泪离开实验室，甚至，天白还动手打过白芸。

白芸没有接受，也没有拒绝，但他们开始约会，趁着天白沉迷于实验的时候。那天，他先去了实验室看天白，和天白聊未来的计划。他们谈得很好，他觉得自己已经说动了天白加入诺菲制药继续之前的研发。

离开实验室的时候，他心情大好，鬼使神差地竟然去天白家里幽会白芸。刚才听天白的口气，晚上他并不打算回家，他们的儿子陈辰上的是寄宿学校，只有周末才回来，这个时候，白芸一个人在家。

但这天夜里，天白偏偏就回来了。看到躺在床上的他，天白出奇地冷静。天白坐在沙发上，沉默了好一会儿，说："请你把她带走，我会告诉陈辰他的妈妈离开了这个世界，你只要答应我一件事情，永远不要让陈辰知道，他的母亲还活着，而且背叛了他的父亲。"

他答应了天白，带走了白芸。天白的冷静，让他以为这一切像是没有发生过，不过，他没有等到天白决定加入诺菲制药的消息。

大概过了一个多月，天白突然在实验室里发疯了。所有人都以为，这个科学怪人是在经历丧妻之痛、实验失败后精神崩溃了。只有他知道，天白遭受了一个男人最难以面对的经历，刻意的冷静把他逼到了一个悬崖上，实验的再次失败，令天白失去了最后支撑的意志，他疯了。

如果当年他没有爱上白芸，天白没有撞见他们私会，新世界计划应该很早就能实现了。不过令人庆幸的是，这二十年的时间，他让新世界计划更加完美了。

为了弥补自己的这个错误，这些年来，他一直很照顾陈辰。而他也一直遵守着天白对他的要求，从来没有带白芸出现在任何公众场合，以至于大家都觉得他不喜欢女人。

但是眼前这个还在运作的控制器该怎么解释？他相信，除了陈天白，二十年前没有第二个人能制造出来。这一控制器，比当初他们在Heaven贫民窟试验的那些还优化了很多。

天白后来的实验没有失败！一个可怕的念头蹿了出来。尤利西斯抓着铁盒的手抖得厉害。

他没有疯！一个更加可怕的念头让尤利西斯开始大口喘气。他不仅没有疯，他还控制了夏楠。为什么？除了夏楠，他会不会还控制了其他人，比如，陈辰。

"'5.0神经尘埃'并不会因为高智商而失效?"尤利西斯抬头看向威尔。之前，他一直以为是陈辰的高智商影响了"神经尘埃"发挥作用，现在，他怀疑陈天白在陈辰的大脑中也植入了控制器，是控制器干扰了"5.0神经尘埃"，从而破坏了他的计划。

"当然,这是很多次实验确证的! 不过,也许夏楠脑子里那个控制器所激发的电磁,会对'5.0神经尘埃'产生影响。"说完,威尔便转身离去,"我现在要去看看夏楠,等她的情况再好一些,我们就可以得到MTX的配方。"看到视频里房间的布置,他知道夏楠就在笛卡尔的单人套房。

但愿如此,尤利西斯觉得自己一刻都坐不住了。新世界计划最大的威胁也许是陈天白!

"去安和疗养院,不惜一切代价,不管用什么办法,把陈天白给我带来!"尤利西斯对着电话那头,冷静地下了一个命令。

第三十六章
夏楠，还是243号笛卡尔？

睁开眼睛的一刹那，一个清晰的意识蹦出她的前额皮层，她竟然还活着！

她直挺挺地躺在床上，头痛欲裂。痛感游走在她身体的每一个角落，一口一口地啃噬着她的肌肤。她微微地皱了皱眉头，这些细细密密的疼痛，对她来说，更像是一种赎罪。

所有的一切，她都想起来了！在昏迷的这段时间里，她就像是做了一个噩梦，荒诞、惊悚、罪恶……

究竟是梦，还是她的经历？梦里的一切，荒诞得她无法相信，但每一帧都如此真实。不，那不是梦，是她消失的记忆！

是的，她确信！

梦，很长很长——

"哇！"一声响亮的啼哭，一个婴儿从她的身体里分娩出。

"是个漂亮的小公主！"女医生用尖细的声音向屋子里的人报告着喜讯。婴儿在经过简单的处理后，被轻柔地放到她的胸口，打满了褶子的脸蛋贴在她汗涔涔的胸上。厌恶、憎恨的情绪在触碰到那张粉嫩的小脸时，瞬间被融化了。

"忘了她吧，你的人生才刚刚开始。"一直陪在她边上的母亲，把孩子抱了起来。

父母信仰基督教，敬畏生命，在两难的选择中，他们为孩子找了一个好归宿。这是父母为她做出的最好安排。

当初,她同意了,但是当孩子活生生地出现在她的眼前时,她舍不得了。这个小生命在她的肚子里待了十个月,她们朝夕相处,血脉相连,她的生命才刚刚开始!

"可以留下她吗?"她眼巴巴地看着母亲。

这个请求被母亲拒绝了。后来的几天,对女儿的思念越来越重,她开始哭啊、闹啊,甚至用生命威胁父母。可父母还是无动于衷。

有一天,天白叔叔来看她,他给她打了一针,说可以帮助她恢复身体,再后来,那十个月的记忆消失得一干二净,她又变回了那个乐观开朗的夏楠。

梦很长很长,仿佛是在看别人的故事。

直到她在一面硕大的镜子里,看到一个人在水龙头下洗一双沾满了鲜血的手。好面熟,她一边洗手,一边抬头看向镜子,镜子里的那一张脸,分明就是自己。微笑的眉眼中,透着逼人的寒意。她刚刚——

"不!"

"砰!"她朝自己开了一枪,脑浆迸裂。准确地说,应该是朝着那个披着一副夏楠皮囊的人开了一枪。她试图以自杀来结束这段恐怖的记忆,最好,就在记忆中死去吧。

可是,她醒了,她没有死!

一个巨大的疑问,在她的大脑四周盘旋。我是谁? 柏拉图的灵魂考问在她的大脑里响起。我到底是谁? 声音越来越大,简直要把她大脑中那些软塌塌的细胞们震个粉碎。

身体不受控制地震颤了一下,脸扭作了一团。这时,她才注意到眼前的一切。她微微向两侧转动了一下眼珠,这是她身体唯一能够活动的部分。

扑面而来的战舰灰,没有哪个地方,会把一种灰色用得如此彻底,天花板、墙壁、家具,甚至是身上盖着的被子,清一色的战舰灰。

是新世界乐园！她，又被带到了这个神秘的地方。不过是几秒钟的时间，眼皮又沉重地垂了下来，意识开始混沌，她又昏了过去。

一双眼睛在监视器前观察着这一切。她，到底是夏楠，还是243号笛卡尔？

从尤利西斯办公室到243号笛卡尔房间的路上，威尔的心情从紧张、焦急，变得犹豫、矛盾。走到门口的时候，脚步突然停了下来。他不知道该用一种什么样的心情去面对夏楠。

现在，只要开启夏楠大脑中的"5.0神经尘埃"，她将乖乖地臣服在自己脚下，任由他摆布。但是，这并不是他所想要的。爱情不是拥有一副皮囊，灵与肉缺一不可，如果一定要二选一，他会选择夏楠的灵魂。她的聪慧、她的倔强、她的灵动，哪怕是她奋力的反抗，他都觉得迷人。他为她倾倒，对她的迷恋像是疯了一样！

而现在，她身上那些令他着迷的东西，将会随着"5.0神经尘埃"的启动而灰飞烟灭……"5.0神经尘埃"真的会让世界变得更加美好吗？威尔第一次对自己的得意之作产生了一丝怀疑。正想得出神时，一个声音在他的身后响起：

"威尔，我们又见面了！比我预计的时间早了三天。"艾米丽从外面进来，她的心情看起来不错，上扬的眉毛带起了唇角的弧线，声音中带着一丝气喘。

"我一点都不想见到你。"威尔斜斜地瞥了艾米丽一眼，锋利的眼神像是要把眼前这个女人撕个稀巴烂，"是你让尤利西斯把夏楠带过来的吧。"

威尔非常不喜欢夏楠来这儿，上次好不容易找到理由把她带出去，现在他们又趁他休息的时候，把夏楠运了过来。这让他极为恼火，他心里很清楚，这都是艾米丽的主意。

"她在这里是最安全的，难道不是吗？"艾米丽瞥了一眼监视器，"真可惜，她又睡过去了，亏得我一路小跑过来。"

"如果不是舟车劳顿，她现在应该恢复得不错了。"威尔不想再搭理边上这个女人,推门走进了夏楠的房间。

艾米丽紧跟着走了进去。她倚在床尾,面朝着夏楠,余光却瞥向威尔。她观察到威尔在看到夏楠的一刹那,眼神瞬间柔和了起来。上一次,她已经隐隐察觉到威尔看夏楠的眼神有些不一样。现在,她确信自己的猜测没有错。

"别想太多了,威尔,你面前的是243号笛卡尔。"艾米丽走到生命监测仪边上,俯下身去,她有点儿近视,除了在实验室里不得不戴眼镜,日常生活里特别排斥眼镜这个玩意儿。

"她是夏楠!不是笛卡尔!"威尔目不转睛地看着夏楠,停顿了一下,又强调道,"她不是笛卡尔!"这句话,更像是在对他自己说。

"生命指数都很正常,启动'神经尘埃'应该没有——"

艾米丽话音未落,梅耶尔推着一个显示屏走了进来,威尔一眼就看出这不是一个普通的显示器,而是意识读取解码器。只要把这台机器连接到人类的大脑中,它就可以将神经信号转化为文字,显示在屏幕上。

"你们要做什么?"威尔转过身,犹如一头被侵犯了领地的狮子,紧张、敏感。

"立刻让她说出MTX的化学分子式!"尤利西斯不容置疑的声音从门口传来,"都准备好了吗?"

不能再等了!就在刚才,他接到电话,陈天白七天前从安和疗养院失踪了,疗养院也联系不上陈辰。陈天白父子在这个时候突然失踪,令尤利西斯更加不安。

现在,夏楠大脑中的控制器被拿掉,也许陈天白马上就会发现,或者,他已经发现了,所以开始有针对性的行动。一切,都必须跟时间赛跑!

"很快!梅耶尔已经在做最后的连接了。"艾米丽转头看向威尔,"请威尔开启'5.0神经尘埃'吧。"

"没问题，尽快得到MTX，是我们一致的目标。"刚才的一刹那，威尔想明白了，早一天让夏楠说出MTX，她就早一天得到解脱。这对她来说未尝不是一件好事。

"你能这么想就好了，新世界乐园才是我们共同的目标。"尤利西斯意味深长地拍了拍威尔的背，"没有人可以阻碍我想得到的东西。"

"轰隆——"一记响雷在屋顶上方炸开，紧接着下起了瓢泼大雨，狂风肆虐，卷着雨水重重地拍打着玻璃窗。在这个干旱的荒漠地带，一场极为罕见的暴雨突然倾盆而下。

"真是个好兆头！"梅耶尔咧着他厚厚的嘴唇，脸上的肉都堆到了一起，"准备完毕。"

但愿如此。尤利西斯看着窗外的暴雨若有所思，这一刻他已经等了很多年了。一路走来，每一步他都走得小心谨慎，因为机会只有一次。对MTX，他有了一种过于依赖的感情，这是他唯一的希望了。他的团队研发了整整十年，但均告失败。他突然有一个奇怪的想法，MTX背后的研发者会不会就是陈天白。陈天白操控夏楠，在进行某些秘密的研究。

"开始吧！"尤利西斯低头看了一眼手腕上的表，抬起双眼，目光中透露出一种势不可当的锐气。

艾米丽露出一丝微笑作为响应。

威尔接过梅耶尔递过来的平板电脑，在上面敲击着文字。这些文字正通过电流输入到夏楠的大脑，指挥着夏楠的意识。还是一样的程序，先问几个简单的问题，测试"5.0神经尘埃"的启动进程和作用效果，显示屏上飞快地输出一行一行文字。

"不错，她的大脑很活跃，回答问题对她来说没有任何难度。"艾米丽的语速很快，丝毫掩饰不住她的急迫。

"MTX化学分子式。"威尔继续他的操作，然后，默默地看着床上那张苍白高傲的脸。如果就这样昏睡着，她还是夏楠，那个高傲的夏楠。

艾米丽从白大褂右边口袋里掏出一副大黑框眼镜，她要看得更清楚些。她打心眼里嫉妒夏楠的天赋，但她也不介意使用夏楠他们的研究成果。对于一个渴望成功的人来说，凡是能帮助抵达成功的路径，她都可以接受。

显示屏再次开始闪动。漆黑的屏幕上，断断续续地蹦出一个个化学元素。所有人都凝神屏息，只有暴雨敲打在玻璃窗上的噼里啪啦的响声。

一个个化学元素符号杂乱无章地排列着，所有人看着这一堆化学元素符号毫无头绪。

"一组乱码！"在屏幕静止了五分钟后，尤利西斯缓缓地闭上眼睛，深吸了一口气说，"再试一次。"

然而，显示屏上输出的内容跟刚才的一模一样。

艾米丽目不转睛地盯着显示屏，突然，两眼放光地跳了起来，走到显示屏前，食指在屏幕上敲击出响亮的声音。

"这就是！这就是！"她从左边的口袋里掏出一个本子和一支笔，飞快地在上面写着，嘴上还喃喃地念着，"幸好我们都师承罗伯特教授，这是他特有的'化学分子表达方式'。"

在笔记本上重重地划下最后一点后，艾米丽怔怔地看着纸上的化学分子式，猛地抬起头说："但这不合理，不符合化学逻辑！"

"不要怀疑，艾米丽，天才的发明，不能用常理来看待。"尤利西斯拿过艾米丽的笔记本，大步朝外走去，"告诉大家，立刻停下手上所有的工作，达·芬奇密码进入生产阶段。快！快！快——"

房间里只剩下了威尔，屏幕上显示着夏楠凌乱的意识，他拼凑出了一个令他感到极度意外的内容。

第三十七章
意想不到的见面

"陈教授,他们刚才给我做了智商测试,你呢?"安琪拉俯身凑向陈辰,"老莫他们怎么还没回来。"

"一样。"陈辰应了一声。重见光明的他打量着这里的环境,房间大约有十个平方米,除了两张床铺,再没有一件家具,四面墙壁上都涂成了战舰灰,这是他在这里看到的唯一色调,除此之外,就是顶上冷白色的节能灯发出的白光和工作人员身上穿的白大褂。此刻,安琪拉和他相向而坐在两张床的边缘,过道只有一个床头柜的距离。

五个小时前,他、安琪拉、莫思杰、科尔曼分别被带到了不同的房间。他们给了他一套试题并要求在两个小时内完成,之后,又带他做了各种身体检查。

从这几个小时的所见所做来看,这个在卫星导航上都找不到的地方应该就是尤利西斯的秘密实验基地。闯入这个区域的人,自然而然地成了实验的对象。

现在,他们也被当成了实验对象。经过测试,他和安琪拉被分到了一起,莫思杰和科尔曼应该被归到了另一个类别。分组的依据,应该就是智商。

智商,又是智商!安琪拉之前猜测诱发"超级流脑"的元凶是《比埃罗的诅咒》,而是否会发病则取决于个体的智商。

"《比埃罗的诅咒》的音频分析报告出来了吗?"沉默片刻,陈辰突然问道。

"没有。"安琪拉叹了口气,沮丧地说,"皮特失踪了。"

"失踪了?"陈辰皱了皱眉头。

"到旧金山后,我给他打电话,手机已经关机了,我去他的工作室,也是大门紧闭。我总觉得事情没这么简单。"安琪拉露出了痛苦的表情,"他让我想到了卡翠娜,我真害怕他也因为我的请求而遭遇了不测。"

听到这里,陈辰的神色愈加凝重。艾伯特教授、卡翠娜,现在又是皮特,如果说艾伯特教授已经接近"超级流脑"的真相,而卡翠娜、皮特不过是刚刚触碰到边缘,甚至,他们都不知道自己在做的事情和"超级流脑"有关。那么,他、安琪拉,还有老莫他们,能活着离开这儿吗?

陈辰怜惜地看着眼前这个女孩。他有些后悔把安琪拉卷入了这场风暴。既然那些人发现了卡翠娜、皮特,必定也已经知道这些事情跟安琪拉有关。他为安琪拉的安全感到深深的担忧。现在,安琪拉闯入了诺菲制药这个神秘的实验基地,无疑是羊入虎口,而唯一值得庆幸的是,这些下面的研究人员并没有认出他们的身份,只是把他们当成了普通的探险者。

"轰隆隆",又是一声惊雷,安琪拉的身体颤抖了一下。她的神经正处于一种可怜的状态,双手紧紧地攥在一起,透着紧张和不安。

窗外的雨越下越大,远方的天却开始微微透亮。"噼里啪啦",鞭炮般的响声在持续了约莫半分钟后,渐渐小起来了。

"你怕吗? 安琪拉。"陈辰看向安琪拉的眼睛,那双往日里光芒闪耀的宝蓝色眼睛,已经被一层泪水模糊,"你看,雨停了。"

安琪拉抬眼看向窗外,是呀,天亮了,越来越亮,阳光透过窗户照在了他们身上。

"父亲会保佑我们的,我要把妈妈救出去。"安琪拉用手背在眼睛上抹了一把,咧着嘴,用一种尽量轻松的语气说,"天晴了!这荒漠里的天气,可真特别。"

妈妈?陈辰愣了一下,好几秒钟后才反应过来安琪拉说的是夏楠。他伸手拨开垂在安琪拉面前微卷的棕栗色长发,她脸上散发着一种坚毅的神情,像是在说,她一定要救出妈妈。

突然,陈辰又想到另外一件事情。来这里的路上,老莫嘀咕着新闻上说安琪拉和艾伯特教授的基因检测结果是父女的事,老莫觉得特别不可思议,这个检测结果是对他调查的极大否定,老莫非常自信地认为他的调查是不可能出错的。

"你说艾伯特教授在日记里写到你的亲生父亲是Heaven贫民窟的幸存者,可为什么DNA鉴定结果你和他却存在亲子关系,是不是报告出错了?"陈辰问道。

"我跟威廉确认过,他保证,不可能在任何一个环节出现纰漏。"这件事情一直困扰着安琪拉。照理说,DNA鉴定是不可能出错的,但父亲也不会在日记里说谎。

"你拿什么去做鉴定的?"陈辰沉默片刻后,觉得只有一种可能性,拿去做鉴定的样本有问题。

"摆在实验室玻璃柜里的那点儿脑组织。你知道的,父亲总是跟人炫耀他的大脑组织。这是我唯一能找到的带有他DNA的组织了。"安琪拉深吸了一口气,"我真后悔自己去做了那个鉴定。"

陈辰的脸色一暗,急切地问:"你是说实验室里三号柜第二格那个深棕色瓶子里的组织吗?"

"是的。"安琪拉疑惑地看着陈辰,"有什么问题吗?"

"没,没有。我在想……"陈辰若有所思地说道。他没有告诉安琪拉他在想什么，刚开了个头就没再说下去。

就在安琪拉和陈辰低语的时候，门口传来一阵急促又凌乱的脚步声。"嘘——"陈辰做了一个停止的手势，眼睛朝门的方向撇去。

门开了。

目光交汇的一刹那，看到彼此的两个男人瞪大了眼睛，来者显然比陈辰更感到震惊。

是他?! 梅耶尔口中那个智商226的男人原来是他! 威尔上下打量着陈辰。一绺绺贴着脑门的头发，看上去有好几天没洗了，倔强的胡子已经爬满了他的下巴，一件皱皱巴巴的衬衫时不时还散发着一股子怪味，深灰色的裤子从裤腿到膝盖溅满了泥巴，跟在诺菲奖颁奖典礼上的他简直判若两人，难怪梅耶尔都认不出来。

威尔非常好奇陈辰为何会是眼前这般模样，这和他往日略有洁癖的形象实在是大相径庭。但心中更有一丝不安，他们怎么会来到这里? 这可是世界上最隐秘的角落。

空气静止，约莫十秒钟后，安琪拉打破了两个男人之间的沉默。

"威尔!"安琪拉站了起来，朝身穿白大褂的威尔走去，故作惊讶地说道，"你怎么也在这里?"

"这句话应该是我问你们的才对，你——们怎么会来到这里?"威尔故意把"你"拖得很长，眼睛还停留在陈辰身上。

"因为夏楠博士。"安琪拉犹豫了一下，回头看了看陈辰说道。以前那个叫得畅快的称呼"姐"，到了嘴边却再也说不出口来。

威尔摇了摇头，嘴里"啧啧"了几声:"你认为我应该相信吗?"

"夏楠博士身上装了定位器，我们就是跟着定位找到了这里。诺菲医疗中心门口，我在你车上看到过她。"安琪拉不再掩饰，她也没有必要再掩饰，把这件事说得越真实,威尔才越不会怀疑他们来到这里的另一个动机。

她抬起头,生动而美丽的宝蓝色眼睛,因为刚刚哭过,而更显清澈。她直视着威尔,对面也是一双宝蓝色的眼睛,可在这双眼睛里,她看到了愤怒和不安。这到底是为什么?

怎么可能?威尔心想,每一个进入新世界乐园的人都会被仔细检查,夏楠也不例外,前几天他给夏楠做手术的时候,也没在她身上发现什么定位器,他们肯定是查到了什么。他想起在诺菲医疗中心偷安他敏的女孩,还有那个分析《比埃罗的诅咒》的小伙子。

但是转念一想,就算真的让他们发现了"超级流脑"的秘密,那又如何,进了新世界乐园,留给这些人的路只有一条,那就是很快会成为"笛卡尔"。可怜的陈辰,应该做梦也想不到,当年在实验中帮了他一个大忙,结果现在自己却成实验品。

想到这里,威尔突然仰头大笑:"是的,她就在这里,我想她并不想看到你们。"

"是你不敢让我们见她吧!"安琪拉一想到那天在诺菲医疗中心看到昏迷中的夏楠,气就不打一处来,"你到底对她做了什么?"

"我不明白你在说什么,安琪拉。你最好安静一点,这对你有好处。"威尔严厉地说。

房间里一阵静默。

看安琪拉和威尔针锋相对,陈辰内心翻江倒海,内心深处反复思量着刚才和安琪拉的交谈,艾伯特教授的确不是安琪拉的亲生父亲,因为那个玻璃瓶里的脑组织被动过手脚,当年强奸夏楠的人不是艾伯特教授,而是……他竭力遏制自己脱缰的思维,他不愿再想下去,整个身体被愤怒点燃。

陈辰"哼"了一声,猛地起身,走到威尔面前,一米八五的威尔比他高小半个头,但此刻,他威严地抬起头,凛然的神情,在气势上压过了威尔。

"不管她想不想见,也不管你想不想让我们见,我都必须见到她!"声音是发自心底的怒吼,"我今天必须见到她,就现在!"

威尔用难以置信的目光看着陈辰,这是他第一次见到陈辰这个样子,眸子里仿佛燃烧着橙色的火焰,随时都会喷射出来。

"陈辰,你不会也想跟着安琪拉胡闹吧。"威尔挺了挺身子,皱起了眉头,"你应该清楚你们现在的处境。"

"处境?是什么样的处境呢?"陈辰停了一下,自嘲地说道,"我们行驶在一片荒漠中,却被无缘无故地抓到这里,我还以为是遇到了恐怖组织!幸好见到了你,才让我们的处境看起来并没有这么糟糕。"

"陈辰博士也学会开玩笑了,真是难得。"威尔咧嘴一笑,"啧啧"了两下,说道,"他们应该没有认出你就是刚刚问鼎了诺菲奖的传奇科学家,才会动作粗鲁了一些。"

"动作粗鲁了一些?!我想事情没有这么简单吧。"陈辰身体摇晃了一下,死死地盯着威尔,努力压制住心中的火气,让自己平复下来。

"能有多复杂,你们现在不是毫发无损吗?"威尔笑吟吟地扫视眼前的两个人,作为胜利者,他大可以大度一些,陈辰的怒火反而让他品尝到了胜利的滋味,满足了他报复的心理。

陈辰紧握着拳头,手背上青筋迸出,他真想冲上去狠狠地给威尔两拳。他紧紧地咬着牙关,上下牙在"咯咯"打战,控制住心中的那团火冲破最后一道关卡。冷静,再冷静一下,威尔是突破尤利西斯阴谋的关键人物,撇开男女私情,威尔也是受害者。陈辰凝视着威尔,突然想通了,这一点,现在反倒有利于他来突破威尔。

"我要跟你单独谈谈。"陈辰冷静地说。

"我们？我们有什么可谈的呢?"威尔摊开双手,耸了耸肩,"陈辰博士看来真的不太清楚自己的处境,现在还跟我发号施令。有什么话就在这里说吧。"

陈辰凑近威尔的耳朵,轻声说了一个词,然后,退回到半臂距离,故意大声地说:"如果你执意要在这里谈,我倒是不介意。"

那个词,勾起了威尔遥远的记忆,那是藏在他心底最深的秘密。在这个世界上,没有人还可能知道这个秘密,那些知道的人,早已经都离开了这个世界。陈辰怎么会知道?

"跟我来。"威尔转身朝外面走去。

第三十八章

威尔,还是赖恩?

A-15注射室。一个没有窗户的房间。

梅耶尔看到威尔进来,立刻迎了上去:"都准备好了——"话音未落,却发现威尔的后面还跟着一个人,是那个智商226的男人。他赶紧闭上了嘴,没有接着往下说。

看到梅耶尔,威尔一脸惊诧,他朝里面瞥了一眼,床上还躺着一个精瘦的男人,他这才意识到自己应该是听错了,把梅耶尔跟他说的A-15注射室听成了A-5,以为新来的笛卡尔是在A-5等他注射。

A-15是这栋楼里最角落的注射室,平时几乎没有人会去。他本想带陈辰来这里,等陈辰说完那件事,就给他注射"5.0神经尘埃",却没想到自己竟然搞混了,一定是夏楠令他精神恍惚。

"我还有事,一会儿过来。"威尔急忙转头朝外面走去。

紧随在他身后的陈辰却没有跟着离开,像受了什么刺激似的朝着房间里面冲去。他认出了那张脸,是老莫,莫思杰!

老莫安静地躺在一张铺了战舰灰床单的手术床上,他换上了一身战舰灰的衣裳,被剃去了头发,双手双脚分别固定在床上的四个环扣上。在白炽灯下,老莫的脸色愈加苍白。

"莫斯!莫斯!"陈辰俯身看着老莫,嘴里呼唤着他的名字。老莫却没有任何反应,他微睁着眼睛,眼神涣散,直直地看着顶上的天花板,意识有些不清。

"你不可以进来!"梅耶尔奋力地拽住陈辰的手臂,要把他往外拖。一米六八的个子,微胖的身材,令梅耶尔的举动看起来有些滑稽。

陈辰猛地一个用力,把梅耶尔掀倒在了地上,吓得他自己都往后退了一步,不可思议,自己的力气怎么突然变得这么大。

"你们对他做了什么?"陈辰拼命压制着胸口直蹿脑门的怒火,如果现在手里有一把枪,他怀疑自己会二话不说掏出来跟这些人拼命。他费尽了全身的力气才控制住与梅耶尔拼命的冲动。

一个多月来,他和老莫建立起来的情谊,早已超过了他之前三十五年里所结交的任何朋友。他不喜欢跟人交心,也几乎没有朋友,如果一定要算一个,他还是会把威尔放到朋友的位置上,曾经的惺惺相惜是不能被否认的。而老莫,已经是他的生死之交。

梅耶尔有些艰难地从地上爬起来,跟跄着朝门口走去,准备按铃呼叫保安,却被威尔阻止了。陈辰在新世界乐园这件事情,他不想让尤利西斯知道。尤利西斯对陈辰的偏袒也许会破坏他的计划。

"你现在最好跟我出来,这是你唯一的机会。"威尔异常严肃地说道,他相信,陈辰拎得清事情的轻重缓急,对聪明人,话没必要说得太透。

然而,陈辰丝毫没有理会威尔,他不能丢下老莫,让老莫置身于险境。陈辰转向老莫,哆嗦着想要解开老莫手上的环扣。不过是分开了五六个小时,怎么会变成这样。陈辰非常清楚,老莫现在所遭遇的,他们四个人一个都别想逃过,可是他越是急却越是解不开。

突然,陈辰感到背后有人生生地拽住了他的衣领,卡得他喘不过气,也用不上力。就这样,被背后的那股力量拖出了两米多远。后面的手一松,他一个不稳,跌坐在了地上。幸好手掌及时撑住了地,才不至于摔痛。一张愤怒到扭曲的脸正俯视着他。站在一边的梅耶尔看到这一幕,眯缝着眼睛抿嘴偷笑，像是给自己出了口气。

"放开他！你们马上放开他！"陈辰踉跄地站起来，冲着威尔怒吼。此刻，他心里只有一个念头，老莫绝不能出事。老莫常说陈辰是解决"超级流脑"疫情的关键，其实在陈辰心里，老莫才是他们这个小团队的核心，如果没有老莫一直在背后给他支撑和方向，他没有勇气走得这么远。

"赖恩？你是赖恩？"一个声音从床的那边传过来，这个名字令原本扭打在一起的陈辰和威尔都瞬间愣住了。

吵闹的动静，唤醒了莫思杰的意识，镇静剂的效力也正在加剧衰退。他看到陈辰被人从背后拎着走，背后的那张脸，让他有一种特别熟悉的感觉。以前，他在新闻里看到过威尔的报道和照片，总觉得似曾相识，但说不上来是在哪里见到过，现在，他知道了，就是他！老莫的眼睛直直地盯着威尔，那晚的Heaven贫民窟流氓赖恩就是这副样子。

"你先出去！"威尔突然间看向梅耶尔，用命令的口吻说道。还没等梅耶尔反应过来，威尔已经把他推搡到了门外，并从里面上了锁。

此刻，一下子安静下来的房间里，有两双眼睛紧紧地盯着威尔，而威尔故作镇静地说道："陈辰，既然你不想跟我出去，我们就在这里谈。"

"在谈之前，我想先给你做一个脑部扫描。"陈辰沉默了一会儿说道。他很想知道，威尔作为当年大脑意识控制实验唯一的幸存者，那个潜伏在威尔大脑中长达二十一年之久的控制器是否还在运作。

"脑部扫描？"对于陈辰的这个提议，威尔觉得莫名其妙，反问道，"为什么？"

"是的，威尔。"陈辰用一种非常坚定的眼神看着威尔，"应该叫你赖恩，二十一年前，你叫赖恩，事情要从二十一年前讲起。"

"可笑，我不知道你在说什么？我愿意给你一个机会单独谈谈，是还念及我们曾经的同门情谊。"其实,刚才陈辰在他耳边轻轻说出他以前的名字的时候,威尔就受到了巨大震撼,但一直竭尽全力地掩饰着自己不安的情绪,"你说的赖恩是什么人?"

"二十一年前,Heaven贫民窟一百六十二条生命惨死,你绝对不会忘记。那里面应该也有你的亲人,而你,是唯一的幸存者,你难道不想知道当年到底发生了什么吗?"老莫半仰着上半身,用尽全力地讲述那天发生的事情,"那天,你穿着一件蓝色的背心,抄着一根刻着字母'L'的木棍,冲进吉米的帐篷,我们打了一架。"

老莫的话,让威尔感到一阵眩晕,两腿发软,他伸手扶住墙壁,大口地喘着粗气。只要一想到那天的情景,他的大脑、身体便会不由自主地震颤,冒冷汗。这么多年来,他拼了命地想要忘记,甚至还给自己改了名字。但是,他忘不掉,忘不掉他的母亲和妹妹被人活活砍死的情景,忘不掉他的伙伴们像疯了一样地自相残杀,包括他自己……只有他活了下来。

老莫看着威尔神色大变,没有接话,又接着往下说:"事情发生后的第二天,有一个女孩路过附近的一个巷子,被唯一幸存下来的赖恩强奸了……"

"不要再说了!"威尔还没等老莫说完,就大声地喝止他。他飞快地朝老莫走过去,抓起老莫的衣领,问道:"你到底是谁?"

"威尔,放开他。"陈辰一个箭步冲上来,出手制止威尔,"他是我的朋友,这二十一年来,他一直在追查Heaven贫民窟事件的真相。你知道艾伯特教授为什么要竭力制止你做意识控制的实验吗? 就是因为那起事件! 当年,艾伯特教授、尤利西斯和——"

说到父亲的时候,陈辰停顿了一下,他说不出口,打心底里,他无法接受父亲会做出这样的事情。他干咳了一声,继续往下说:

"他们斯坦福脑神经科学三剑客发明了一个意识控制器,为了测试这个仪器,他们借助接种鼠疫疫苗的幌子,通过注射,把控制器植入了Heaven贫民窟居民的大脑里。但是,意外发生了,控制器令这些人性情大变,一切都失控了。"

威尔再一次愣住了,一时间,他所接收到的信息量,令他的大脑处于一种高速运转却又极度混乱的状态。威尔觉得自己喘不过气来,不知不觉间,他已经松开了抓着莫思杰衣领的手。

"你为什么要跟我说这些?"威尔喃喃地问道,他的眼睛眯成了一条缝,脸色阴沉。

"因为你是我的朋友,你有权利知道真相。威尔,请你相信我,当年真的不是我向艾伯特教授告的密,如果让我重新选择,我会去揭发你,但一定会求教授留下你。艾伯特教授也是,他在临死前的日记本里写道,他很后悔开除了你。对不起,威尔。"

陈辰微微有些哽咽,他彻底平静下来,他猛然间意识到,是自己的父亲伤害了威尔。当年威尔对夏楠犯下的错事,很有可能是因为那个在威尔大脑中的控制器对他的意识造成了破坏。一种同情的情绪从陈辰的心底滋生出来,他突然觉得,他要替父亲向威尔道歉。

"真是难得,高高在上的陈辰博士也会跟人道歉了。"威尔强撑起脸上的高傲,做出得意的表情,但扭曲而颤抖的脸部肌肉令他看上去很是痛苦,"我凭什么要相信你们?"

"装在你大脑里的控制器会是最好的证明。带我去脑扫描室,我可以为你做一次检查。相信我,我是最合适的人选。"陈辰竭力想要向威尔证明自己所言非虚,虽然,这对威尔来说是非常残忍的。艾伯特教授的大脑被藏在哪里,还毫无头绪,对陈辰来说,现在,唯一能够攻破尤利西斯秘密的,就只剩下威尔了。

他讲完之后，是一阵沉默。屋子里的三个男人都没有说话，每个人的大脑中都有各自不同的声音。老莫给了陈辰一个肯定的眼神，他知道，陈辰在争取威尔。而此刻的威尔，那些支撑着他的信念，像气泡一样在他的体内破碎瓦解，一次次的爆炸产生的痛苦，仿佛要震碎他的五脏六腑。

二十一年前的惨案、控制器、意识控制……尤利西斯看到那个从夏楠大脑里取出来的控制器时的大惊失色，令他相信陈辰说的这一切也许就是当年Heaven贫民窟事件的真相。但是，他不可以承认这一切。不可以！这是多么的荒唐，他一手打造了新世界乐园，结果，自己在二十一年前已经是一个被脑控的人，那么他和这里穿着新世界乐园制服的笛卡尔有什么区别？

他陷入了绝境，头痛欲裂。

"啊！"突然，威尔歇斯底里地叫了一声，大喊道，"我是不会相信你们的！"他疯了一般地抄起放在床头托盘上的注射器，朝着陈辰扎去。

第三十九章
母子重逢

"砰!"

一声枪响。子弹不偏不倚地打中了威尔的右肩,强大的冲击力,令威尔瞬间松开了握在手里的针管。

"当!"一阵清脆的声音,针管掉在了地上。

陈辰条件反射似的朝后退了两步,背身撞到了床沿,一屁股坐了下去,刚才一番争斗,他已经筋疲力尽,额头沁出了细密的汗珠。幸好只是针尖微微插进了肌肉。惊魂未定的他,低头喘着粗气。

血渗透了威尔的白大褂,钻心地疼,他紧紧地捂住右肩,转过身来,朝门的方向看去。是谁这么大的胆子,敢在这里开枪!

却见,尤利西斯站在门口,右手握着一把左轮手枪,枪口还冒着一缕白烟。他的后面站着刚才被他赶出去的梅耶尔,捂着耳朵勾着脖子缩在一边。

这时候,一个看上去四五十岁的女人拨开堵在门口的尤利西斯,疾步朝他这边走来。她气质出众,即便是一脸的焦急,动作却依旧优雅。她俯身捡起掉在地上的针管,举到与眼睛齐平,查看里面的试剂。

这个女人非常面生——威尔从来都没有在新世界乐园看到过她。她是谁?竟然可以在尤利西斯面前随意行动。

"给我出去!"尤利西斯的声音在门口响起,非常愤怒,他冲着威尔吼道,"滚回你的办公室,直到我允许你出来。"

尤利西斯的怒吼,让陈辰回过神来,他抬起头正欲循声看去,却撞上了一双噙着泪水的眼睛,那双乌黑发亮的眼睛正望着他。

只是那么一刹那,陈辰的心脏猛地颤了一下,全身的血液仿佛在瞬间凝固。这双眼睛带给他的震撼,跟刚才那一声枪响比起来,就像是一颗核弹在他的大脑中爆炸。巨大的"嗡嗡"声在他的脑子里冲撞。

陈辰两眼发直地看着女人,连威尔离开都没有察觉到。女人也目不转睛地看着他,她的嘴唇在微微地颤抖。他对别人情绪的感知能力比较低,但此刻陈辰很想知道,眼前的这个女人是带着一种什么样的情感出现在自己面前。

"梅耶尔,带他去洗个澡,换身衣服,然后,把他带到我的办公室。"尤利西斯说完转身就走,女人迟疑了一下也跟着出去,临到门口,回头望了一眼,黑色眼眸上依旧蒙着一层泪水,眼角有了泪痕。她又折回朝着陈辰走去,扶起跌坐在床边的陈辰,却依旧一语不发,然后才走出门去。

陈辰整个人跟丢了魂似的。虽然,父亲已经告诉过他母亲还活着,跟尤利西斯在一起,但是在这里看到她,比"母亲还活着"这个消息,更让他无法接受,难道母亲也参与了尤利西斯的秘密研究?

莫思杰察觉到了陈辰的异样,直觉告诉他,是因为刚才那个女人,这是莫思杰特有的洞察力,他非常相信自己的这个能力,按照以往的经验,他直觉的准确度在百分之九十以上。

那个矮个子男人现在倒是毕恭毕敬,在边上小声地呼唤"陈教授、陈教授",但任凭他怎么提高声量,陈辰没有一点反应。

过了好一会儿,陈辰突然抬起头,看向梅耶尔,问道:"刚才那个女人也是你们这里的研究员吗?"

"我,我不认识,我也是第一次见到她。"梅耶尔脸上堆满了笑容,非常后悔自己竟然没有第一时间认出陈辰。还是在他跑去向尤利西斯汇报这儿发生的情况,刚一形容与威尔在一起的那个人的长相,没想到老板身边的这个女人就变得异常焦虑,于是他们三个就赶了过来。令他更为意外的是,尤利西斯居然为了陈辰开枪打伤威尔,这让他现在还背脊发凉,看来这个陈辰对尤利西斯来说,比威尔还重要。

"在我回来之前,谁都不许动他。"陈辰说道。

梅耶尔不敢忤逆了陈辰的意思,满口答应:"请陈教授放心,我们刚才也就是给他做了个全身检查,一会儿我叫人把他送回房间。"

尤利西斯的办公室。

新世界乐园中,最大的一个房间,落日的余晖透过东南西三面巨大的落地玻璃窗,把战舰灰的房间照得通红,也映红了坐在东面三人沙发上的两个人,尤利西斯和那个女人。

尤利西斯见到陈辰进来,立刻大笑起来,态度明显变得热烈:"陈辰,快,快过来坐,洗个澡换身衣服,果然精神了。"

陈辰木讷地在一边的单人沙发上落座,女人一言不发地把一杯红酒推到陈辰的面前,然后便把视线转向了窗外,似乎连正眼都没看陈辰一下。

尴尬在尤利西斯的办公室里如涟漪般荡漾开来。空气里弥漫着陌生的感觉。尤利西斯帮着在一旁搭腔:"陈辰,赶紧品尝品尝我的珍藏,庆祝你们母子团聚。"

"我从不喝酒,您知道的,酒精会损伤神经元。"陈辰不识趣地摇了摇头,他转头看向女人。在夕阳的映照下,她的气色很好,岁月在她脸上几乎没有留下什么痕迹,看来这些年她过得不错。

眼睛逐渐失去焦距,零碎的画面开始浮现在陈辰的脑海中。夕阳下,母亲在草地上教他弹琴,满脸比太阳还要灿烂的笑容,偶尔用一种极其温柔的语调说:"小辰,这个音符弹错了。"那些个场景,在他的大脑里重演了很多次,然而现在,颜色、感觉都已经模糊,唯有钢琴弹奏出来的乐曲还算清晰。那时候,母亲的怀抱是他心中最安全的地方。

"你瞧瞧,我这都高兴过头了,竟然把这事忘了。"尤利西斯猛地拍了一下大腿,"陈辰,你怎么会来到这里?"

"因为夏楠。"尤利西斯亢奋的声音,把陈辰的注意力拉了回来,脱口而出已经有了准备的答案,"她的定位显示她在这里,这个位置很异常,我以为她出了意外,于是就赶到了这里。"

"哈哈哈哈,"尤利西斯大笑起来,他眯着眼睛得意地说道,"陈辰,你大可放心。威尔在诺菲医疗中心发现了夏楠,她脑部长了个肿瘤,我已经安排最好的医生帮她做了手术,正在恢复当中。你也知道,她现在身份特殊,我就把她带到了这里,这里相当安全。"

他在说谎!夏楠的身体状况他非常清楚,四月份刚刚体检过,怎么可能会突然冒出个肿瘤。面对尤利西斯的谎言,陈辰觉得非常尴尬,他不知道该如何应对,硬是逼着自己挤出一点微笑,硬邦邦地说:"原来是个误会。"

"应该感谢误会,让我们又多了一次见面的机会,现在你可是大忙人呢。"尤利西斯眯着眼睛,喝了几口红酒,话锋一转,"你的父亲最近好吗?"

"父亲他……还行……"陈辰有些语焉不详地敷衍尤利西斯,他的视线在尤利西斯和女人之间移动。

女人一直一言不发,她的脸朝向正对面的落地玻璃窗,房间里正在发生的事情似乎与她无关,直到尤利西斯问到父亲的情况,陈辰察觉到她的脸色突然沉了一下,眼神却依旧看着窗外。

"听说他失踪了。"尤利西斯以疑惑的眼神注视陈辰,脖子一仰,喝完了手中那杯红酒,深深地吸了口气,"陈辰,你应该诚实地告诉我,天白他到底在哪里,我才可以帮你。"

父亲失踪的事情,他怎么会知道?陈辰愈加有些坐立不安,也越来越感到尴尬,刚才那句"你的父亲最近好吗"原来是在试探自己。这些天获得的信息,令他无法再信任尤利西斯。自然也就不能把父亲被恐怖分子绑架的事告诉尤利西斯。不对,卡特族极有可能和尤利西斯有关系,这是他之前的猜测,但现在尤利西斯打听父亲的下落,很明显,他并不清楚父亲被卡特族绑架了。那卡特族的背后又是什么人呢?陈辰明显察觉到尤利西斯非常关心父亲的下落,难道是因为母亲在这里?他琢磨不透尤利西斯到底用意何在。在城府这点上,他远不是尤利西斯的对手。

"可是……可是我也找不到他。他最近很容易走丢。这已经是他近段时间来第二次走丢了。"陈辰硬逼着自己挤出几个字交差,"我委托了疗养院的护工,他们正在帮忙寻找。"

"如果有需要,我也可以安排人手帮你。"说完,尤利西斯突然起身,"我还有点事情,先不打扰你们母子团聚了。"

尤利西斯离开后,房间里安静得可怕。女人依旧看着窗外,她像是在等待什么。二十年不曾见面,陈辰已然猜不透女人究竟是在等待什么。

陈辰也没有开口说话,同样看向落地窗外,霞光绯红,是他喜欢的夕阳。和日出比起来,他更喜欢日落。日落比日出惬意。日出意味着一天忙碌的开始,而日落之后,才有闲暇的时光。

直到夕照从绯红渐渐过渡到了深灰,女人这才把眼神收了回来,端起茶几上的酒杯,一饮而尽。

"小时候,你喜欢在夕阳下弹琴。二十年了,没有听你弹过琴,也没有跟你一起看过夕阳。"女人的眼神流露出温柔的神色,转头看向陈辰。

原来,刚才她一直在看夕阳,试图以此来平复自己翻江倒海的心情。如果不是在与尤利西斯通视频时,恰好看到陈辰的身影出现在新世界乐园,他们这辈子都不应该再见面的。但她非常清楚,闯入新世界乐园的人,没有一个能逃脱那个命运。所以,她必须亲自来把陈辰带走,任何人她都不相信,包括满口答应她的尤利西斯。

"我不喜欢回忆过去。"陈辰表现得很是冷淡。他无法理解这个从他生命中已经消失了二十年的人,他想不出任何理由来解释当年她为何可以狠心地丢下才十五岁的儿子。

"那我们就说现在,小辰,明天早上,你跟我离开这里。"女人用一种异常坚定、不容反驳的语气说道。

"为什么?"陈辰吃了一惊,全身立刻进入了警戒状态。

"你最好什么都不要知道,明天立刻离开这里,我已经安排好了私人飞机。相信我,我是你的母亲。"女人把声音压得很低。

"二十年前,你也是以母亲的身份离开我的。"陈辰面无表情地说道,"除非你可以告诉我原因,或许,我可以考虑。"

"小辰,你不为自己考虑,也该为夏楠考虑,我向你保证,我可以带着她一起走。"女人环顾四周,迟疑了片刻说,"原因我以后会告诉你。"

"所以你知道尤利西斯在做什么?"陈辰的双手在脸上来回揉搓,露出一副痛苦的表情,"你太让我失望了,我绝对不能够原谅你做出伤害人类的事情!"

"小辰,小辰,不是这样的,我是有苦衷的。我从来不想伤害任何一个人,是天白他……他……"女人不知所措,合起双手,带着哭腔说,说到陈天白的时候,她的胸腔起伏剧烈,情绪几近失控,她把脸埋在纤细的双手中,开始抽泣。

"跟爸爸有什么关系?"陈辰急切地问道,他不明白为何女人会突然提到父亲。

"小辰,为了你的安全,我不会告诉你的,所以,你也不要再问我。我知道你在追查'超级流脑',这件事情你可以放下了,'超级流脑'患者在服用安他敏后,正在逐步康复,一切都在好转,不信你明天跟我回美国去看看。"女人的情绪一度失控,很快又恢复平静,从包里掏出手机,打开新闻递给陈辰,"三天后,美国总统就要为尤利西斯颁发勋章,表彰诺菲制药在这次'超级流脑'疫情中做出的突出贡献。"

陈辰接过手机,难以置信地看着各种"超级流脑"疫情得到有效控制,患者康复出院的新闻,诺菲制药被捧上了一个新的高度。

"对不起,我不会跟你走。"陈辰起身离开了房间。房间里的一切,令他窒息。她,还是曾经那个善良的母亲吗?

他冲到楼下,黑暗的天空中散落着一些暗淡的星星,陈辰记得,那天也是在这样的天空下,父亲跟他说了母亲还活着的事。他觉得,不论是父亲还是母亲,他们都还有事瞒着自己。

第四十章
疯狂计划

威尔坐在房间的沙发上，左手拿着一瓶威士忌。

刚开的这瓶威士忌，他喝了小半，跟以往比起来不算多，今天却有些头晕了，也许是刚刚受了枪伤的缘故。

威尔觉得自己仿佛坐在一艘橡皮船上漂流，摇摇晃晃，随波逐流，时不时地碰上溪流两侧的岩石，然后猛一个回弹，激起的浪花将他淋得湿透，一个巨大的落差，他被卷进了瀑布般的水流里，水很凉，深不见底的瀑布，橡皮船已经被水流打飞了，他的头朝下，整个世界在他眼中颠倒。

半梦半醒，混乱的思绪，他的身体震颤了一下，把他从刚要入睡的迷乱中惊醒。右肩的伤口袭来一阵疼痛，麻药终于过去了。幸好是个贯穿伤，子弹没留在里面，也没打中重要位置。对于身体健壮的他来说，这不过是个小伤。但是，这一枪，在他的心里，却炸出了一朵蘑菇云。

只要一闭上眼睛，尤利西斯拿着枪站在门口，枪口还冒着烟的画面，就在他的脑海中反复出现。这是尤利西斯第二次想要杀了他吧，在二十一年前，如果不是自己侥幸，他应该和母亲、妹妹一起葬身在那一场自相残杀当中……

愤怒在他的身体里燃烧，却无处发泄，所有的理智正在被愤怒吞噬。突然，他猛地起身，冲出了房间。他要去求证一件事情，虽然，现在还没想到可以找谁帮忙。

他飞快地跑下楼去，正欲穿过空地前往对面的实验大楼，却见空地正中站着一个中等身材的男人，男人背对着他，一动不动地仰头看着天空。

夜晚的新世界乐园，被装在四周围墙边大功率的路灯照得通亮。威尔一眼便认出了眼前的这个背影是陈辰。或许，他的确是最适合的人选，威尔心中想到，但有了下午发生的事情，他还会愿意帮自己吗？

威尔犹疑地停下了脚步，跟着朝上看去，天上是一弯新月。陈辰在这里赏月？他不禁感到诧异。

"陈辰。"威尔轻声叫道。

陈辰没有应声也没有回头，却抬手在脸上擦着什么。许久，才转过身来，问道："你说，这月光真的会惩罚人类吗？"

"什么意思？"威尔被陈辰这一问，弄得莫名其妙，不知该如何回答。

"《比埃罗的诅咒》。"陈辰说道。

"那不过是一个传说。"威尔心里一惊，摇摇头说。

"但有人把这个传说变成了现实。"陈辰的声音拔高了一度。

威尔似乎仔细地思索了这句话，脸上却并未显示任何情绪。他不明白陈辰突然这么讲，到底有什么目的。难道陈辰已经找到《比埃罗的诅咒》就是引发"超级流脑"疫情的证据？这不可能，那个帮安琪拉分析音频的工作室已经被尤利西斯给处理了。不过，这些事情，对他来说都不重要了。

两人直视彼此，隔着一个手臂的距离。威尔发现陈辰的眼眶有些泛红，他刚才难道是在哭？当他从夏楠口中得知当年向艾伯特教授告密的不是陈辰后，他已经放下了对陈辰的大部分敌视，还有小部分是因为夏楠。可现在，连夏楠都被变成了笛卡尔。而自己……

"伤口怎么样了？"陈辰看到威尔右肩衬衫凸起了一块，知道那是包扎枪伤的绷带，声音变得柔和了些。

"没什么大碍！"威尔扁了扁嘴，略有停顿后，问道，"你不恨我吗？"

"我还没有弄明白你为什么要那样做,用什么理由恨你。"陈辰淡淡地说道,"你恨了我这么多年,可你真的弄清楚谁是那个告密人了吗?"

"是夏楠,夏楠告的密,她亲口告诉我的。"威尔喃喃道。

"为什么?"陈辰瞪大了眼睛,有关夏楠告密的猜测曾在他的大脑中闪现过,但当猜测变成了现实后还是令他大吃一惊。可是,陈辰找不出夏楠告密的理由,因为他也参与了,难道夏楠不怕威尔供出他吗?

"她没说,这些都不重要了。"威尔的语气开始缓和,"你现在可以帮我一个忙吗?"

"脑扫描?"

"是的。"

进屋后,陈辰听到身后的大门发出沉重的"砰"的一声。他快速扫视了一圈这间脑扫描室,摆在靠里边的一台仪器立刻吸引了他的注意。这跟他以往见过的脑扫描仪都不一样。

"这不是MRA?"陈辰问道。

"这是MRA-Neuron。诺菲制药自主研发的,全球只有两台。一会儿你就知道它的不同之处了。"威尔冷笑了一声,丝毫不掩饰自己话中带有的讽刺意味。

威尔简单地教了陈辰几个操作键,这对陈辰来说没有任何难度,几句话就领悟了这台诺菲制药独创仪器的操作方法。

"特别关注海马区和杏仁核。"威尔叮嘱了一句就朝仪器走过去,躺了上去。

现在,在屏幕上显现的是威尔的海马区。MRA-Neuron的确厉害,不仅可以把每一根神经线扫描得一清二楚,还能透视到里面的区域,快速甄别病

273

变的区域。

"威尔，我现在看到了一幅非常优美的图画，你的大脑可真漂亮，它应该是你全身上下最美的东西了。"一投入工作，陈辰迅速进入了另一种状态，刚才的乌云密布暂且抛开，"你的海马区特别发达，现在让我来看看杏仁核。"

陈辰一边操作着仪器，一边和威尔聊天。聊天有助于查看威尔大脑的变化，加快找到控制器，只不过威尔现在不能说话，也就变成了陈辰的自言自语，却可以通过观察威尔大脑中的变化来判断威尔的心情和反应。

以他现在查看到的这些区域，他找不到控制器。陈辰点击了一下视频录制功能，先把脑区画面录制下来，一会儿再细细查看，威尔在仪器里待的时间不能太长。

"杀死艾伯特教授的人是不是——你？"陈辰趁着可以看到威尔大脑全景的时候，出其不意地问出了这个问题。他故意把"是"拖得很长，更显得"你"的出其不意。不过，威尔的大脑显示非常平静，没有任何特别的变化。

就在这个时候，陈辰在威尔的海马区和杏仁核之间的交界处，发现了一点异常，这不是一根神经线，而是人造的类神经线，它很短，但比神经线要粗一些，单独置放在神经线之间。陈辰全神贯注地观察着它，两颗眼珠子都被瞪得快要弹出去了。

"找到了！应该就是它！"陈辰立刻关掉扫描程序，让威尔出来。

最后残存的一点微薄的希望，被陈辰这句"找到了"彻底击碎。从仪器到操控台不到十米的距离，威尔像是走了一个世纪，一直以来，他以为自己是在做掌控人类的伟大事业，却没想到自己不过是一个脑部被别人控制的可怜虫，他无法接受！显示屏上那根类神经线控制器，被陈辰放大到占据了整个屏幕。

陈辰深深地吸了口气："我猜当时应该是位置出了问题，进入你大脑的这个控制器，没能准确地到达它应该去的地方，所以，你幸存了下来。"

"你觉得它还在运作吗？"威尔问出了内心最恐惧的问题。

"我没有头绪，以现在的情况看，它很安静，对周围的神经元没有任何干扰。"陈辰摇摇头，反问道，"你应该比我清楚，不是吗？"

威尔以苦笑作为回应。这一点，他当然清楚。控制器并非每时每刻都会处于工作状态，只有当控制器的后台开启并向控制器传输信息的时候，这个类神经元才能被监测到波频。所以，被脑控的人，只要后台不向他们植入意识，和正常的时候无异，即使植入意识，旁人也几乎观察不出。因为，人，都有反常的时候。

见威尔没有说话，陈辰又问道："你的研究做得怎么样了？你是把控制器置入了海马区还是杏仁核？"

"前额皮层。"威尔喃喃道，像是在思考什么。

"可是，为什么你让我查看那两个地方？"陈辰很是不解。

"我现在不想解释。"威尔的心太乱了。

"威尔，你知不知道，这个世界上最不应该做大脑控制实验的，就是你！因为你就是受害者。"陈辰以锐利的眼神看着威尔，他真希望自己有那个控制器的操控权，可以修改威尔的意识。

"我停不下来了。"威尔关掉了显示屏，那根占满了整个屏幕的类神经线控制器令他喘不过气来。

"你可以的，只要你立刻停止研究。"陈辰说道。

"研究已经完成了，'5.0神经尘埃'已经完美地问世了。"这曾是威尔的骄傲，但此刻他在说到"神经尘埃"的时候，却是一脸痛苦。

"你们准备用它来做什么？"陈辰追问道。

"我不能告诉你，不，准确地说，我不是不愿意告诉你，只是还没有到时间,现在还必须等一等。"

"你还要等什么？等到你的女儿出事吗？"

"女儿?"

"是的,安琪拉。"

"这个时候别跟我开玩笑了,关于安琪拉跟艾伯特教授亲子鉴定的事情前几天才闹得人尽皆知。"

"但安琪拉不知道,她其实是拿了你的阑尾组织去做的亲子鉴定。"

"我可没给过他。"

"她拿了艾伯特教授实验室里三号柜第二格那个深棕色瓶子里的东西！当年你的恶作剧,用自己手术切下的一小段阑尾,悄悄替换了艾伯特教授放在里面的他的脑组织。隔着深色的玻璃,连知道恶作剧的我,都很难分辨出教授的脑组织已被调包。"

威尔瞪大了眼睛看着陈辰。这件事情他记得,而且只有他和陈辰两个人知道。

"你仔细听好了,威尔。二十一年前,你在贫民窟附近强奸了一个女孩,那个女孩就是夏楠,十个月后,夏楠生下了一个女婴,也就是现在的安琪拉,而安琪拉被人送到了艾伯特教授那里。"陈辰用极其简短的语言做了解释。

威尔的脑袋一片嗡嗡,他觉得句子中词语的距离拉得越来越开,他感觉自己只听到了一个又一个单词,但理解不了对方究竟在说些什么。他瘫坐在椅子上,定了定神。

难怪……难怪当他看到夏楠的时候会有那种冲动,原来夏楠就是自己当年一时失控强奸的女孩。他们还有了女儿安琪拉。不行,他绝不能让安琪拉也变成笛卡尔,夏楠已经成了笛卡尔,安琪拉绝对不可以。不……不仅仅是安琪拉……

陈辰的一番话,使得一度丧失人生希望和奋斗目标的威尔找到了新的意义,威尔终于冷静了下来,他想好接下来的路该怎么走了。

"陈辰,你也仔细听好了。控制器'神经尘埃'已经通过安他敏植入到那些智商低于100的人类,一旦启动,这些人就会在一个月内陆续自杀。之后,诺菲制药会推出'超级流脑'的疫苗,疫苗里面不仅有'神经尘埃',还有你的MTX。这就是尤利西斯的人类人口控制——智商跃进计划。"

"你是说……这太疯狂了。"陈辰听了似乎有些难以消化,他有一堆的问题要问,但最终只问了一个最迫在眉睫的问题,"'神经尘埃'已经启动了吗?"

"两天后,等尤利西斯接受了勋章,立刻启动。"

第四十一章
温暖的记忆

早上七点,陈辰被尤利西斯和女人一起带上了飞机。威尔、艾米丽送他们到停机坪。临走之前,尤利西斯特别关心了一下威尔的伤口,眯着眼对威尔说了几句客套话,看到威尔并没有因为枪伤的事情面露不快,便转身登上飞机的舷梯。

陈辰意味深长地看了一眼威尔。多年的恩怨在一个晚上释然,威尔真的值得信任吗?

值得!陈辰给了自己一个肯定的回答。如果科学需要直觉,这个时候他也应该相信自己的直觉。

"人最强大的武器,是习惯和信赖。"这是他非常喜欢的一句话。相信威尔,相信老莫这些伙伴,就是他最后的武器了。

威尔微翘了一下嘴角,这是他读博期间的一个习惯性动作,但离开斯坦福后,这个动作也从他的脸上消失了。

"你要和老板一起出席授勋仪式,怎么不一同飞回去?"艾米丽坐在副驾驶座,一只手摆弄着她今天刚换上的新高跟鞋。

"还有点事情没办好,处理完就飞回去。"威尔冷冷地应了一声,他必须留下来布置任务,这个行动必须有一个完美的配合。停机坪距离新世界乐园大约二十分钟的车程,越野车在荒漠公路上发出低沉的轰鸣声。

"老板真是没看错你,挨了一枪还这么敬业尽责。"艾米丽发出咯咯的笑声,"听说昨天你们在 A-15 注射室吵得很凶,不过今天看起来,你们像是和好了,你冲他笑了,真是难得。"

"有吗? 你应该是看错了。"威尔心里一虚,语气上却十分强硬,没想到艾米丽居然一直盯着他看,连这样一个细微的表情都察觉到了。

"明天'闪电计划'正式启动,威尔博士看起来怎么一点都不兴奋?"对于威尔的冷淡态度,艾米丽似乎有一种与生俱来的视而不见的能力。

"我不习惯把心情写在脸上。"威尔一如既往地冷淡。

"你知道那个女人是谁吗? 老板看起来对她很不一样,听梅耶尔说她昨天就是坐老板的私人飞机来的。"艾米丽继续拨弄着她的高跟鞋,这双高跟鞋今天穿起来特别磨脚。

威尔目视前方,路上扬起的沙尘打得挡风玻璃噼里啪啦作响。那个女人他也很好奇,昨天深夜和陈辰促膝长谈的时候,他才得知那个女人原来是陈辰的母亲。威尔调整了一下思绪,回答道:"你更应该关心达·芬奇密码计划,MTX怎么样了?"

"合成难度很大。但老板很急,一会儿回去我得再去问一次夏楠,看看化学分子式到底有没有问题。我总觉得里面少了点东西。"艾米丽索性脱掉了鞋子,让自己的脚更舒服一些。

关于MTX,昨天深夜威尔和陈辰研究过,尤利西斯他们即使从夏楠那儿得到了化学分子式,也无法合成出MTX。因为,有一样催化剂陈辰和夏楠在书写的时候,故意用了一个^{13}C作为指代,以防止有人盗窃,但实际上,这是一个非常复杂的催化剂。幸好那天没有细问化学分子式里的每一个元素。所以,对于尤利西斯从夏楠口中拿到的那个方程式,陈辰并不担心。

"没必要这么去担心了吧。在'5.0神经尘埃'作用下得到的东西,你应该百分百相信,我想应该只是需要时间。"威尔黑着脸,深踩了一脚油门。

"有点道理,毕竟从昨天下午拿到化学分子式到现在,才过去十六个小时。"艾米丽若有所思地点点头，她斜眼看着威尔，有一种奇怪的感觉，好像他变了一个人似的。

回到新世界乐园后，威尔先去看了夏楠，夏楠还在昏迷中，为了防止艾米丽独自来问夏楠关于MTX的事情，威尔向夏楠的大脑植入了一个意识：不要向任何人说出^{13}C的真实含义。"5.0神经尘埃"的启动关闭装置,在尤利西斯随身携带的手提箱里。威尔只能通过提前干预，来防止夏楠在艾米丽的追问下说出^{13}C的真正内容。同时，他已经让梅耶尔把莫思杰和安琪拉带到了他的办公室。陈辰告诉威尔，他把莫思杰、安琪拉、科尔曼留给威尔，配合行动。

莫思杰经历了昨天的惊险一刻，对威尔有了极高的警觉，看到他从外面进来，身体立刻拉响了警报，原本坐在沙发上的他，猛地起身挡在了安琪拉的前面。

"没事，老莫，从现在开始威尔会跟我们合作。"安琪拉扯了扯莫思杰的衣角。陈辰昨晚回去后，向安琪拉悄悄透露了一些行动计划，当安琪拉再次看到威尔的时候，已经没有了昨天的敌意。

"FBI前探员，莫斯。你好！"威尔示意他坐下，转身从酒柜里拿出一瓶威士忌和两个杯子,"喝一点？"

"陈教授呢？"威尔要在这么短的时间里查出他的真实身份，是绝对不可能的，除非是陈辰告诉威尔。

"他被尤利西斯带走了。"安琪拉压低了声音,"老莫，陈教授有一个计划，我们听威尔讲。"

威尔一边倒酒，一边看着安琪拉，觉得安琪拉还是更像自己一些。难怪以前看到安琪拉总是有一种熟悉的感觉，原来是像自己。杯中的酒不知不觉间越倒越满。

"满了满了。"莫思杰抬起威尔正在倒酒的左手，说道,"这杯我喝，你昨天受了枪伤,少喝点。"

"莫斯,陈辰这样的人是怎么交到你这样的朋友的?"威尔顿了一秒,回过神来,笑道。他喜欢莫思杰的这股豪爽劲,在这样的环境中,还能表现得如此自在。

莫思杰喝了一口,长长地"哈"出一口气,说道:"是我死乞白赖找的他。说吧,陈教授有什么计划?"他稍稍停顿了一下,又补充道:"陈教授安全吗?"

"他很安全。你们不能在这里待太久,会引起别人的注意。有些事情我没办法跟你们解释得太清楚,你们仔细听好了。"紧接着,威尔把每一个人的任务讲了一遍。然后,看向莫思杰说:"我一会儿就出发去和陈辰汇合,这是我办公室的门卡和你房间的门卡,藏好了,明天晚上八点之后你们行动。"

"我先给安德烈亚打个电话,把手机借我一下。"安琪拉接过威尔的手机后,便躲到一旁打电话去了。

"保证完成任务,科尔曼最擅长这个了。"莫思杰的眼睛泛着光,看上去有些亢奋,"你小子的变化也太大了,陈辰这个榆木脑袋什么时候这么会改造人了。"

"哈哈哈,他还真是,应该是你的功劳。"威尔大笑,举杯示意莫思杰干一个,他好像很久都没有如此开心和轻松过了。

安琪拉很快回来了,以她和安德烈亚的交情,这的确不需要花太多的时间。她的眼神有些忧郁:"希望不会有太多人受伤。"

"我们别无选择,安琪拉,这里交给你们了。"威尔不自觉地伸出手拨开安琪拉垂落在额前的头发,轻抚了她的脸颊,"注意安全,中国见!"

飞机在旧金山降落。随着"超级流脑"疫情被控制,机场已经恢复了往日的繁忙。

陈辰想要去住酒店,遭到了尤利西斯的反对,他以母子重逢为理由热情地邀请陈辰去他的别墅,共叙天伦。陈辰知道,尤利西斯这是打算要软禁他。他低头看了一眼尤利西斯手中拿着的皮箱,心想这应该就是那天晚上商量行动计划时,威尔特别强调的那个装着新世界计划终极控制器的手提箱,如果在今晚有机会拿到,那将再完美不过了,便应声同意了。

车子在机场外等候,把陈辰和女人送回别墅后,尤利西斯又立刻前往诺菲大厦,去视察明天马歇尔总统授勋的会场。据说,这是总统自己提出来的,要在安他敏诞生的地方,表彰诺菲制药对全人类做出的贡献。

二十二个小时的飞行,已经令陈辰和女人露出倦容,回到别墅后,女人让陈辰在客厅休息会儿,就转身离开了。

松软的沙发,令疲惫到极点的陈辰瞬间入睡。不知道过了多久,一阵菜香把他从梦中唤醒——是糖醋排骨!这个味道他太熟悉了,但这个味道他已经有二十年没有闻到过了。糖醋排骨是他小时候最爱吃的一道菜。但自从母亲走后,即便是最高级的酒店做出来的糖排,都对不上他的胃口。

"小辰,过来吃饭吧。"女人温柔的声音从不远处的餐厅传来。

餐桌上摆着三个菜,糖醋排骨、蟹粉豆腐和油爆虾,都是他小时候喜欢吃的。最近这一周,他吃的那些东西,说白了跟吞电池充电没什么两样。有力气活下去才有希望。而此刻,他食指大动,充满了品尝的欲望。

"坐吧,飞机上的西餐,你一向都吃不惯。"女人说着,舀了一小碗蟹粉豆腐放在陈辰面前,"先暖暖胃。"

陈辰低头尝了一口,和记忆中的味道丝毫不差。他用手指擦了擦嘴角,问道:"你怎么会去那里,是知道我有危险吗?"

女人眼泛泪光,一个劲儿地往陈辰的餐盘里夹菜,沉默良久后,说道:"这些年来,我的每一天都是在这栋房子里度过的。为了让你相信,我已经死了。所有对外面世界的了解,都是尤利西斯通过他的手机摄像头传给我的。他每到一个地方都会跟我视频。

"三天前，我在网上看到你失踪的消息。说来也巧，那天尤利西斯跟我视频的时候，我看到几个蒙着头的人被押着从他身后经过，其中有一个是你，你走路的姿势我看一眼就能认出来。我不知道尤利西斯为什么要抓你，我必须亲自去把你带回来。"

陈辰静静地听着，回忆会在相似的情境下复苏，记忆的洪流在他的大脑里奔腾。陈辰觉得胸口的最深处有一股热流，被温暖的气息包裹着正在缓缓上升，眼角的湿润已经聚成泪滴涌了出来，他慌忙擦拭，泪水却总也止不住。这些泪水并非因为愤怒，而是因为他释然了。

不论母亲当初出于什么原因离开他和父亲，他都应该予以理解。从他记事开始，母亲和父亲之间，除了父亲对母亲的责骂，他再没有其他记忆。这一路上的飞行，他看到了尤利西斯对母亲的体贴照顾。母亲在养育他的十五年里，是一个好母亲，但她更应该有自己的人生。

"妈妈……"陈辰突然开口叫了一声，就戛然而止。明天要发生的事情，母亲能承受得住吗？

"小辰。"白芸满含热泪的眼睛眯成了一条线，泪水止不住地涌了出来，万般滋味被这一声"妈妈"融化，"快吃，吃完早点休息。"

这一夜，陈辰辗转难眠，有刚和母亲相认的激动，更有对明天行动的焦虑。他收到威尔的信息，一切都已安排妥当，他在大脑里反复演练明天的任务，细化到每一分钟，每一个细节。他相信，他们所有人都准备好了，都会出色地完成各自的任务，现在唯一的变数，是总统，总统会相信他们吗？如果得不到总统的配合，他们就要启用第二套方案，那将会两败俱伤，但无论如何都必须阻止尤利西斯启动"闪电计划"。

清晨五点，陈辰起身，他再也躺不住了，他要行动。

第四十二章
授勋仪式

天空下着滂沱大雨，整个旧金山笼罩在深灰色的雨幕中。

当地气象部门在一天前开始提醒广大市民，一场极强的暴雨将袭击旧金山湾区，风速可达每小时六十四英里。然而，暴雨比气象部门预测的时间提前了整整二十四小时。旧金山的道路已经出现了被淹的状况。

诺菲大厦门口，荷枪实弹的警察已经严阵以待。所有进入诺菲大厦的工作人员和媒体都将接受最高级别的安检。

授勋仪式的会场，就在诺菲大厦九十九层，一个多月前，这里刚刚举办过诺菲奖颁奖典礼。不过，今天的会场应马歇尔总统的要求，布置得极其简洁。除了相关的政府官员、工作人员，只邀请了数十家媒体。

早上七点刚过，西装笔挺的威尔便出现在了诺菲大厦，前往掌管新世界计划的神经中枢——诺菲大厦一百层做最后的检查。刚一进电梯，迎面碰上了尤利西斯，他的手上正提着那个装着新世界计划终极控制器的特制手提箱。

"今天非常帅气，威尔。"尤利西斯容光焕发，以一种极其亢奋的声音说道，"这个领结很衬你。"

"我很荣幸，沾了您的光。"威尔下意识地摸了摸系在脖颈处的领结，给了尤利西斯一个灿烂的微笑，说，"今天，会是一个胜利的日子。"

"再检查一遍，越是觉得万无一失的时候越是容易犯错。"尤利西斯说道。

两人穿过诺菲奖历届获奖者的陈列展厅，又先后通过三道安全门，才进到"脑区"，这是他们对这个地方的习惯性叫法。

威尔在"水晶大脑"的赤、橙、黄、绿、青、蓝、紫七块不同颜色的区域都点了一遍，巨大的弧形屏幕上跳出来的数据显示各地区"超级流脑"感染者数量和"5.0神经尘埃"植入数据，数据依旧还在上升，但趋势已经开始放缓。

"'5.0神经尘埃'已经在全球百分之九十以上的低智商人群中植入，跟我们要的百分之百还有点距离，但这已经是一个非常不错的数据了。剩下的只是时间问题。"威尔一边说一边又检查了每个区域连接的超级大脑，每一个超级大脑，都对应一个驻扎在当地的科研小组。威尔又逐一连线各地小组，都得到了"一切正常，准备就绪"的回复。

尤利西斯对这些数据还算满意，如果没有看到那个从夏楠大脑中取出来的控制器，他也许还愿意再等上一段时间，但是现在，"快"比什么都重要。陈天白的失踪，更是在他的心中蒙上了一层阴影，他派出去的人至今没有关于陈天白下落的消息。

"下午两点——"尤利西斯有些犹疑地拖长了尾音。不知为何，今天他总觉得有些不真实。这一天，他等了二十多年，他所要缔造的人类社会即将在他的掌控之下，朝着更加智慧、有序、和平的方向跃进。没有人比他更适合领取两个小时后马歇尔总统亲自颁发的"人类特殊贡献勋章"了。

将手提箱放进"脑区"的保险柜后，尤利西斯招呼道："现在，我们下楼去迎接马歇尔总统先生。安德烈亚今天会陪同总统先生一起来，她现在可是'脑科学研究计划'的总负责人。"

上午八点三十分，马歇尔总统的专机在旧金山机场上空盘旋，距离授勋典礼开始只剩下一个半小时，但旧金山磅礴的大雨令飞机无法降落。机长正焦急地与地面塔台联系。

机上，总统椭圆形的办公室里，马歇尔总统刚刚看完安德烈亚教授递给他的一份关于《比埃罗的诅咒》的分析报告，陷入了沉思。许久，总统抬起头不可置信地看着坐在对面的安德烈亚，问道："这是真的吗?"

"我想是的。这是中国'超级流脑'专家小组的组长陈辰今天早上传过来的。我仔细阅读过，理据翔实准确。这几天，我也在怀疑诱发'超级流脑'疫情的并不是某种病毒，陈辰这份报告，非常符合我对'超级流脑'的最新猜想。"说着，安德烈亚又把拿在手中的iPad递到总统先生的手上，"这是他刚刚发来的视频直播链接，看完这个，我相信您会百分之百相信。"

总统目光严肃，双唇紧抿。实时进行中的视频内容，超出了他的想象——视频是在"超级流脑"的总控制室偷拍的，从拍摄角度看，偷拍者用的应该是纽扣式微型摄像头。在画面中，全球"超级流脑"感染者人数正在巨型屏幕上实时更新，驻扎在全球的小组成员正在汇报最新情况。关键是，视频里清晰地出现了尤利西斯的形象，他正不无得意地在说："等授勋仪式一结束，我就要让这些低智商的人统统下地狱。没有了他们，这个世界会变得更加完美!"

"陈辰教授已经有了行动计划，但需要总统先生您的配合。这件事情，关乎人类未来的安定，他认为只由您一人知道为好。"安德烈亚用一种极其诚恳的眼神看着总统。

这实在太不可思议了。"超级流脑"疫情背后竟然是一个巨大的阴谋，而自己还险些给这个幕后总策划者授勋。马歇尔总统不禁觉得有些后怕，必须不惜一切代价地阻止，并保守这个秘密。一旦泄露出去，人类在未来的一百年里，都将活在巨大的阴影之下。

马歇尔总统点了点头，以一种极为坚毅的眼神看向安德烈亚："我愿意全力支持行动。"

这时候,马歇尔总统的秘书敲门进来:"总统先生,根据气象台的消息,旧金山湾区雨量将在一小时后减小,专机降落旧金山机场的时间预计在十点左右。"

上午九点,旧金山的雨越来越大,倾盆而下。尤利西斯、威尔等人在诺菲大厦门口静候马歇尔总统的到来。按照计划,马歇尔总统将在三十分钟后抵达这里。

威尔低头瞥了一眼左腕上的手表。和莫斯他们约定的时间越来越近了,他在心里默默祈祷这一切可以顺利。至少,进行到现在还算顺利,刚才陈辰发来信息,总统同意了。看来藏在他领结后面的纽扣式微型摄像头对"脑区"的直播起到了作用。

"你看了好多次表了,有什么事吗?"等得有些无聊的尤利西斯开始和威尔悄声聊天。

"第一次见总统,有点儿紧张。"所幸,在和尤利西斯长期的共事中,威尔练就了一套不动声色、应对自如的功夫。

"以后,你会有很多机会,镇定点儿。"尤利西斯在威尔耳边悄声说道。

"尤利西斯先生,授勋仪式将要推迟一个小时,马歇尔总统的专机目前无法降落。"这次授勋仪式的负责人走过来说道,"您先回去休息会儿。"

推迟!站在尤利西斯边上的威尔,惊了一大跳。二十分钟后,莫斯他们就要开始行动了。之前,他和陈辰反复推演过,必须掐准尤利西斯陪同总统无法接听电话的时候行动。可是,他现在联系不上安琪拉他们。所有通信设备,只有等到他们行动成功之后,才能从他的办公室拿到。

该死,这可怎么办?

287

"莫斯,你真的决定以后都待在中国了吗?"科尔曼躺在床上,这个时间,新世界乐园已经熄灯了。距离他们的行动时间还有十五分钟,暴风雨前的宁静。

"是的,中国有句老话叫'叶落归根',我身上背负的事情在今天都将了结。"莫思杰长长地吁了一口气。

"那艾伯特教授的死呢?"科尔曼仰卧着跷起二郎腿,若有所思地说,"我的职责告诉我,应该把夏楠带回旧金山。"

"科尔曼,你有时候可真是一根筋,没有人知道夏楠在这里。"莫思杰一个鲤鱼打挺,坐了起来,"你大可以回去接着查你的案子,夏楠她不是凶手。"

"我现在让一个高手在追查艾伯特教授大脑的下落,也许出去就能知道了。"科尔曼不紧不慢地说道,"对了,他也是中国人,以他的技术,应该不成问题。"

"哈哈哈,我还以为你只认识我这一个中国人。"莫思杰笑道。

"网上认识的,神交已久。希望这次随你们去中国,可以会一会他。"科尔曼也坐了起来,"时间快到了。"

两个人安静了下来。听着外面的动静。突然,一声声的怒吼传来。那些被植入了"5.0神经尘埃"的玛雅、笛卡尔们,咆哮着冲出房间,见到穿着白色衣服的人上去就是一顿猛揍。

新世界乐园暴乱开始了! 这是威尔给他们制造的切断备用启动装置的机会。

"行动!"科尔曼和莫思杰以最快的速度冲出房间,奔向他们的目标。

尤利西斯迈着矫健的步伐走入会场,除了总统,今天他是这里最受瞩目

288

的人。他享受这种感觉,当然,一直以来,他都是媒体眼中的焦点人物,但今天更是。

他刚一进门,便被一阵热烈的此起彼伏的闪光灯招待。然而此时,揣在裤兜里的手机不合时宜地响了起来。他低头看了一眼,是艾米丽的电话。这个时候打来电话,他的心头掠过一丝不祥的预感,无迹可寻,但却有某种莫名的征兆隐约浮现。

他朝记者挥了挥手,又转身退出了会场。威尔跟在他身后不远处,他看到尤利西斯的鼻头微微颤抖,脸上闪现惊慌的神色。

这个电话是谁打来的? 一种不安爬上了威尔的心头。他紧紧地盯着尤利西斯,观察着他的举动,却无奈被一个莽撞冲出来的记者撞了一下。只是一个低头,尤利西斯突然从他的视线中消失了。

一定跟那个电话有关! 就在这时,他的手机也振了一下。是莫斯发来的信息:行动顺利,中国见! 他微微地松了一口气,但是尤利西斯呢?

糟了! 陈辰有危险。

"新世界乐园暴动,是你干的吧!"当尤利西斯进入"脑区"看到穿着一件诺菲制药工作服的陈辰时,他恍然大悟。

陈辰和尤利西斯相向而立,隔着一个展厅的距离。历届"诺菲脑神经科学大奖"获得者的雕像,正凝视着他们。

尤利西斯的突然出现,令陈辰大吃一惊,虽然威尔秘密通知他授勋仪式将会推迟一个小时,但他们都认为这时候尤利西斯应该不会再上来,已经进入"脑区"的陈辰可以按照原定计划继续行动。

他刚刚打开保险柜,取出了那个手提箱,现在离成功只有一步之遥。他不需要慌张,手提箱已经在他手上,胜利站在了他这一边。

"是的,你的备用总控装置已经被我的伙伴切断了。"陈辰定了定神,毫不掩饰地说,事到如今,掩饰对他来说已经没有任何意义。

"这么做对你有什么好处?你来到这个地方,就别想出去了!"尤利西斯一步一步地逼近陈辰,面容狰狞。

"这对全人类都有好处。今天,只要你启动了那个罪恶的计划,立刻会有千千万万的人在'自杀'这个入侵意识的指挥下,结束自己的生命,可他们根本不知道,这并不是他们的本意!这世界上一半以上的人,将因为你的一个念头而失去生命,你明白生命的意义吗?"陈辰厉声质问尤利西斯,声音越来越大,"你完完全全违反了'科学让人类更美好'的本意!"

"那你更应该痛恨你的父亲,这一切都是他教我的。"憎恶和恐惧在尤利西斯脸上交织闪现。

"但他收手了!他没有再继续那个实验!"陈辰反击道。

"他没有?"尤利西斯从右边裤袋里缓缓掏出一个小铁盒,脸上露出狰狞的笑容,"这里面放着威尔从夏楠大脑中取出的控制器,这是你父亲干的!不信你自己看看。"

说话间,尤利西斯把小铁盒丢给了陈辰:"你看看,多么美妙的杰作啊。他骗过了我们所有人!我想这二十年来,他一直都在伪装自己,进行着他不可告人的实验。"

陈辰没有伸手去接,他紧紧地攥着手提箱。从夏楠大脑里取出控制器的事情威尔告诉过他,只是他们当时都猜不出来究竟是谁干的。竟然是父亲!他难道真的没有疯?父亲在卡特族聚居地突然康复的事情,陈辰百思不得其解,现在他明白了。父亲在用夏楠做实验,可他是从什么时候开始的?还有没有其他实验者?这突如其来的消息和疑问,让陈辰有些支撑不住自己的身体,但他立刻控制住了自己正在飘忽发散的思维。

尤利西斯开始一步步地逼近，按照他们在体形上的差距，陈辰不是尤利西斯的对手，但好在他比尤利西斯还年轻三十岁。若是一定要拼，他也不一定会输。陈辰抱紧了手提箱。

看着陈辰一副想要拼命的样子，尤利西斯突然大笑起来，从他的左边裤袋里又掏出了一个方形小盒子，冷笑着说道："你们都太天真了，以为我会把这么重要的东西锁进保险柜。那不过是空的皮包。

"陈辰，在上来的时候，我就在想，想要破坏我计划的是不是你。而我来，就是为了在你面前，让你清清楚楚地看到，有些事情是你无法改变的。

"我和你之间的游戏结束了，成败已见分晓，我的杰作一定会被世人牢记！"

"不要——"陈辰猛地朝尤利西斯扑过去。

"砰！"一声枪响，尤利西斯应声倒下。

"女士们，先生们，现在，我要把这份荣誉颁发给——"马歇尔总统故意拖长了尾音，然后以一种极为高亢的声音，说出了"人类特殊贡献勋章"获得者的名字，"来自中国的科学家陈辰先生！有请。"

当"陈辰"这个名字从马歇尔总统口中蹦出来的时候，在场的所有人一片哗然。之前所有的消息说的都是尤利西斯！怎么突然就变了？对了，尤利西斯人呢？

骚乱只持续了极其短暂的一段时间，当陈辰走上台时，记者们又都安静了下来，但心中开始骂娘，骂那个之前乱传消息的人，准备好的新闻稿又要重写了。

陈辰穿着一套威尔的备用西装，显得很不合身，但是时间紧迫，威尔也想不出上哪里给陈辰弄一套合身的西装，硬逼着陈辰穿上。此刻，对陈辰来说,曾经约束他、困住他的东西,已经不再重要。

陈辰朝着后方的角落比了一个 V 的手势,他知道威尔就站在那里。他之前想要说服威尔,把他一起参与行动的事情告诉总统,但遭到威尔的拒绝。也许,这样对威尔来说,也是一种保护。陈辰心里想。

"对不起,因为暴风雨的影响,我来晚了!"马歇尔总统满含热泪地将勋章颁给陈辰,并紧紧地握住了陈辰的双手,在他的耳边轻声说道。

"您来得正好,这是我们的秘密!"

尾 声

没有人会知道他们曾经距离死亡有多近。也没有人会知道,在他们的大脑里,永远埋下了一个意识控制器。不知道,才是最好的,否则,那些人将永远活在一个阴影之中。

一切,终于又重回宁静。

在飞往中国的航班上,陈辰看着旁边座位上正彻底放松熟睡的威尔,情绪复杂。这个男人,曾经莫名其妙地把自己视为仇敌,曾经在二十一年前强奸过夏楠,并且让她生下了一个孩子。而这个孩子,就是安琪拉!按理,自己应该痛恨他,远离他!

可不知为什么,此刻他却痛恨不起来,是因为这个男人帮着拯救了那么多无辜的人,还是因为这个男人本来就是一个受害者,他是最早被脑控的可怜人?

上飞机前,威尔说想到中国多待一阵子,最好是能在陈辰那儿攻读博士学位,完成自己的夙愿。当然,这也是作为一个父亲的他,希望能有更多的时间接触到安琪拉。不过两人约定好了,这个秘密,要守一辈子。陈辰也不希望安琪拉知道,自己经历的这个荒唐故事中的父亲竟然就是威尔。

正胡思乱想之际,威尔突然醒了,睁开眼疑惑地说道:"你干吗盯着我看?"

"当时你从哪里搞来的枪?"陈辰尴尬之下,只好装作好奇地问。

"会场有那么多警察,很容易就找到一个被植入'5.0神经尘埃'的。"威尔打了个哈欠,有些不好意思但又不乏得意地说道,"情急之下,没有办法,我给他植入了一个'把枪给我'的意识。"

"你!"陈辰苦笑了一下,没好气地说了一声。

"不过,和'5.0神经尘埃'有关的一切,已经全部销毁了,你就放心吧。"威尔打了个哈欠,突然话锋一转,"还有件事情,你一定要帮我。帮我把大脑里的那个控制器取出来。"

"为什么?我觉得,你这个控制器应该已经处于休眠状态了。取出来风险太大。"陈辰正了正身体,取过小桌板上的矿泉水,喝了一口。

"不取出来,在以后的日子里,我都会活在可能被人控制的阴影之下。"威尔的眼神中流露出诚恳。对于陈辰,虽然造成他仇恨的误会已经消除了,但是因为夏楠,威尔之前对陈辰还是有些隔阂。直到上飞机前,陈辰告诉他,安琪拉发来信息,说夏楠已经醒了,但是,脑部手术让她失忆了,以前的事情全部忘记了。这让他松了口气,一切都可以重新开始了。

"不怕失忆?"陈辰略带玩笑地说道。

"失忆,不一定是件坏事。"威尔意味深长地说道,"你相信艾伯特教授是夏楠杀的吗?"

陈辰不明所以地看着威尔,等待着威尔继续说下去,他觉得威尔这么问就是知道了答案。

"那天,尤利西斯通过意识读取解码器,读取了夏楠大脑中MTX的化学分子式,他们走后,我看到显示屏幕上有很多夏楠凌乱的意识。拼凑起来是,她对自己杀死艾伯特教授极度痛苦,甚至想要自杀。"

"什么,夏楠真的是杀死艾伯特教授的凶手?"陈辰极为惊讶,听出了威尔的言外之意,"你是说,她是在被脑控的情况下杀死了艾伯特教授?"

"是的,就是那个在她大脑里植入控制器的人。会是谁呢?"威尔长长地叹了口气,喃喃自语道,"我一直无法想象,这个世界除了尤利西斯,还有谁有能力设计、制造并给人植入大脑控制器。"

听到这里,陈辰的心猛地紧了一下。这个世界,还真有另一个人拥有这样的能力,那就是他的父亲陈天白。难道是父亲控制夏楠杀死了艾伯特教授?但是他为什么要这么做呢?陈辰闭上了眼睛,假装睡了过去,心里却翻江倒海。

他摸了摸口袋里藏着的夏楠的记忆芯片。许久,他把芯片偷偷地塞进了椅背和椅垫之间的缝隙,并用手指顶到了很里面,就让夏楠的记忆,永远地留在这天空之上吧。

但是,还有一个疑问,在陈辰的思绪中盘旋,夏楠、威尔的大脑里都有意识控制器,那自己呢?这些年来,陈辰一直感到疑惑,为什么自己总有很多的想法、科研思路,像是在一种无意识的状态下从脑子里蹦出来。他一直不觉得自己在脑神经科学方面是一个天赋型的科学家,但在三十五岁就拥有这样的科研成果,这让他诚惶诚恐。这一切,会不会也是因为自己被父亲脑控,植入了很多来自父亲的意识?

走出机场,安琪拉、莫思杰,还有江飞都早早等在了出口。莫思杰接过陈辰的行李,一边拖着他往登机口赶,一边神秘地告诉陈辰:"艾伯特教授大脑的定位找到了。就在刚才,科尔曼收到了神秘黑客NULL发给他的信息,是艾伯特教授大脑的位置,我一看,巧了,就在那个抓你的卡特族的聚居地。科尔曼已经在登机口等我们了。赶紧去救你的父亲,顺便把案子结了。"

"等我一下。"陈辰转过身,朝安琪拉走去,"上次在办公室给你的小盒子你带着吗?"

"丢了!"安琪拉无辜地看着陈辰,然后扑哧一笑,从包里取了出来,"给你,上次在新世界乐园真的差点就丢了。"

陈辰接过小盒子,又拍了拍江飞的肩膀:"《比埃罗的诅咒》,干得真漂亮! 记得保密。"

"还有一件更漂亮的,按照你之前给我的邮件,我们反复实验了MTX稀释后通过血脑屏障的方法,昨天终于成功了!"江飞得意地说道,"陈教授,你是时候给它取个好听点的名字了!"

"脑镁素!"这个名字,他早就想好了。

说完,陈辰迈开步子朝着登机口走去。在经历了这一切后,其实他的心里已经有了一个真相,卡特族? 世界上根本就没有这样一个族群,陈辰意味深长地苦笑了一下。

他现在,就要去会会那个一手打造了卡特族的幕后人物了。